AF131456

THOMAS PREGL

Frankenblut

BLUTIGER SEKTENWAHN Tief im Herzen Oberfrankens breitet sich eine gefährliche Sekte unter der Führung der selbsternannten »Prophetin« Tabea Wallner aus. Diese beruft sich auf den »König Rintfleisch«, der im Jahre 1298 mit seinen blutrünstigen Horden Tausende Juden in Franken ermordete. Ein Attentat auf den Bamberger Erzbischof und ein mysteriöser Todesfall scheinen mit der Gruppierung zusammenzuhängen. Kriminalrätin Petra Stengl und ihr Partner Norbert Denzlein ermitteln, während sich in der Bevölkerung der Widerstand gegen die »Universellen Blutzeugen« formiert – und es gibt weitere rätselhafte Todesfälle. Als die Wahrheit Stück für Stück enthüllt wird, kämpfen die Ermittler gegen Intrigen, Verrat und Fanatismus. Petra Stengl und Norbert Denzlein sind bei ihren Ermittlungen gezwungen, ein hohes Risiko einzugehen.

© Helmut Ölschlegel

Thomas Pregl, 1956 in Willich geboren, arbeitet nach seiner Tätigkeit als Lehrer weiter auch als Journalist, Buchautor und Stadtführer in Bamberg. In der Vergangenheit hat er sich dem investigativen Journalismus verschrieben. Jetzt geht er als Krimiautor auf Ganoven- und Mörderjagd. Die Hintergründe seiner Krimis sind nahe an der Wirklichkeit. Thomas Pregl lebt seit vielen Jahren in der Nähe von Bamberg. Er ist verheiratet und liebt die fränkische Lebensweise – vor allem die Keller-, Ess- und Bierkultur.

THOMAS PREGL

Frankenblut

KRIMINALROMAN

GMEINER

Immer informiert

Spannung pur – mit unserem Newsletter informieren wir Sie
regelmäßig über Wissenswertes aus unserer Bücherwelt.

Gefällt mir!

Facebook: @Gmeiner.Verlag
Instagram: @gmeinerverlag

Besuchen Sie uns im Internet:
www.gmeiner-verlag.de

© 2024 – Gmeiner-Verlag GmbH
Im Ehnried 5, 88605 Meßkirch
Telefon 0 75 75 / 20 95 - 0
info@gmeiner-verlag.de
Alle Rechte vorbehalten
1. Auflage 2024

Herstellung: Mirjam Hecht
Umschlaggestaltung: U.O.R.G. Lutz Eberle, Stuttgart
unter Verwendung eines Fotos von: © Andreas_Zerndl / istockphoto.com
Druck: CPI books GmbH, Leck
Printed in Germany
ISBN 978-3-8392-0593-8

Gewidmet ist dieses Buch den zwei fundamentalen Aussagen, die mich mein ganzes Privat- und Berufsleben begleitet und geleitet haben: »Nie wieder!« und »Nie vergessen!«

FREI ERFUNDEN -
UND DOCH BITTERE REALITÄT

Wie schon mein Krimi »Frankenhölle«, der sich mit den Machenschaften in der Glücksspielbranche befasst, ist auch »Frankenblut« sehr nahe an der Realität. Die im Buch geschilderten Ereignisse und handelnden Figuren sind der Fantasie des Autors entsprungen. Ausnahmen bilden Personen der Zeitgeschichte und die Wirte mit ihren urigen Gasthäusern, Brauereien und Bierkellern. Die im Buch beschriebene Sekte gibt es so nicht. Aber was religiöser Wahn, Verschwörungstheorien, Rassismus und Antisemitismus aus Menschen machen können, erleben wir täglich. Das ist bittere Realität. Und die greift »Frankenblut« auf.

WERBEBLOCK

Dieser Krimi enthält Werbung – für Franken. Ein Land mit einer einzigartigen Bier-, Wein- und Esskultur. Ein Land, in dem »Blaue Zipfel«, »Gerupfter«, »Drei im Weggla«, »Sechs auf Kraut« oder »roter und weißer Presssack« erstaunlicherweise nicht in Erotikläden zu finden sind, sondern zu einer deftigen Brotzeit gehören. Ein Land, in dem man zum Biertrinken und Lachen nicht in, sondern auf den Keller geht. Ein Land, in dem die richtige Größe der Brodwoschd zur allein seligmachenden Religion erhoben wird. Ein Land, dessen hohe Fußballphilosophie in der Erkenntnis gipfelt: »Der Glubb is a Debb«. Ein Land, wo ein Schnitt nicht zu bluten beginnt, sondern eine Maßeinheit für ein letztes Absackerbier ist. Und ein Land, in dem der Wirsing nur in der Konsistenz gereicht wird, die an grünen Ketchup erinnert.

»Schweigen ist der meistgesprochene Dialekt in Franken«, so hat es mal der Bamberger Kabarettist Mäc Härder auf den Punkt gebracht. Und wenn die Franken dann doch mal reden – in ihrer weichen, fast lieblichen Sprache mit dem gekonnt gerollten R –, dann verzichten sie auch auf harte Konsonanten wie T, P und K. Und erleichtern so ihrem Nachwuchs das Erlernen des Alphabets. In einem Satz: Franken ist ein Paradies mit wenigen Buchstaben. Und auch ohne viele Worte. Daher braucht es ein wenig Werbung, um auf das gelobte Land im nördlichen Zipfel von Bayern aufmerksam zu machen.

DIE HANDELNDEN PERSONEN

Die Ermittler

Petra Stengl – Kriminalrätin
Norbert Denzlein – Kriminalkommissar
Bettina Fuchs – Kriminalkommissarin
Alfred Engelhardt – Kriminalhauptkommissar
Bärbel Faun – Rechtsmedizinerin

*

Die Sekte

Tabea Wallner – Prophetin
Marcel Kock – ihr neuer Stellvertreter
Wilhelm Kürzel – ihr alter Stellvertreter
Sarah Kürzel – seine Frau
Karin Furchner – Jüngerin
Susanne Sauer – ihre Schwester, Aussteigerin
Oliver Blaustedel – Jünger
Tim Mötschel – Jünger

*

Weitere Personen

Sebastian Furchner – Ehemann von Karin Furchner
Benny Haderlein – Besucher des Griess Kellers
Jupp Timmermann – Niederrheiner, Mossad-Mitarbeiter
Mike Schmitz – Niederrheiner, Mossad-Mitarbeiter
Karel Langer – Anwalt
Professor Dr. Dotterweich – Theologe, Sektenfachmann
Leon Wolf – Bürgermeister
Bert Engel – Journalist
Mauritius Bang – Vorsitzender der Schießfreunde Bamberg
Francesco Vittore – Sicherheitsdienst und Rockerpräsident
Alois Hut – Bauunternehmer
Hans Bauernknecht – Fraktionsführer
Daniela Denzlein – Tochter des Kommissars, Junkie

PROLOG

Die Temperatur stimmte. Es war nicht zu kühl und nicht zu warm. Kaum Wind. Für den perfekten Schuss hatte die Hand weitere Daten wie Erdkrümmung oder Geschossgeschwindigkeit in eine Handy-App eingegeben und das Zielfernrohr entsprechend justiert. Es sollte klappen. Nein, es musste klappen.

Die Hand griff zur stylischen silbernen 0,33-Liter-Dose. Sie war kalt. Einige Wassertropfen bildeten sich auf dem glatten Aluminium. Die Hand riss die Lasche ab und führte die Dose zum Mund. Die hefetrübe Kellerbierspezialität mit dem vollmundigen weichen Malzcharakter rann angenehm herb und mit wenig Kohlensäure den Rachen hinunter. Als die Dose leer war, stellte sie die Hand auf einen mitgebrachten dreifüßigen Zeichenblockhalter. Daneben platzierte sie zwei volle Dosen.

Die Hand hielt einige Zeit inne, bevor sie den schwarzen Schaft des Präzisionsgewehrs umfasste und das zehnschüssige Magazin einführte. Mit dem Zeigefinger klickte sie den Sicherheitshebel nach vorne. Der Zeigefinger krümmte sich. Der Gegendruck am Abzugshahn von rund einem Kilo stellte kein Problem dar. Das dumpfe Plopp des Schusses war kaum zu hören. Der auf der Waffe montierte Schalldämpfer sorgte weiterhin für Ruhe in der lang gestreckten Waldschneise zwischen Bamberg und Hirschaid. Nach knapp einer Sekunde war ein metallisches Geräusch zu hören. Die Hand zitterte nicht. Noch zweimal ließ sie ihren Zeigefinger spielen. Noch zweimal erklang aus rund 1.100 Metern das Geräusch.

Nach einigen Minuten hob die Hand die drei Mahrs-Dosen auf. Ihr Daumen umkreiste auf der Vorderseite die rund zwei Zentimeter großen Einschlaglöcher, die die staksigen Logo-Engel der Bamberger Traditionsbrauerei unterhalb ihrer ausgebreiteten Flügel verstümmelt hatten. Auf den Rückseiten der Dosen schnitt sich die Hand fast an den rund acht Zentimeter langen horizontal aufgerissenen, scharfkantigen Austrittsstellen der Geschosse. In den ehemals vollen Dosen war kein Tropfen Bier mehr. Die Hand formte sich zur Becker-Faust. Sie war so weit. Es war so weit.

KAPITEL 1

»Kommt, Christen, singt zum Preise, der wunderbaren Speise, dem tief verborgenen Gott, dem wahren Himmelsbrot«, stimmten die Messdienerinnen und Messdiener in hellem Ton an, als sie durch das historische Tor der Oberen Brücke zogen, neben den auch als »Klein Venedig« bekannten pittoresken Fischer- und Schifferhäuschen aus dem 15. und 16. Jahrhundert und dem majestätischen Dom, der mit seinen vier Türmen das bekannteste Wahrzeichen Bambergs war. Unter ihren rot-weißen Gewändern lugten Jeans mit modischen Löchern oder nackte Beine hervor. »Lasst freudig uns erheben das allerhöchste Gut, da wir in Wahrheit leben von Jesu Fleisch und Blut.«

Nach einigen durchwachsenen Tagen hatten sich die Temperaturen auf ein angenehmes 26-Grad-Gute-Laune-Wetter eingependelt. Der lokale Wetterbericht von »Radio Bamberg« versprach sogar die erste Ü-30-Periode in diesem Jahr. Die Sonne glitzerte auf dem Fluss und verlieh ihm an einigen Stellen eine silberne Schattierung. Am Kranen, dem früheren Hafen Bambergs, drängelte sich eine Touristengruppe aus Japan an der Anlegestelle, um mit der »Stadt Bamberg« oder mit der »Christl«, so hießen die beiden flachen weißen Tourismusschiffe, zu einer etwa 80-minütigen Rundfahrt über die Regnitz und den Main-Donau-

Kanal durch die alte Schleuse bis zum neuen Hafen aufzubrechen. Eine Stadtführerin mit langen braunen Haaren und einem gewinnenden Lächeln versammelte am »Centurione«, einer Gesichtsplastik des polnischen Künstlers Igor Mitoraj, einen Trupp junger Menschen um sich, der sich für eine der beliebten »Free Walking Tours« eingefunden hatte. In den Cafés und Bars gegenüber hockten Studierende jedweder Fakultät an kleinen Tischen, schlürften Latte Macchiato oder leckten an einem Eis.

Kriminalrätin Petra Stengl – von Augsburg nach Bamberg strafversetzt wegen ihrer publik gewordenen erotischen Abenteuer mit Tatverdächtigen in einem noblen Swingerclub – und ihre inzwischen in Erlangen arbeitende langjährige Freundin Bärbel Faun – eine erfahrene und trotz ihrer toten Klientel lebenslustige Rechtsmedizinerin – pressten sich in ihren leichten, blumigen Sommerkleidern gegen die Steinmauer der Oberen Brücke. Fröhlich winkte einer der Bamberger Gondolieri den beiden attraktiven Mittvierzigerinnen aus seiner original venezianischen Gondel zu. Die warfen ihm übermütig einen Kussmund zu. Der Gondelführer in seinem schwarz-weiß gestreiften Pullover lachte. Die zwei schwarzen Bänder seines Strohhuts flatterten träge in einer leichten Brise. Dann stakte der auf dem Heckschnabel der Gondel stehende Mann mit kräftigen Bewegungen sein elf Meter langes Gefährt den Alten Kanal hinauf, eines der wenigen noch erhaltenen Reststücke einer Wasserstraße von ursprünglich 174 Kilometer Länge zwischen der Donau bei Kelheim und dem Main bei Bamberg. Die beschrifteten blauen T-Shirts seiner sechs weiblichen Fahrgäste wiesen sie als Teilnehmerinnen eines Junggesellinnenabschieds aus. Lauthals prosteten sie sich mit ihren Sektgläsern zu, während die zukünftige Ehefrau mit ihrem Aufdruck auf dem eng anliegenden Kleidungsstück klarstellte, worum es ging: »Ich bin die Braut. Die anderen sind nur zum Saufen da!«.

Als die schwarze Gondel hinter den dichten Baumkronen am Ufer verschwand, wandten sich die beiden Freundinnen wieder dem Geschehen um sie herum zu und genossen den Anblick, der sich ihnen an diesem zweiten Donnerstag nach Pfingsten bot. Bamberg, das fränkische Rom, feierte Fronleichnam traditionell mit einer großen Prozession. Das eventfreudige Städtchen, das jedes Jahr mit der »Sandkerwa«, dem »Weltkulturerbe-Lauf«, dem »Blues- und Jazzfestival«, dem »Weinfest« und »Bamberg zaubert« Hunderttausende Besucher aus nah und fern anzog, hatte auch den katholischen Fronleichnamszug längst als touristischen Höhepunkt in seinen Veranstaltungskalender aufgenommen. Die seit 1390 stattfindende rund dreistündige Bamberger Prozession mit ihrer barocken Farbenpracht, die vom Bamberger Domplatz über die Markusbrücke, den Grünen Markt und durch die Bamberger Altstadt zurück zum Domplatz führte, begeisterte jedes Jahr immer mehr Besucher. Und das, obwohl die meisten Menschen mit der ursprünglichen Bedeutung des Festes wenig anfangen konnten. Ganz nebenbei rollte auch der Rubel in den Weinstuben, Brauereien und Metzgereien, die Getränke, Bratwürste und Leberkäse zur Stärkung der Fronleichnamsgeschlauchten anboten. Über die Empörung des Pfarrers von St. Gangolf, der sich noch 1810 über die »Unandächtigkeiten«, also das »verordnungswidrige« Aufstellen von Viktualienbuden und Bratwurstständen, beschwert hatte, wurde inzwischen geschmunzelt. Kommerz und Kirche hatten sich längst versöhnt. Und so zog auch der Bamberger You Xie, dessen Werbeslogan »Ente gut, alles gut« in der Domstadt zu einem geflügelten Wort geworden war, zwar mit den Honoratioren in der Prozession mit, nicht aber ohne darauf hinzuweisen, dass sein chinesischer Imbiss bis 21 Uhr geöffnet habe.

Petra Stengl und Bärbel Faun hatten Mühe, alle Fahnen, Embleme und Schilder der an ihnen vorbeiziehenden Pilgerinnen und Pilger zu identifizieren. Ministranten, Mädchenkantorei, Gärtner, Frauenverbände, Wallfahrtsvereine, katholische Arbeiterverbände, Ordensleute, Nonnen, Burschenschaften, Innungen, Domchor, Abordnungen der Universität, Ritter vom Heiligen Grab, Deutscher Orden, Malteser oder die Handwerkerschaft schienen sich einen nie offiziell erklärten Wettstreit zu liefern, wer am besten organisiert, am besten gekleidet oder geschmückt war. Teure und aufwendige Blumenarrangements umrankten die schweren Kreuze, Marien- und Heiligenstatuen, die von kräftigen Männern in Neuner- oder Zwölfergruppen getragen wurden. Zwischen 50 und 70 Kilo lasteten auf den breiten Schultern eines jeden Trägers der kleineren Kreuze und Statuen. Stattliche 650 Kilo mussten die 18 Träger des Domkreuzes stemmen.

»Da brauchst du schon Kondition«, staunte Bärbel Faun. »Die Strapazen würde ich mir um Gottes willen nicht antun!«

Petra Stengl grinste breit. »Ich glaube, die freuen sich jetzt schon auf eine deftige Brotzeit oder Bratwürste mit ein paar Seidla, damit ihr Kalorien-Akku wieder aufgeladen wird.«

Ihre Freundin nickte. »Das haben sich die armen Jungs auch verdient!« Und mit Blick auf zwei dickbäuchige Träger, denen das Wasser in Strömen von ihren blumenumkränzten, kahlen Häuptern floss, stichelte sie etwas lauter in Richtung der vor ihnen zum Stehen gekommenen Gruppe: »Die sehen nicht gerade trainiert aus!«

Einer aus der Gruppe, ein junger blonder Gärtner im schweißdurchtränkten weißen Hemd und dicken schwarzen Spotzenfrack, drehte sich zu Bärbel Faun um. »Des bassd scho«, fränkelte er sie an. Um dann in ein bemühtes Hochdeutsch zu fallen: »Der Einzige der ganzen Prozession, der fit wie ein Turnschuh ist, ist unser Erzbischof. Der joggt jeden Abend durch die Altstadt. Der hat mehr goldene Sportabzeichen an der Brust hängen als Kreuze!«

Die beiden Freundinnen lachten. Der stramme Bursche zwinkerte ihnen zu, dann stimmte er wieder in ein Fürbittengebet ein und zog mit seiner Gruppe weiter.

»Das ist ja die volle Dröhnung: Gestern Abend haben wir noch zu ›Highway to Hell‹ und ›Smoke on the Water‹ in ›Helmut's Hofschänke‹ auf Gut Leimershof abgerockt und heute feiern wir Happy Kadaver!«

»Bärbel!«, tat Petra Stengl entrüstet und ein feines Lächeln huschte über ihre Züge. »Heute ist nicht Happy Kadaver! Fronleichnam hat nichts mit ›Leiche‹ zu tun. Das Wort setzt sich aus dem altdeutschen ›vrôn‹, das heißt ›was den Herrn betrifft‹, und ›lîchnam‹, also ›Leib‹, zusammen. Es geht folglich um den Leib des Herrn oder noch genauer: Heute feiern wir das Hochfest des Leibes und Blutes Christi!«

»Und woher weißt du das alles? Bisher hast du dich mir noch nicht als Hardcore-Christin offenbart«, gluckste Bärbel und strich sich ihre halblangen blonden Haare aus der Stirn.

»Erwischt«, antwortete Petra Stengl breit grinsend. »Das steht hier!« Sie zeigte auf einen mehrseitigen gelben Flyer des Erzbistums Bamberg.

Bärbel ließ ihren Blick über die Menschenmassen schweifen. Vor ihr sprangen einige japanische Touristinnen mit Handys und teuren Kameras aufgeregt hin und her, um das beste Fotomotiv zu erhaschen. »Das ist schon beeindruckend!«

»Das ist die beste und größte PR-Aktion der Kirche im Jahr, ihre schönste Selbstdarstellung«, schmunzelte Petra Stengl.

»Da brauchst du nicht nach Thailand fahren, um dir irgendwelche bunten Tempel und adipösen Buddhas anzugucken!«, warf die Rechtsmedizinerin ein.

»Im Vergleich zu dieser Prozession wirken selbst die Meisterschaftsfeiern der Basketballer auf dem Maxplatz wie ein Kasperl-Theater auf dem Plärrer!«

»Lass das keinen hören, Petra. Sonst wirst du noch als Hexe verbrannt! Und wenn die Bamberger etwas richtig gut konnten, dann Hexen verbrennen. Basketball ist doch hier so etwas wie eine neue Religion!«

»Basketball ist Opium fürs Bamberger Volk, das hat schon Karl Marx richtig erkannt!«

Bärbel nahm den Faden auf. Die beiden Freundinnen liebten es, auf höchstem Niveau zu blödeln. Außenstehende hatten dann Mühe, zwischen Ernst und Witz zu unterscheiden.

»Die Ohnmacht der ausgebeuteten Klassen im Kampf

gegen die Ausbeuter erzeugt ebenso unvermeidlich den Glauben an ein besseres Leben im Jenseits, wie die Ohnmacht des Wilden im Kampf mit der Natur den Glauben an Götter, Teufel, Wunder und so weiter erzeugt«, erwiderte sie mit todernster Stimme.

»Auch Marx?«, fragte Petra Stengl und zupfte sich ihr weit ausgeschnittenes Kleid zurecht.

»Nein, Lenin!«

»Übertragen auf den Basketball heißt das: Die ausgebeuteten Bamberger glauben in ihrem Kampf gegen die Ausbeuter, vermutlich also gegen den FC Bayern München, an ein besseres Leben in der Brose Arena!«, feixte Petra Stengl.

»So in etwa. Aber ich bin kein Basketball-Fan, ich stehe mehr auf Eishockey – und knackige Kerle, die nicht ganz so groß sind.«

»So wie die beiden gestern auf Tanz? Ja, die schienen ganz brauchbar zu sein!«

»Tanzen ist die Seele für die Beine.«

»Und Flirten ist Honig für die Ohren!«

»Und Poppen ist …«

Petra Stengl und Bärbel Faun lachten. Bis drei Uhr in der Früh hatten sie sich von den beiden Coburger Lehrern Avancen machen lassen. Bei dem einen oder anderen langsamen Song der Cover-Band »Wednesday Project« waren sie den Männern auch gefährlich nahe gekommen. Hände wanderten dahin, wo sie normalerweise nach einer so kurzen Anlaufzeit nichts zu suchen hatten, Körper berührten sich wie in einer brasilianischen Samba-Nacht. Lippen fanden, wenn auch nur kurz, dafür aber intensiv zueinander. Vielleicht auch dem einzigen in Deutschland zugelassenen LSD-Bier geschuldet, das die beiden Charmeure ihnen ausgegeben hatten.

Das durfte sogar die Polizei trinken. Denn LSD stand für die Marke Leimerhofer Seelen-Drösdä.

Doch obwohl die Nacht nach mehr roch, hatten sich die Freundinnen ohne männlichen Begleiter davongemacht. Warum, hatten sie beim morgendlichen Frühstück in Petra Stengls schnuckeliger Wohnung auf der Pödeldorfer Straße auch nicht mehr so genau gewusst.

»Nach all den männlichen GAUs, die ich in den vergangenen Monaten erleben musste, gibt es künftig Liebe und Sex bei mir nur noch ambulant, aber nicht mehr stationär!« Petra Stengl machte eine ernste Miene. Ein Hauch von Traurigkeit huschte über ihr Gesicht. »Von daher hätte es eigentlich gestern Nacht gepasst.«

»Die beiden Balzhähne sahen auch nicht so aus, als ob sie eine längere Beziehung im Sinn gehabt hätten«, kicherte Bärbel Faun. »Auf jeden Fall leiden wir noch nicht unter einer akuten Männerallergie!«

»Aber irgendwas zwischen Frau und Mann stimmt doch nicht«, warf Petra Stengl ein. »Die braven Jungs will keine Frau. Und die bösen sorgen für gebrochene Herzen!«

»Nicht alle Frösche, die man küsst, sind Prinzen«, versuchte ihre Freundin, sie aufzumuntern.

Sie wandten sich wieder der Prozession zu. An den beiden Frauen marschierten jetzt der SPD-Oberbürgermeister, dekoriert mit einer goldenen Amtskette, einige Stadträte und die CSU-Staatsministerin vorbei, die Hände sittsam vor dem Schoß gefaltet und sichtlich bemüht, ihre Mundbewegungen mit den Fürbitten und Liedern des Wahl- und Kirchenvolks zu synchronisieren.

»Sieht aus wie die DFB-Auswahl bei der National-hymne. Keiner kennt den Text, aber alle singen ihn mit«, kalauerte Bärbel Faun.

»Sei endlich still, du alte Lästerschwester, dahinten kommt jetzt der Erdbeerschorsch mit der Monstranz!«

»Erdbeerschorsch?« In Bärbel Fauns Augen waren übergroße Fragezeichen zu sehen.

»So wird der Erzbischof hier im Volksmund bezeichnet. Und jetzt halt die Klappe!« Petra Stengl legte warnend ihren Zeigefinger auf den Mund.

Auf der Oberen Brücke drängten sich die Menschen. Jeder wollte den Oberhirten Bambergs sehen.

»Des is scho a heiliches Gewörch«, meinte eine sportliche Mittsechzigerin mit lila gefärbten Haaren und Nordic-Walking-Stöcken in den Händen.

»Oh my god! That's so impressive!«, stöhnte eine dicke US-Amerikanerin in einer kurzärmeligen rosafarbenen Bluse, die ihre Problemzonen in drei riesige Tsunami-Wellen aufteilte.

Handys streckten sich wie um Segensbitte dem Erzbischof entgegen, Babys wurden trotz ihrer weinerlichen Proteste aus ihren schmucken Kinderwagen hochgehoben und auf die Schultern gesetzt.

»Eine große Stadt entsteht, die vom Himmel niedergeht in die Erdenzeit«, sangen die Gläubigen.

Ganz langsam schob sich der prächtige Baldachin, unter dem der Erzbischof die goldene Monstranz mit der geweihten Hostie in Höhe seines Kopfes hielt, immer näher. Flankiert wurde die Gruppe von den mehrere Meter hohen Zunftstäben der Bäcker und traditionell von einer Ehreneskorte der Polizei.

Petra und Bärbel verfolgten das Spektakel aus der ersten Reihe zusammen mit ein paar Kreuzfahrttouristen, als sich plötzlich eine Gestalt zwischen sie drängte und sie wie zwei Pins von einer Bowlingkugel auseinandergestoßen wurden. Petra Stengl spürte einen stechenden Schmerz unterhalb ihrer Rippen. Taumelnd versuchte sie, an der Nordic-Walkerin neben sich Halt zu finden. Diese kam ins Straucheln, klammerte sich verzweifelt an ihre Wanderstöcke. Dann fielen beide zu Boden. Im Fallen sah die Kriminalrätin, wie sich ein hagerer Mann mit einem grauen Pferdezopf mit einem langen Küchenmesser auf den erstarrten Erzbischof stürzte und ihm die goldene Monstranz mit ihren 380 Edelsteinen entriss.

»Der Leib und das Blut Jesu gehören ganz allein den Auserwählten, der Teufel soll euch Ungläubige holen!«, brüllte er mit sich überschlagender Stimme.

Als sich ihm ein großgewachsener Geistlicher in den Weg stellte, schlug er mit der Monstranz zu und traf den Priester mitten ins Gesicht, sodass er blutüberströmt in die Knie ging. Panik machte sich breit, Menschen schrien und stoben auseinander, stolperten über die hinter ihnen stehenden Kinderwagen. Zwei Babys kreischten, ihre Mütter versuchten verzweifelt, sie davor zu schützen, zwischen den Füßen der Fliehenden auf dem Kopfsteinpflaster zu landen. Die Träger klammerten sich an den Baldachin, wurden aber durch die Menschenmasse immer mehr ans Brückengeländer geschoben. Für einen kurzen Moment leisteten sie noch Widerstand, dann ließen sie los und der Baldachin stürzte über das Brückengeländer in die Tiefe. Wie eine goldene Nussschale trug ihn die Regnitz zunächst mit, dann versank er in der Höhe des Bamberger Gefängnisses in der Strömung des Flusses. Der Attentäter fuchtelte mit dem Messer weiter um sich, zwei Polizisten der Eskorte zogen ihre Dienstwaffen, wagten aber angesichts der zahlreichen Menschen nicht, zu schießen.

»Nicht schießen, nicht schießen!«, war die flehentliche Stimme des Erzbischofs zu vernehmen, um den einige Kollegen inzwischen einen schützenden Kreis gebildet hatten.

Petra Stengl nahm einen Nordic-Walking-Stock zu Hilfe, um sich hochzurappeln, was ihr aber nicht gelang. Ihre Blicke fanden ihre Freundin, die hinter einem Träger, der seinen kunstvoll gewundenen Bäckerstab wie eine Lanze dem Täter entgegenhielt, Schutz gesucht hatte. Als der Angreifer über Petra Stengl sprang, um zu fliehen, schlug ihm die Kriminalrätin von unten den Wanderstab mit aller Kraft zwischen die Beine. Vor Schmerz ließ der Zopfträger sowohl Messer als auch Monstranz fallen und stürzte wie ein vom Blitz getroffener Neymar zu Boden, Schmerzpirouetten inklusive. Petra Stengl rollte sich auf ihn, packte den fettigen Pferdeschwanz mit beiden Händen und schlug seinen Kopf mehrmals mit aller Gewalt auf den Boden.

»Hören Sie auf, hören Sie auf! Der hat schon genug!«, drangen immer lauter werdende Worte zu ihr durch. Zwei energische Hände zogen sie vom ohnmächtigen Täter herunter, ein Polizist drehte dem Mann die Hände auf den Rücken und legte ihm Handschellen an, während zwei Kollegen das Geschehen mit erhobenen Waffen sicherten.

Petra Stengl holte tief Luft und stützte dabei ihre Hände auf die Knie. Dann richtete sie sich auf und zupfte ihr Kleid zurecht.

»Alles okay?«, fragte eine Polizistin.

»Alles okay!«

Petra kramte in ihrer Handtasche, die ihr Bärbel gereicht hatte, und holte ihren Dienstausweis heraus.

»Ich bin Petra Stengl. Kriminalrätin Petra Stengl«, sagte sie energisch.

KAPITEL 2

»Nimm mich!«, stöhnte es aus dem knallrot gefärbten Schmollmund. »Nimm mich endlich!«

Er griff nach der nackten, von Kopf bis Fuß eingeölten Blondine, die so aufreizend vor ihm tanzte, um sie endlich auf seinen Schoß zu zerren. Als sein Kopf vom nach hinten gekippten Fahrersitz abrutschte und heftig gegen die billige Plastikverkleidung seines Autos schlug, erwachte er plötzlich. Mühsam blinzelte Benny Haderlein mit seinen verklebten Augen. Im ersten Moment wusste er nicht, wo er war. Die Morgensonne knallte unerbittlich auf das Wagenblech. Sie hatte das Innere des fahrbaren Untersatzes in einen Backofen verwandelt, der jede mit Salami, Mozzarella und Tomaten belegte Mafiatorte innerhalb von Minuten hätte knusprig werden lassen. Mühsam richtete er sich auf. Benny brach der Schweiß aus und versickerte in seinem halboffenen Kurzarmhemd und in seiner Unterhose, die sich noch deutlich ausbeulte. Abwesend fuhr er sich mit der linken Hand über seine Morgenerektion und kratzte sich lange im Schritt. Es stank widerlich nach Bier und Fusel. Die beschlagenen Scheiben ließen keinen Blick auf die liebliche fränkische Landschaft mit ihren sanft geschwungenen Hügelketten zu. Benny rülpste. Um der Giftgaswolke zu entkommen, riss er trotz der 210 schmerzenden Knochen, die seiner exponierten Schlaflage geschuldet waren, die Wagentür auf und ließ sich in das kurz geschnittene Gras fallen.

Der Abend auf dem Griess Keller in Geisfeld, knapp sieben Kilometer von Bamberg entfernt, schien heftig gewesen zu sein. Mit seinem schmucken Fachwerkbau, den schattigen Bäumen, den abgestuften Terrassen und den rund 30 Meter langen in den Felsen geschlagenen Bierstollen war der Griess Keller einer der schönsten Keller in Bamberg und Umgebung.

In Bennys sich langsam verdichtenden Erinnerungsfetzen tauchten seine Kumpel Dieter, Helmut und Paul auf, die an diesem einträchtigen Männerabend jeden tatsächlichen oder auch nur konstruierten Scheidungsgrund von ihren Partnerinnen mit einer Runde Obstler untermauert hatten. Als Grundlage für ihr Saufgelage dienten gegrillte Heringe, Makrelen und Saiblinge, die es auf dem Griess Keller meist am Wochenende gab.

»Der Fisch muss schwimmen«, hatte sich die Ü-50-Truppe darum zusätzlich mit rund zehn Seidla Kellerbier zugeprostet. Als dann noch die »Fab Five«, vor einigen Jahren mal zu Bayerns bester Beatles-Coverband gekürt, auftraten und ihr »Lucy in the Sky with Diamonds« in die untergehende Sonne schmetterten, die sich mit einer flimmernden gelbroten Himmelsdecke hinter einer Hügelkette zum Schlafen legte, erreichte die Stimmung der Mannsbilder ihren vorläufigen Höhepunkt. Diese konnte auch die Bemerkung zweier junger, bildhübscher Mädchen, die vier würden wie Bewegungslegastheniker um die Tische herumtanzen, nicht trüben.

»Immer noch besser, als Pillen einzuschmeißen, damit

ihr euer Techno-Gedröhne tagelang übersteht!«, hatte Paul patzig geantwortet.

»Ist schon okay«, hatte die Brünette gelassen erwidert, »so schlecht sind die Beatles auch wieder nicht! Bei den Proben von unserem ›Mädelsabend‹ im ›Live Club‹ haben wir uns auch schon mal an dem einen oder anderen Lied der Pilzköpfe versucht.«

Die nächsten Stunden verbrachten die Freunde damit, mit den beiden Frauen zu flirten und ihnen von ihren goldenen Jahren mit Sex, Drugs and Rock 'n Roll zu erzählen. Benny ließ mit der Souveränität des Alters gegen 22 Uhr noch eine Runde Williams springen. Als die vier Zecher glaubten, ihrem, allerdings noch nicht genau definierten, Ziel näher gekommen zu sein, waren urplötzlich die beiden Freunde von Jule und Isabella auf der Bildfläche erschienen, um sie abzuholen.

»Erzählen die Opas wieder vom Krieg?«, fragten die jungen Männer in die fröhliche Runde.

Benny wollte schon böse werden, doch angesichts der gestählten Körper der jungen Kerle beließ er es bei einem »Schön, dass wir euch kennengelernt haben« zu den beiden Frauen, die ihre Sachen zum Aufbruch zusammenrafften und ihre Freunde in den Arm nahmen. Sehnsüchtig verfolgten vier in die Jahre gekommene Augenpaare die leicht im Abendwind flatternden Röckchen ihrer Tischpartnerinnen.

»Mmmh«, seufzte Dieter.

»Mmmh, geht mir genauso«, antwortete Benny.

»Aber scheiß drauf, Malle ist nur einmal im Jahr, olé, olé und shalala!«, begann Paul zu grölen.

Alle sangen den ursprünglichen Hit der Bamberger »Endlich Kerwa«-Band begeistert mit.

Eigentlich hatten ihn seine Freunde mit dem Taxi nach Bamberg mitnehmen wollen, doch als Benny um Mitternacht aus der Toilette torkelte, waren Dieter, Helmut und Paul schon verschwunden. Mit einem kräftigen Fluch hatte er sich hinter das Lenkrad seines Autos gesetzt und Gas gegeben, erinnerte er sich langsam. Und obwohl er sich das linke Auge zugehalten hatte, um nicht permanent doppelt zu sehen, hatten seine alkoholisierten Fahrkünste anscheinend nur für wenige Meter getaugt. Anders war die Nacht im Auto nicht zu erklären. Benny rappelte sich schwerfällig auf, um seine Lage und seinen Standort zu checken. Sein über alles geliebter weinroter Uralt-Renault Marke Clio – von Hagelschäden, Rost und diversen Bagatellunfällen schwer gezeichnet – stand abseits der Straße, nur wenige Meter von einer Scheune entfernt.

Benny rülpste erneut. Ein Würgen schüttelte ihn. Die Magensäure rotierte in ihm wie das Blubberwasser in einem Whirlpool. Er schluckte und presste seine Lippen fest zusammen. Bloß nicht kotzen, dachte er. Wer wie er in seinem Leben einen ganzen Tanklaster mit Gerstensaft vernichtet hatte, der durfte keine Schwäche zeigen! Aus seiner Hosentasche zog er ein zerknülltes Tempo-Taschentuch und rotzte kräftig hinein. Das Würgen ließ schlagartig nach. Benny strich sich fast liebevoll über seine mächtige Wampe, die er immer als »geballte Ansammlung von Muskel- und Samensträngen« verteidigte. Zufrieden grinste er in die Landschaft. Was für ein schöner Samstagmorgen!

Nach einer eiskalten Dusche zu Hause und einem dringend notwendigen Kleiderwechsel konnte er sich einen kleinen Frühschoppen im Mahrs, einer der ältesten Brauereien der Domstadt, gut ausmalen.

Bamberger Originale und Stammgäste trafen sich im Sommer meist in der hintersten Ecke des idyllischen Brauereigartens. Zwei lange Bankreihen ohne Tische reichten, um den neuesten Bamberger Schmäh auszutauschen. Wenn er ehrlich war, so neu war der Schmäh nun doch nicht. Eigentlich war der Schmäh immer der gleiche. Ein bisschen Basketball, ein bisschen »Weißt-du-noch?«, ein bisschen Trauerbewältigung, weil wieder mal ein ganz Großer von dannen gegangen war, ohne sich vorher von ihnen zu verabschieden. Ein bisschen Frauen-Bashing – so richtig gute Beziehungen führten hier die Wenigsten. Wenn sie überhaupt welche hatten. Und natürlich ein bisschen oberfränkisches Gwaaf, wo es denn nun die billigsten und besten Brotzeiten oder Bräten in Bamberg und Umgebung gab. Denn in kulinarischen und pekuniären Dingen leistete sich der Franke – und insbesondere der Bamberger – einen geradezu paradox anmutenden Lebensstil. Um einen Euro zu sparen, war er nicht nur gewillt, sondern auch genetisch wohl dazu konditioniert, auch mal 10 bis 20 Kilometer Wegstrecke auf sich zu nehmen, um sich einen Gerupften, einen Sauerbraten oder ein Schäuferla mit Kloß einzuverleiben, obwohl es die gleichen Gerichte in gleicher, manchmal auch besserer, Qualität vor seiner Haustür gab. Nur eben einen Euro teurer. Diese fränkische Bescheidenheit im Geldbeutel bezüglich Speis und Trank machten sich einige clevere Verlage zunutze, indem sie Schlemmerpässe (»Zu zweit essen – nur einmal zahlen!«) und »Bierdümpel« (»Vier Bier bezahlen, acht Bier trinken!«) ausgaben.

Geradezu hektisch wurde es bei dieser Stiftung Warentest auf gut Fränkisch, wenn die Gutscheine nach einem Jahr zu verfallen drohten. Die noch verbliebenen Restaurants und Brauereien wurden dann mit eiserner Disziplin und tapferem Durchhaltewillen an der kulinarischen Front abgearbeitet, denn der Genussfranke hasste nichts so sehr, wie einmal ihm eingeräumte Vorteile nicht auszunutzen.

Auch Benny überlegte kurz – so weit das in seinem Zustand überhaupt schon möglich war –, ob er den Frühschoppen beim Mahrs nicht sausen lassen und stattdessen lieber am Mittag einen Gutschein in Kemmern abfressen sollte. Doch die Versuchung siegte bei ihm über den Verstand. Er entschied sich für die Mahrs-Brauerei. Die einzig weise und richtige Entscheidung für diesen herrlichen Sommertag, an dem »Radio Bamberg« Temperaturen von über 30 Grad angesagt hatte. Als er wieder in sein französisches Beulengefährt steigen wollte, wanderte sein Blick noch mal zur Scheune. Benny stutzte. Ein silberfarbener Golf hatte sich anscheinend mit einer solchen Wucht in die Mauer gebohrt, dass der Wagen um ein Drittel geschrumpft war. Benny schluckte schwer. Dunkel meinte er sich an einen lauten Knall in der letzten Nacht erinnern zu können. Aber er war sich nicht sicher. Irgendetwas in seiner Magengrube warnte ihn eindringlich davor, sich dem Unfallfahrzeug zu nähern. Und dennoch tat er es, obwohl ihm jeder Schritt schwerfiel und wie in Zeitlupe vorkam.

Das letzte Mal hatte er sich so gefühlt, als er vor sieben Jahren an das Totenbett seiner Mutter getreten war. Die Krankenschwestern hatten vergessen, ihr den Mund nach dem letzten Schnaufer zu schließen. »Das ist nicht meine Mutter!«, hatte er angesichts ihres grausam wirkenden Gesichtsausdrucks geschrien – und war ohne ein

Wort des Abschieds auf den Flur gerannt. Vorbei an seiner Schwester. Vorbei an seiner damaligen Frau. Raus. Einfach nur raus. Jeder seiner Träume, in dem seine tote Mutter auftrat, endete mit ihrem geöffneten Mund und ließ ihn aus dem Bett hochfahren und zittern.

Dass die beiden Rücklichter des Volkswagens noch brannten, hätte ihm eine letzte Warnung sein müssen, nicht in den Golf hineinzublicken. Eine Ampel überquert man nicht bei Rot. Man wartet auf Grün. Doch er wollte nicht auf Grün warten.

»Lass die Finger von dem Auto«, versuchte ihn seine innere Stimme zu überreden. »Ruf die Polizei und überlass ihr den Scheiß! Das Ganze geht dich doch nichts an! Oder noch besser: Hau einfach ab!«

Benny schaute sich um. Er war mutterseelenallein. Er sollte auf seine innere Stimme hören! Wenn er sich jetzt verdünnisierte, konnte ihm keiner was. Vielleicht sollte er mit unterdrückter Rufnummer die 110 anrufen. Das wäre doch ein fairer Kompromiss zwischen dieser verfluchten inneren Stimme und seinem Gewissen. Oder?

Benny berührte mit der rechten Hand das obere Heck des Golfs. Fuhr mit den Fingern am Dach entlang nach vorne. Seine Beine drohten bei jedem Schritt einzuknicken. Zwei Raben kreisten über dem Autowrack und ließen sich dann in einiger Entfernung lauernd nieder. Als er nach ihm endlos erscheinenden Sekunden bei der Fahrertür angekommen war, holte Benny tief Luft. Ganz langsam bückte er sich und spähte in das Wageninnere. Das Blut gefror in seinen Adern, seine Gesichtsfarbe wechselte von einem kräftigen Trinkerrot ins Aschfahle. Die Hände des Toten hielten das Lenkrad fest umklammert und hatten es fast vertikal verbogen. Die Lenksäule hatte den

Brustkorb des Fahrers durchbohrt. Eine gewaltige Blutfontäne hatte sich über die Armaturen, den Sitz und den ausgelösten Airbag ergossen und sich mit den Splittern der geborstenen Windschutzscheibe vermengt. Blutüberströmt auch das gelbe Polohemd und die hellblaue Jeans des Fahrers. Aus den Boxen des Golfs klang ganz leise »Nur zu Besuch« von den Toten Hosen. Einen Moment klebte Bennys Blick an dem Grauen, dann wandte er sich entsetzt ab und übergab sich. Doch er wusste, dass er noch mal hineinschauen musste. Die Leiche hatte keinen Kopf. Da, wo er hätte sein müssen, gab es nur noch einen blutigen Stumpf.

KAPITEL 3

Kriminalrätin Petra Stengl warf einen prüfenden Blick in den Innenspiegel ihres Dienstwagens. Zufrieden nickte sie ihrem Spiegelbild zu. Aus ihrer goldenen Handtasche, die auf dem Beifahrersitz lag, wurstelte sie ein Parfümfläschchen heraus und besprühte ihren schlanken Hals, das weit ausgeschnittene Dekolleté ihres rostroten Leinenkleides und ihre Handgelenke. Ein betörender Sommerduft strömte durch den BMW. Sie stellte den Motor ab, löste den Sicherheitsgurt und strich sich durch ihre dunkle Löwenmähne, die ihr bis über die Schulter fiel. Ein Lächeln huschte über ihr ovales Gesicht und betonte ihre hohen Wangenknochen. Als sie aus dem Wagen stieg, klebten die Blicke der Kriminaltechniker an ihren langen, gebräunten Beinen und ihrem attraktiven Körper, der sich unter ihrem engen Kleid deutlich abzeichnete. Petra Stengl war sich ihrer Wirkung auf die Männerwelt trotz ihres Alters, das irgendwo über 40 lag, bewusst. Und sie genoss sie. Mit zuckersüßer Miene trippelte sie auf ihren teuren High Heels über die trockene Wiese auf den Leiter der KTU zu. Den neben ihm stehenden Kollegen von der Mordkommission, Kriminalkommissar Norbert Denzlein, würdigte sie keines Blickes.

»Und?«, fragte sie den schlanken, in einen Schutzanzug gehüllten Kriminaltechniker, aus dessen Weiß nur

ein rosafarbenes, junges Gesicht mit einer etwas zu großen Akademikerbrille hervorstach.

»In dem Golf sitzt eine Leiche ohne Kopf«, sagte Norbert Denzlein, bevor der Kriminaltechniker überhaupt
das Wort ergreifen konnte. »Das Ganze sieht nicht wie
ein Unfall aus, darum sollen wir von der Mordkommission …«

»Habe ich dich gefragt?«, zischte die Kriminalrätin
mit eisiger Stimme. »Wenn ich einen Anrufbeantworter
brauche, sage ich dir rechtzeitig Bescheid!«

Denzlein zuckte zusammen, als ob ihn ein Peitschenhieb
getroffen hätte. Schon seit Monaten versuchte der 50-jäh-
rige Kriminaler mit den halblangen, aschblonden Haaren, mit Petra, seiner Petra, wieder ins Reine zu kommen.
Doch die Kriminalrätin, mit der er nach einem bierträch-
tigen Abend in der Köttensdorfer Brauereigaststätte Hoh
eine hochexplosive Nacht verbracht hatte, gab ihm nicht
den Hauch einer Chance. Verlegen zwirbelte Denzlein
seinen mächtigen Fu-Manchu-Bart, der eher ins Rotlicht-
milieu auf der Geisfelder- oder Jäckstraße als zur Bamberger Kripo zu passen schien.

Seine kräftige Gestalt, die er regelmäßig in einer Flat-
rate-Muckibude und in einem EMS-Studio trainierte,
schien auf die Hälfte zu schrumpfen. Und dank seiner eingezogenen Schultern wirkte er noch trauriger
als sonst. Er hatte es vermasselt. Das Glück. Die Liebe.
Einfach alles. Ihn musste der Hafer gestochen haben,
als er einen Zeitungsartikel der »Augsburger Allgemei-
nen« über die sexuellen Eskapaden seiner neuen Chefin
in einem Swingerclub an die Pinnwand im K1 geheftet
hatte. Das hätte er nicht tun dürfen. Aber zu dem Zeit-

punkt war er auch noch nicht mit Petra zusammen gewesen. Was hieß »zusammen«? Eine verrückte Nacht hatten sie gemeinsam verbracht, sich sexuell völlig ausgehungert bis in die frühen Morgenstunden ineinander verkrallt. Und dann, nach ein paar unendlichen Tagen der Sprachlosigkeit, weil keiner dem anderen seine Liebe einzugestehen wagte, aus Sorge, erneut verletzt zu werden, hatten sie sich geküsst. Auf einem Autobahnrastplatz zwischen Bamberg und Coburg. Ihr gemeinsames Glück währte nicht einmal eine Stunde. Als sie den Hauptverdächtigen in einem Mordfall in seiner Coburger Villa festnahmen, spielte der seinen letzten Trumpf aus und verriet, dass er, Norbert Denzlein, den Zeitungsartikel über seine Chefin Petra Stengl ans Schwarze Brett platziert hatte.

Obwohl Petra von ihm ein klares Nein gefordert hatte, war er nicht imstande gewesen, weiter zu lügen. Beschämt hatte er seinen Kopf gesenkt und war puterrot angelaufen. In den folgenden Tagen, Wochen und Monaten hatte Petra jeden Versöhnungsversuch oder die Bitte um eine Aussprache barsch abgelehnt. Stattdessen bediente sie sich eines nüchternen, dienstlichen Umgangstons mit gelegentlichen zynischen Spitzen.

»Wie Kollege Denzlein gesagt hat«, begann der KTU-Mann vorsichtig, »haben wir den Fahrer ohne Kopf vorgefunden.«

»Ohne Kopf? Was soll das heißen?«, fragte die Kriminalrätin barsch. Petra Stengl warf einen Blick auf die enthauptete Leiche auf dem Fahrersitz.

»Ja, also, nein …«, setzte ihr Untergebener ungefragt zu einer Erklärung an.

»Ich wusste noch gar nicht, Norbert, dass man ohne Kopf fahren kann!« Petra Stengl wandte sich wieder an den KTU-Mann: »Ich gehe einmal davon aus, dass wenigstens Sie zu einer nüchternen Analyse in der Lage sind?«

Der Kriminaltechniker schluckte. Jeder von der KTU wusste, dass mit der Kriminalrätin nicht gut Kirschen essen war.

Darum wählte er seine Worte mit Bedacht. »Auf den ersten Blick sieht alles aus wie ein ganz normaler Unfall. Autofahrer kommt wegen zu hoher Geschwindigkeit von der Straße ab und prallt gegen eine Scheune. Ein solches Szenario würde auch die schweren Verletzungen im Brustbereich, die gebrochenen Beine und Arme erklären. Schon wenn Sie unangeschnallt wie unser Toter hier mit 80 Stundenkilometern gegen ein Hindernis prallen, wirken Kräfte von mehr als drei Tonnen auf Ihren Körper und Sie werden mit 20-facher Schwerkraft aus Ihrem Sitz gehoben. In Todesangst halten Sie das Lenkrad umklammert, verbiegen es vertikal, und durch die andauernde Schwerkraft werden Sie von der Lenksäule durchbohrt. Stahlsplitter dringen in den Brustkorb ein, reißen Löcher in die Lunge und zerfetzen die inneren Arterien. Arme und Beine knicken wie trockene Zweige. So ein Unfall ist immer tödlich.«

»Aber das ist kein normaler Unfall?«, fragte die Kriminalrätin mehr rhetorisch.

»Nein. Es sind überhaupt keine Bremsspuren zu erkennen.«

»Wie meinen Sie das? Selbstmord?«

Der KTU-Mann nickte leicht. »Eigentlich spricht alles für einen Suizid, auch wenn ich erst das Ergebnis der Obduktion und einen toxikologischen Befund der Rechtsmedizin Erlangen abwarten möchte.«

»Wo ist eigentlich meine Freundin Bärbel, also Frau Faun? Wurde die nicht informiert?«

»Doch, doch. Aber Frau Faun muss heute einen wichtigen Vortrag halten. Und eigentlich spricht ja alles für Selbstmord, da ...«

»Was heißt ›eigentlich‹?«, blaffte Petra Stengl. »Kommen Sie mal auf den Punkt!«

»Okay, okay. Nicht eigentlich, sondern alles spricht für eine Selbsttötung. Offenbar wollte der Fahrer auf Nummer sicher gehen. Sehen Sie die Drahtschlinge hier? Da kleben sogar noch ein paar Bartreste dran!« Der Spezialist zeigte auf die Kopfstütze des Fahrersitzes. »Unser Toter hat sich diese Schlinge vermutlich um den Hals gelegt und an der Kopfstütze befestigt. Beim Aufprall auf die Scheune hat ihm die Schlinge den Kopf abgerissen und diesen durch die Windschutzscheibe geschleudert.«

»Der Schädel liegt da vorne im hohen Gras. Deswegen haben wir ihn zunächst nicht gefunden.« Kriminalkommissar Denzlein zeigte auf die linke Scheunenhälfte, vor der ein weißes Tatortfähnchen im Boden steckte.

Petra Stengl nickte. »Okay, Norbert, dann sehen wir uns den Kopf mal an!«

Die Kriminalrätin bückte sich und betrachtete neugierig den deformierten Schädel mit den blutverschmierten langen Haaren.

»Warum ...?«

»Warum der Kopf so entstellt ist?« Der KTU-Techniker zeigte auf einen dunklen Fleck in knapp anderthalb Meter Höhe an der gelb gestrichenen Scheunenwand. »Nachdem er durch die Windschutzscheibe geschleudert wurde, prallte er dort auf. Das erklärt die schweren Deformationen und ist ein weiteres Indiz dafür, dass der Wagen mit hoher Geschwindigkeit und ohne jede Bremsabsicht gegen die Scheune gefahren wurde.«

»Eine scheußliche Art, sich das Leben zu nehmen. Es gibt sicher bessere und einfachere«, zeigte Petra Stengl das erste Mal einen Anflug von Emotionalität. »Unfall oder Fremdverschulden können wir wohl ausschließen?«, wandte sich die Kriminalrätin an den KTU-Techniker.

Der schmale Mann drückte sein Kreuz durch. »Mit an Sicherheit grenzender Wahrscheinlichkeit!«

»Dann brauchen wir ja nur noch einen Grund für seinen Selbstmord zu finden. Norbert, das machst du! Also Eltern, Verwandte, Freunde, Kollegen befragen, die ganze Palette. Vielleicht findest du ja sogar einen Abschiedsbrief. Und dann können wir diesen kopflosen Fall zu den Akten legen.«

»Das sollten wir unter keinen Umständen! Entschuldigung, Petra, dass ich dir widerspreche. Aber das ist kein normaler Selbstmord.«

»Enthauptungen, Nobby, sind in der forensischen Routine eher selten. Da hast du recht«, warf der KTU-Techniker ein. »So gesehen ist es kein normaler Selbstmord. Dennoch kommen in der Forensik gelegentlich Enthauptungen vor. Dabei handelt es sich in Deutschland überwiegend um Unfälle oder Suizide.«

Denzlein schüttelte ärgerlich den Kopf. »Das meine ich nicht. Aber eine Frage muss doch erlaubt sein: Warum klammert sich ein Selbstmörder so ans Lenkrad, dass ihm die Arme brechen? Warum lässt er das Lenkrad nicht einfach los? Er will doch sterben, da bedarf es doch keines Abwehrmechanismus!«

Petra Stengl schaute ihren Untergebenen mit großen, nachdenklichen Augen an. Norbert, dachte sie, darf man nie unterschätzen. Schließlich hatte der Mann, der sie so sehr verletzt hatte, bei allen Kollegen und Vorgesetzten den Ruf eines brillanten Analytikers. Wäre er bei einer Alkoholkontrolle während der Sandkerwa, Bambergs größtem und schönstem Volksfest, vor einigen Jahren nicht völlig ausgerastet, hätte er mit seinen Fähigkeiten sicherlich Karriere machen können. Doch die hatte er sich mit fast zwei Promille und minutenlanger Beamtenbeleidigung gründlich versaut.

Ihr gekränktes Herz wollte Nobby schon mit harten Worten für seine doch im Grunde lächerlichen Fragen zurechtweisen, doch letztlich siegte ihr Verstand.

»Norbert, vielleicht hat der Fahrer nur in einem letzten Reflex das Lenkrad umklammert. Aber dieses Vielleicht ist mir zu wenig. Wir sollten deinem Verdacht nachgehen. Womöglich steckt hinter dieser Sache doch mehr als ein verzweifelter Suizid!«

Verlegen wich Denzlein den aufmunternden Blicken seiner Vorgesetzten aus. »Danke, Petra. Ja, das meine ich auch!« Seine Stimme klang wie von einem Reibeisen gehobelt.

»Hier geht es nicht um ein Dankeschön, sondern um knallharte Polizeiarbeit!« Unwirsch drehte sich die Kriminalrätin von Norbert Denzlein weg. Sie hasste Männer, die sich immer bedankten. Solche Männer hielten ihr auch noch die Türen auf, zahlten ganz oldschool die Restaurantrechnung – und glaubten, sie damit beeindrucken zu können.

»Wissen wir inzwischen, wer der Tote ist?«, fragte sie mit schneidender Stimme in die verstummte Männerrunde hinein.

Nobby Denzlein reichte ihr eine kleine Plastiktüte mit einem darin befindlichen Personalausweis. Ein zartes Gesicht mit blondem Bart und langen Haaren sah sie an.

»Von seiner Schönheit ist nicht mehr viel übrig geblieben«, bemerkte die Kriminalrätin trocken.

Ihr Kollege schlug sein kleines Notizbuch auf. »Laut des Persos, den wir im Portemonnaie des Toten gefunden haben, handelt es sich um Wilhelm Kürzel, 33 Jahre, aus Oberhaid. Scheint verheiratet gewesen zu sein. Denn die Halterin des Wagens ist eine gewisse Sarah Kürzel, 32 Jahre, ebenfalls aus Oberhaid.«

»Das ist irgendwo an der Autobahn Richtung Schweinfurt?« Petra Stengl sah Denzlein fragend an.

»Ja, nicht weit von hier. In Oberhaid beginnt der Weinanbau, der sich über Sand, Zeil am Main bis nach Würzburg und Kitzingen zieht. Und da kannst du manch guten Tropfen …«

»Jetzt erzähl du mir als alte Biersenke nicht, dass du Ahnung von einem guten Tropfen Wein hast. Ihr Franken-Aborigines sauft hier ja nur Billig-Silvaner der übelsten Sorte!«

»Die jungen fränkischen Winzerinnen und Winzer bauen längst bessere Weine an als ihre Eltern«, protestierte Nobby energisch.

»Der Bocksbeutel sagt doch schon alles über eure angeblichen Qualitätsweine aus. Wer Rebensaft in eine Flasche füllt, die aussieht wie der Hodensack eines Ziegenbockes, bei dem geht es eher um ein archaisches Sexualritual als um Weingenuss!«, lästerte Petra Stengl ab, auch wenn sie insgeheim wusste, dass Norbert sich mit dem hiesigen Wein auskannte.

Sie ahnte, wie sehr diese Bemerkung ihren Kollegen

verletzen würde. Denn beim Essen und Trinken verstand der Franke keinen Spaß. Er hielt sich für einen Genießer – und war es zweifellos auch –, wobei der Genuss sich preislich auf jeden Fall in Grenzen halten musste. Jede Kritik an Speis und Trank empfand er als Beleidigung der »Genussregion Franken«, wie der nördliche Zipfel Bayerns schon auf den Autobahnschildern angekündigt wurde. Dabei warben die Tafeln mit Schweinshaxe und Klößen in einem dunklen Braun, das sehr an angerührte Tütensoße erinnerte. Als sie das puterrot angelaufene Gesicht von Nobby Denzlein sah, musste sie innerlich lächeln. Wie leicht war es doch, einen Menschen auf die Palme zu bringen, wenn man seine heimatlichen Gebräuche madig machte!

Dabei schätzte sie nach ihrer Zwangsversetzung von Augsburg nach Bamberg das kulinarische Angebot in Oberfranken durchaus.

Und auch ihre Weinattacke auf Nobby war alles andere als fair. In dem weit im Land für seine frische, regionale und anspruchsvolle Küche bekannten Landgasthof Hofmann im steigerwälderischen Schindelsee, den sie im Laufe ihrer Mordermittlungen gegen einige Haie der Glücksspielbranche kennengelernt hatte, hatte sie bei einem fünfgängigen Menü mit ihrer Freundin Bärbel auch hervorragende Frankenweine verkosten dürfen – neben dem obligatorischen Silvaner auch ausgezeichnete Scheurebe, Burgunder und Rieslinge.

»Der Bocksbeutel …«, setzte Nobby Denzlein verzweifelt zur Verteidigung der ungewöhnlichen und geschützten Flaschenform an. »Also der Bocksbeutel …«

»Wer hat den Toten gefunden?«, unterbrach ihn seine Chefin.

Nobby Denzlein schluckte. Sein Kehlkopf fuhr wie ein Paternoster ohne jeden Stopp rauf und runter. Petras Härte schien ihm zu schaffen zu machen. Über seine Augen huschte ein Anflug von Schwermut. Er schluckte erneut, bevor er seine Schultern durchdrückte und einen recht zerzaust wirkenden Mann heranwinkte, den eine penetrante Alkohol- und Schweißfahne umspielte.

»Das ist Benny Haderlein. Er hat nach einer Nacht im Auto«, der Kriminalkommissar deutete auf einen zerbeulten Wagen, »vor gut einer Stunde den Toten gefunden und uns informiert.«

»Haben Sie noch irgendwas Ungewöhnliches bemerkt?«, fragte Petra Stengl. Angewidert verzog sie ihr Gesicht, als der säuerliche Gestank, der von dieser Person ausging, in ihre Nasenflügel drang und sich dort einzunisten drohte.

»Ich habe im Wagen geschlafen, vielleicht habe ich in der Nacht einen Bums gehört, ich bin mir aber nicht ganz sicher.« Benny Haderlein rülpste.

Petra Stengl drehte sich weg. »Du hast die Personalien?«, wandte sie sich an Nobby Denzlein.

Der Kriminalkommissar nickte beflissen.

»Dann sollen die Kollegen ihn pusten lassen!«

»Aber Petra, Herr Haderlein hat uns doch angerufen! Sei doch nicht päpstlicher als der Papst!«

Das Gesicht der Kriminalrätin mutierte binnen einer Zehntelsekunde zur Eismaske. »Ich weiß nicht, wie dein Kenntnisstand ist, Norbert. Ich bin immer noch deine Chefin, oder habe ich irgendeine Beförderung verpasst?«

Nobby Denzlein senkte den Blick und murmelte etwas in seinen Bart.

»Kann ich das als ein klares Ja interpretieren?«, setzte Petra Stengl nach.

Verlegen blickten die umstehenden KTU-Leute und Streifenpolizisten weg.

»Ja«, quetschte Nobby Denzlein kleinlaut heraus.

»Da ist noch etwas Merkwürdiges«, wagte der junge KTU-Mann, die Stille zu durchbrechen. Er reichte Petra Stengl eine blaue Tupper-Dose und öffnete sie vorsichtig. »Das haben wir unter dem Autositz gefunden.«

»Ist das etwa eine Hostie?«, fragte die Kriminalerin. Die Verblüffung war ihr deutlich anzusehen.

»Genau. Und wenn ich mich nicht sehr täusche, ist darauf Blut.«

KAPITEL 4

Als Petra Stengl und Norbert Denzlein den Fundort der
Leiche verließen, stolperte ihnen über die Wiese Bert
Engel, der Journalist des »Fränkischen Tags« für ganz
spezielle Fälle, entgegen. Der modebewusste, schlanke
Schreiberling trug ein lässiges blaues Sakko, darunter ein
weißes Leinenhemd mit einer auffällig gestickten Knopf-
leiste. Seine langen Beine steckten in einer verwaschenen
Markenjeans im oberen Preissegment. Schon seit vielen
Jahren verzichtete er im Sommer auf Socken. Vielmehr
legte er großen Wert darauf, seine eindrucksvolle Sneaker-
Kollektion auszubauen. Am linken Arm baumelte eine
braunsilberne Holzkern-Uhr aus Mahagoni und Edel-
stahl. Die langen Haare im angedeuteten Surfer-Look
machten den 48-jährigen Schreibvirtuosen, als den er sich
selbst sah, wesentlich jünger, als er war.

»Der hat mir gerade noch gefehlt«, stöhnte Petra Stengl
gespielt entnervt.

»Können Sie mir schon Näheres über den Selbstmord
sagen?«, fragte er die Kriminalrätin.

»Die Journaille schreibt doch nie über Selbstmord. Das
ist so eine Art Ehrenkodex der Presse. Um Menschen
nicht dazu zu animieren, ebenfalls Selbstmord zu begehen«, antwortete Petra Stengl kühl.

Über das kantige Gesicht des Journalisten huschte ein
spöttisches Lächeln. Seine grünen Augen blitzten.

»Es ist also ein Selbstmord«, grinste er. »Aber wohl ein außergewöhnlicher, Leiche ohne Kopf und so? Können Sie das bestätigen?«

Denzlein fühlte sich durch das forsche Auftreten von Bert Engel sichtlich unwohl in seiner Haut. Er war mit dem Journalisten per Du. Und von Zeit zu Zeit tranken sie auch schon mal ein Seidla zusammen.

»Woher wissen Sie …?« Petra Stengl biss sich fast auf die Zunge. »Wenden Sie sich bitte an unsere Pressestelle!«

Denzlein zuckte entschuldigend in Richtung des Journalisten mit den Schultern und trottete dann provozierend langsam seiner voraneilenden Chefin hinterher.

Als sie die Wagentür öffnete, fauchte sie Denzlein an. »Hast du das dem Engel gesteckt?«

»Nein, warum sollte ich?«

»Wenn keiner von uns gezwitschert hat, woher weiß Engel denn das mit der Enthauptung? Sollte hinter dem Selbstmord mehr stecken – und das vermutest du ja –, dann ist das schon nahe dran am Täterwissen.«

»Also, Petra, jetzt hör auf. Bert ist doch kein Mörder«, empörte er sich.

Petra war auf Streit aus. Und der Journalist bot ihr mit seinen unbequemen Fragen einen guten Grund für eine Attacke auf Norbert.

»In über tausend Tatort-Folgen haben vor allem Unternehmer, Manager, Berufskiller und Schüler ihre Opfer erschlagen, erwürgt oder erschossen. Und nur ein paarmal waren Journalisten die Mörder«, versuchte er, die angespannte Situation mit unnützem Wissen zu lockern. Woher Engel allerdings seine detaillierten Informationen hatte, konnte er nicht erklären.

»Ausnahmen bestätigen die Regel«, bemühte Petra ein abgelutschtes Sprichwort. Dann schwieg sie. Norbert Denzlein ließ den Wagen an. Beide blickten auf dem Weg nach Oberhaid starr geradeaus.

Die kleine Gemeinde, knapp sieben Kilometer von Bamberg entfernt, lag mit ihren Ortsteilen Unterhaid, Staffelbach, Sandhof und Johannishof genau an der Schnittstelle zwischen Bierfranken und Weinfranken. Und so gab es in dem Dorf nicht nur eine historische Kellergasse mit eindrucksvollen tiefen und kühlen Kellern der Hausbrauberechtigten und schattiger Ausschankgastronomie, sondern auch Heckenwirtschaften und Weinstuben. Mehrere Winzer bauten die typischen Frankenweine wie Silvaner, Bacchus, Müller-Thurgau und Acolon auf etwa 50.000 Quadratmetern entlang der sanft geschwungenen Südhänge des Maintals an.

Die Sonne näherte sich ihrem höchsten Stand und spiegelte sich auf der Windschutzscheibe, auf der mit zunehmender Geschwindigkeit Insekten zerplatzten und gelblich-braune Flecken hinterließen. Das Gebläse der Klimaanlage rauschte in die Stille hinein, eine von Petras Locken zitterte im Luftzug wie die Nadel eines Seismografen auf einem Aufzeichnungsblatt hin und her. Heute schleppten sich nur ein paar Wochenendfahrer über die A 70 Richtung Schweinfurt/Würzburg. Die Lkw, die ansonsten die großen Arbeitgeber der Region wie Brose oder Bosch in Hallstadt anfuhren, saßen auf den überfüllten Autobahnparkplätzen fest oder warteten zu Hause geduldig auf ihren Einsatz. Nobby Denzlein drückte aufs Gaspedal. Mit der Lichthupe verdrängte er einen notorischen Linksfahrer in einem alten silbergrauen Honda Civic. Petra Stengl warf ihrem Kollegen einen bösen Blick zu, sagte aber nichts. Mit quietschenden Reifen bog er von der Autobahn ab und rauschte mit weit überhöhter Geschwindigkeit auf den Kreisverkehr vor Unterhaid zu.

»Geht's noch?«, fauchte sie ihren Untergebenen in schneidigem Offizierston an.

Denzlein trat in die Eisen und fuhr provozierend langsam weiter.

»Ist es so recht, Frau Kriminalrätin?«

Petra Stengl schoss das Blut ins Gesicht. Sie hatte Schwierigkeiten, sich zu beherrschen. Der Kerl nahm sich einfach zu viel heraus. Sie schluckte mühsam ihren Ärger hinunter. Schließlich mussten sie gemeinsam ermitteln. Sie hatte ihn geliebt. Ja. Und sie war sich zum ersten Mal seit Jahren bei einem Mann ganz sicher gewesen. Doch Nobby hatte sie verraten und ihr Privatleben vor den Kollegen ausgebreitet. Zwar war das vor ihrer ersten und einzigen gemeinsamen Nacht gewesen. Doch was hieß das schon?

»Wir sind da!« Denzlein hielt den Wagen an und zeigte auf einen schlichten Neubau ohne Verputzung. Vor dessen Eingang stapelten sich graue Pflastersteine. Zwei Kinder im Vorschulalter, ein Mädchen mit langem braunem Zopf in einem gelben Kleidchen und ein etwas älterer Junge mit Ronaldo-Frisur in einem zu weiten Bayern-München-Trikot, vielleicht fünf Jahre alt, wühlten in einem großen Sandhaufen, auf dem eine umgedrehte Schubkarre lag. Daneben standen eine vor sich hin rostende Betonmischmaschine sowie ein aufblasbarer, rechteckiger Kinderplanschpool, über dem sich ein schattenspendendes grünes Froschmaul mit zwei weißen Glubschaugen an den Seiten öffnete.

»Wir teilen Frau Kürzel nur den Selbstmord mit, nicht aber, dass ihr Mann sich eine Schlinge um den Hals gelegt hat«, sagte Petra Stengl.

Denzlein nickte ergeben.

An einigen Bauabfällen und den neugierigen Kinderaugen vorbei staksten die beiden Ermittler auf die halb geöffnete Eingangstür zu. Energisch drückte Denzlein auf die Klingel, die auf einem Stückchen Holz an der kahlen Hausmauer befestigt war. Zum Glockenschlag von »Big Ben« erschien im Türrahmen eine dünne, knapp 30-jährige Frau in einem olivfarbenen T-Shirt und einer weißen Jeans. Mit ihrem dunklen, kinnlangen Bob und einem kurzen Pony hatte sie eine gewisse Ähnlichkeit mit Uma Thurman, die diese Frisur mit ihrer Rolle als Gangsterbraut in »Pulp Fiction« zum Kult gemacht hatte. Aus ihren blaugrauen Augen lächelte sie die Ermittler müde an.

»Ja?«, fragte sie mit unsicherer Stimme und warf einen scheuen Blick auf die Dienstmarken, die ihr Petra Stengl und Norbert Denzlein entgegenhielten.

»Ich bin Kriminalrätin Stengl und das ist Kriminalkommissar Denzlein von der Kripo Bamberg«, begann die Kriminalrätin. »Sie sind doch Frau Kürzel? Sarah Kürzel? Die Frau von Wilhelm Kürzel?«

Die Angesprochene nickte. Langsam trocknete sie ihre nassen schneeweißen Hände an ihrem T-Shirt ab. »Ich habe gerade gekocht und die Töpfe abgespült«, entschuldigte sie sich.

»Wir haben ein paar Fragen an Sie«, setzte Petra Stengl nach. »Können wir reinkommen?«

»Natürlich!« Sarah Kürzel führte die beiden Beamten in ein großes Wohnzimmer, das ganz erfüllt war vom

»Wohnst du noch oder lebst du schon?«-Charme eines schwedischen Möbelhauses. Auf den schweren Holzdielen lagen bunte Bauklötze, eine einäugige Puppe, Spielzeugautos und vollgekritzelte Malbücher. Eine angeknabberte Schokolade schmolz langsam vor sich hin. An den Wänden lehnten große Bilderrahmen mit Schwarz-Weiß-Drucken von Audrey Hepburn und James Dean, die wohl schon seit Monaten darauf warteten, endlich aufgehängt zu werden.

Sarah Kürzel deutete auf eine rote Vierer-Couch. »Setzen Sie sich bitte!«

»Frau Kürzel, wir müssen Ihnen etwas sehr …«, begann Denzlein vorsichtig. Dann räusperte er sich: »Also wir müssen Ihnen leider …«

»Ist was mit Willi? Willi macht immer, was die Prophetin ihm befiehlt.«

Stengl und Denzlein sahen sich erstaunt an.

»Prophetin?«, fragte Petra Stengl. »Was für eine Prophetin?«

»Tabea Wallner. Sie ist letzte Prophetin der Universellen Blutzeugen des Herrn.«

»Sie meinen diese Sekte, über die der ›Fränkische Tag‹ mal berichtet hat?« Die Kriminalrätin konnte sich dunkel an einen Artikel von Bert Engel erinnern. Wie sie gehört hatte, wurde auch der Verrückte, der dem Bamberger Erzbischof die Monstranz entrissen hatte, von den ermittelnden Kollegen mit den Universellen Blutzeugen des Herrn in Verbindung gebracht. Sicher war das allerdings noch nicht. Der Mann hatte auf Anraten seines Anwalts von seinem Zeugnisverweigerungsrecht Gebrauch gemacht.

Sarah Kürzel presste ihre Handballen gegeneinander, ihre Augen blitzten böse. »Das ist keine Sekte, das ist der einzige Pfad zu Gottes Himmelreich!«, sagte sie mit lauter Stimme, wobei sie »Pfad« besonders betonte. »Was die Lügenpresse da berichtet hat, sind Fake News! Verstehen Sie, Frau … Wie war noch mal Ihr Name? Das sind Fake News. Die lügen wie gedruckt!«

Petra Stengl hatte keine Lust, sich auf eine Glaubensdiskussion einzulassen, doch ihr kriminalistisches Gespür sagte ihr, dass es vielleicht besser war, die Todesnachricht noch ein wenig zurückzuhalten. Sie warf Denzlein einen kurzen Blick zu. Der verstand sofort.

»Ich heiße Stengl. Kriminalrätin Stengl. Okay, Sie gehören also auch zu den Universellen Blutzeugen des Herrn?«

»Ja, natürlich!« Ein bisher hinter einer kleinen Wolke verborgener Sonnenstrahl traf das zarte Gesicht der Hausherrin. Sie strahlte. Wie gemalt, eine Rembrandt-Komposition, dachte Petra Stengl. Hinreißend.

»Durch seine Wunder zeigt uns der Herr, dass wir auf dem richtigen Weg, auf dem schmalen Pfad zu ihm sind. Wir sind seine Auserwählten. Uns gehört das Himmelreich.«

»Aber die Prophetin mögen Sie nicht besonders?«

Das Gesicht der Hausfrau verdunkelte sich. »Ich bin leider noch nicht so weit. Ich bin noch nicht rein.«

»Was heißt das, Sie sind noch nicht so weit? Sie sind noch nicht rein?«, schaltete sich Nobby Denzlein ein.

Petra Stengl ließ ihn gewähren. Auch wenn sie ihn als Mensch hasste, als Kollege war er kompetent. Da hatten persönliche Gefühle zurückzustehen.

»Ich habe die letzte Stufe des Pfads noch nicht erreicht. Um ein vollständiger Blutzeuge zu werden, muss man alles mit allen teilen«, erwiderte Frau Kürzel mit zittriger Stimme. »So weit bin ich noch nicht. Ich kann noch nicht alles teilen!«

Ihr Sohn huschte an ihnen vorbei und nahm sich in der offenen Küche im Landhausstil einen Krapfen vom Teller.

»Ich darf doch?«, rief er seiner Mutter im Hinausgehen mit einem glucksenden Lachen zu, ohne eine Antwort abzuwarten.

»Mein Mann will, dass die Kinder auch in der Gemeinschaft aufwachsen und dass wir unser Haus hier verkaufen und in das Dorf der Blutzeugen ziehen.«

Petra Stengl erinnerte sich, irgendwo gelesen zu haben, dass die Blutzeugen versuchten, ein ganzes Dorf am Fuße der Giechburg bei Scheßlitz aufzukaufen. Mehrere Gebäude, die lange leer gestanden waren, sollten schon in ihrem Besitz sein. Und für Grundstücke legten sie angeblich gutes Geld hin.

»Und das wollen Sie nicht?«

»Ich weiß, dass Gott von mir diese Prüfung verlangt. Aber ich bin noch schwach, die Kinder fühlen sich hier doch so wohl. Der Kindergarten ist um die Ecke. Und das Haus ist auch noch nicht fertig. Wir haben so viel Geld und Zeit investiert.«

»Und Ihr Mann?«, setzte Denzlein nach. »Der wohnt schon im Dorf?«

Sarah Kürzel verzog ihren Mund zu zwei schmalen Linien.

»Ja, seit mehreren Monaten.«

Petra Stengl hielt es für an der Zeit, sich wieder einzuschalten. Auch wenn alles nach Selbstmord aussah, so konnte sie die Bedenken von Denzlein nicht so ohne Weiteres abtun. Vielleicht steckte doch mehr dahinter? Nobby war gut. Das hatte er in ihrem letzten gemeinsamen Fall bewiesen. Und auch in ihrer gemeinsamen Nacht. Petra Stengl war wütend über sich selbst. Der Zug war doch endgültig abgefahren. Immer wenn sich die Erinnerung an diese Nacht, an diese eine Nacht, unvermittelt zurückmeldete, fiel ihr der Refrain eines Liedes von Joris ein: »Das Herz sagt bleib, der Kopf schreit geh …« Basta, kommandierte ihr Gehirn. Schluss mit dieser Gefühlsduselei. Sie konzentrierte sich.

»Wann haben Sie Ihren Mann zuletzt gesehen?«

»Warum fragen Sie das?«

»Beantworten Sie einfach meine Frage! Also?«

»Ich glaube, vor knapp drei Wochen. Wir haben uns eine kleine Auszeit genommen.«

»Sie leben getrennt?«

Sarah Kürzel ließ sich Zeit mit der Antwort. Sie blickte an den beiden Ermittlern vorbei. Draußen war Kinderlachen zu hören. Eine schwarzblaue, fette Fliege brummte durch den Raum und ließ sich auf dem Teller mit den Krapfen nieder.

»Frau Kürzel, bitte«, drängte Denzlein.

»Nein, so würde ich das nicht sagen. Es ist eher wegen der Kinder und so.«

»Und bei der Sekte, also bei den Universellen Blutzeugen des Herrn, waren Sie auch nicht?«

»Doch, doch«, beeilte sich Sarah Kürzel zu sagen. »Das eine hat doch mit dem anderen nichts zu tun. Er war aber jedes Mal nicht da. Die Prophetin hat gesagt, er würde versuchen, in Coburg die Niederlassung der Gemeinde neu zu organisieren. Später soll er mal die Leitung übernehmen. Aber warum sind Sie eigentlich hier?«

Denzlein räusperte sich erneut und hob die Schultern. Immer wieder musste er die Todesnachrichten überbringen. Die Kollegen hatten ihn dafür ausgeguckt. Er hatte längst aufgegeben zu zählen, wie oft er in fremden Wohnzimmern gestanden, Menschen von der Werkbank nach draußen gerufen oder vor Klassen- oder Krankenzimmern gewartet hatte. Trotz aller Routine waren das für ihn immer noch fürchterliche Momente. Von einer Sekunde auf die andere zerschlug er mit einem verbalen Vorschlaghammer die Normalität einer Familie, von Angehörigen. Jedes Mal fühlte er sich schuldig und kam sich wie das letzte Arschloch vor. Doch einer musste den Job ja machen. Gewöhnlich kam er schnell zur Sache. Ein Pflaster reißt man auch in einem Ruck ab, damit der Schmerz schnell vorbei ist. Menschen reagierten sehr unterschiedlich auf eine Todesnachricht. Manche wimmerten leise vor sich hin, schrien, weinten, brachen zusammen. Andere begannen zu randalieren, traten Stühle um und Türen ein. Manche versuchten, sich selbst zu verletzen. Andere verfielen in ein tiefes Schweigen, taten, als ob sie nichts gehört hätten.

»Tut mir leid, Ihnen das mitteilen zu müssen, Frau Kürzel. Ihr Mann ist tot. Er hat sich in der Nacht, wohl gegen zwei Uhr, selbst getötet. Er ist mit Ihrem Golf ungebremst gegen eine Scheune bei Geisfeld gefahren.« Gespannt warteten Denzlein und seine Chefin auf eine Reaktion der Witwe. Doch nichts geschah.

Nach einer quälend langen Minute faltete Sarah Kürzel ihre Hände und schloss die Augen. »Herr, vergib ihm und gib ihm einen Platz zu deiner Rechten. Amen.« Dann blickte sie die beiden Ermittler ruhig und gefasst an. »Er ist also tot«, sagte sie mit leiser, aber fester Stimme. »Tot?«

Denzlein und Stengl nickten. Dass Angehörige auf einen Todesfall eines engen Familienmitglieds fast emotionslos reagierten, kam vor. Denzlein wusste, dass diese Emotionslosigkeit ein Anzeichen für einen drohenden Kollaps sein konnte. War das hier auch der Fall?

»Der Tod ist nur der Übergang auf eine andere Ebene«, trug Sarah Kürzel ohne einen Anflug von Trauer vor.

Petra Stengl schaute Norbert Denzlein aufmunternd an. Er verstand den Wink. »Können wir irgendwas für Sie tun, Frau Kürzel? Haben Sie irgendjemanden, der Ihnen jetzt zur Seite stehen kann?«

Die Witwe schüttelte bedächtig den Kopf. Draußen stritten die Kinder um eine Gießkanne und darum, wer sie zuerst füllen durfte.

»Ist schon okay! Ich rufe gleich meine Schwester an.«

Die Polizistin runzelte die Stirn. »Frau Kürzel, wir haben da noch ein paar Fragen, aber wenn Sie jetzt nicht in der Lage sind, können Sie morgen auch gerne zu uns ins Präsidium kommen.«

»Nein, ist schon gut. Ist ja Ihr Job, oder?« Sarah Kürzel lächelte Denzlein an.

Die Kriminalrätin rutschte auf dem roten Sofa ein wenig nach vorne und sah die Hausfrau ernst an. »Warum könnte sich Ihr Mann umgebracht haben, Frau Kürzel?«

»Keine Ahnung, tut mir wirklich leid. Da kann ich Ihnen nicht weiterhelfen!«

Irgendetwas schien Petra Stengl an dem Tonfall zu stören, denn sie hakte nach. »Hat ihn Ihre Trennung belastet?«

»Ich habe Ihnen doch schon gesagt, dass wir uns nur eine ganz kleine Auszeit genommen haben, bis ich so weit bin, die nächste Stufe des Pfads zu besteigen. Er war so glücklich, in der Gemeinschaft der Universellen Blutzeugen immer wichtigere Aufgaben zu bekommen.«

»Aber Sie haben sich mehrere Wochen nicht gesehen, das ist doch ungewöhnlich für eine Ehe, oder?«, versuchte Denzlein, die Witwe ein wenig zu provozieren. Zwar sollten Fragen bei Menschen, die gerade vom Tod eines Angehörigen erfahren hatten, auf keinen Fall Verhörcharakter haben – das stand jedenfalls in einem Faltblatt, das alle Polizisten Bambergs erhalten hatten –, doch Denzlein musste irgendwie zu der entrückt wirkenden Frau mit ihrem Sektenblabla durchdringen.

»Herr Denzlein – der Name ist doch richtig? Was sind ein paar Wochen für ein ewiges Leben mit einer alles umfassenden Liebe am Tische des Herrn?« Wieder lächelte Sarah Kürzel den Kommissar milde an. »Wilhelm ist jetzt beim Herrn!«

Der Kripomann versuchte es noch einmal: »Vielleicht hatte er Geldsorgen? Das Haus hier ist längst nicht fertig. Sie haben ja selbst gesagt, dass Sie bereits viel Zeit und Geld investiert haben.«

»Bei den Universellen Blutzeugen des Herrn braucht man kein Geld. Die Gemeinschaft kommt für einen auf. Und wenn ich die nächste Stufe erreiche, wird das Haus sowieso verkauft. Wie schon gesagt: Ich bin noch nicht rein, ich bin noch nicht so weit. Aber ich werde auch diese Prüfung des Herrn meistern!«

Die Kriminalrätin musste sich schwer beherrschen. Diese Frau stand so unter dem Einfluss der Sekte, dass selbst der Tod ihres Mannes sie nicht aus der Bahn werfen konnte. Als U-Boot-Katholikin – sie tauchte nur zu Weihnachten, bei Beerdigungen oder Hochzeiten in der Kirche auf –

bat sie in ihren einfachen, ritualisierten Abendgebeten um Schutz und ein langes Leben für sich, ihre Angehörigen und Freunde. Doch dass der Glaube ihr Kraft gab, die Alltagsdinge zu bewältigen, konnte sie nicht sagen. Da hatte Sarah Kürzel ihr etwas voraus. Und das ärgerte sie. Sie versuchte ein letztes Mal, der Witwe eine plausible Erklärung für den Selbstmord ihres Mannes zu entlocken.

»Sie haben gesagt, dass Ihr Mann immer alles tut, was die Prophetin ihm befiehlt.«

»Ja, alle tun das, was sie befiehlt. Sie ist die Erleuchtete, sie ist die Botschafterin Gottes, sie führt uns sicher über den Pfad zum Tisch des Herrn!«

»Könnte es sein, dass er etwas Illegales getan hat? Dass er in irgendetwas hineingeraten ist?«

Die Witwe schüttelte energisch den Kopf. »Irdische Gesetze und Regeln gelten für uns nicht. Nur Gottes Wille zählt und die Prophetin ist sein Wort!«

»Im Wagen haben wir eine Plastikdose mit einer Hostie gefunden. Sie war mit einer roten Flüssigkeit überzogen, vermutlich Blut. Können Sie uns sagen, was das zu bedeuten hat?«

Sarah Kürzel begann zu zittern, sie sackte auf die Knie, ihre Augen leuchteten. »Ein Blutwunder«, stammelte sie wie von Sinnen. »Noch ein Blutwunder!«

»Frau Kürzel! Frau Kürzel?«, sprach die Ermittlerin die Sektenjüngerin an.

Doch die verfiel in Ekstase, sprang vom Sofa auf, riss ihre Arme nach oben und begann, mit ihrem Oberkörper hin und her zu schwingen wie Schilfgras im Wind, ihre Wangen glühten, ihr Körper wurde in immer kürzeren Abständen von krampfartigen Zuckungen erschüttert, über ihr verzücktes Gesicht huschten schmerzverzerrte Züge, sie atmete immer schneller, bis sie endlich von einem orgasmusähnlichen Aufbäumen erlöst wurde und in sich zusammenfiel.

»Frau Kürzel! Frau Kürzel?«, redete Petra Stengl auf sie ein.

Langsam stand die Witwe auf, fuhr sich durch die Haare. Verlegen zupfte sie sich ihr T-Shirt zurecht, das bei ihrem Anfall ein wenig nach oben gerutscht war und ihren flachen Bauch mit einem silbernen Bauchnabel-Piercing freigelegt hatte.

»Entschuldigung«, sagte sie zunächst unsicher, fuhr dann aber mit fester Stimme fort. »Der Herr gibt uns immer wieder neue Zeichen. Ein Blutwunder. Jesus Christus gibt uns seinen Leib und sein Blut. Er lebt in den Hostien. Doch diese verdammten Juden versuchen, ihn erneut zu foltern und zu ermorden.« Sarah Kürzel verzog angewidert ihren Mund. »Und die Polizei schaut tatenlos zu!«

Die beiden Kriminaler blickten sich fassungslos an.

»Frau Kürzel, das meinen Sie doch nicht ernst?«

Petra Stengl blickte der Sektenjüngerin ernst in die Augen. Die hielt dem Blick stand. »Doch, dieses Pack martert die Hostien, indem sie sie mit Nadeln durchstechen oder mit Messern zerstückeln.«

»Und dann fließt Blut? Das ist doch tiefstes Mittelalter. Hostien-Hokuspokus!«

»Wenn Sie meinen«, antwortete Sarah Kürzel in einem patzigen Ton. »Gott wird beim nahenden Gericht nur die Gerechten erlösen!«

»Irgendwo habe ich gelesen, dass die Universellen Blutzeugen des Herrn gewisse Medikamente ablehnen, Kinder nicht zur Schule schicken und sie sogar züchtigen! Das passt doch gar nicht zu den Gerechten«, versuchte Denzlein, die Oberhaiderin erneut aus der Reserve zu locken.

»Herr Kommissar, das schreibt die staatlich gelenkte Lügenpresse! Außerdem haben die Blutzeugen wirklich gute Anwälte. Noch nie ist einer von uns verurteilt worden!«

»Können Sie sich erklären, warum Ihr Mann eine angebliche Bluthostie bei sich im Wagen hatte?« Denzlein blickte Sarah Kürzel erwartungsvoll an.

»Da müssen Sie die Prophetin wohl selbst fragen«, antwortete die Witwe genervt.

Petra Stengl und Nobby Denzlein erhoben sich.

»Ja, da werden wir die Prophetin wohl selbst fragen müssen«, erwiderte die Kriminalrätin. »Und Sie brauchen wirklich keine Hilfe?«

KAPITEL 5

»Du glaubst wirklich, dass diese komische Prophetin Kürzel befohlen hat, sich umzubringen?« Petra Stengl sah Denzlein ernst an. Beide saßen zusammen mit Kriminalkommissarin Bettina Fuchs, zuständig für die Ermittlungen im Fronleichnam-Anschlag, im idyllischen Innenhof der Brauerei Keesmann im Bamberger Stadtteil Wunderburg. Sie studierten die mit vielen fränkischen Gerichten versehene Speisekarte. Die Kriminalrätin entschied sich nach langem Abwägen dann doch für das Bierschäuferla mit Kloß und Wirsing und gegen den Klassiker »Leber Berliner Art«. Denzlein nuschelte der flotten Bedienung in einem Allerweltsdirndl ein »Nieren mit Bratkartoffeln« entgegen. Und Bettina Fuchs, die ihren 30. Geburtstag gerade mit ihrer Clique auf einem Hip-Hop-Konzert von »Bambägga« im »Live Club« gefeiert hatte, bestellte eine gefüllte Maishähnchenbrust auf buntem Gemüse.

Ein fröhliches Geplauder drang aus dem Durchgang zum Biergarten zu ihnen herüber. Wie immer standen einige Stammgäste an den zu Stehtischen umfunktionierten Holzfässern und erklärten sich gegenseitig die Bamberger Welt. Große grüne Schirme mit dem Logo der Brauerei schützten die Gäste vor der immer wärmer werdenden Sonne, deren Strahlen durch die großen Scheiben fielen und an den kupfernen Behältern der Brauerei reflektierten. Dass sie ausgerechnet mit Nobby hier saß,

dem Mann, der ihr Herz gebrochen hatte, widerstrebte
ihr. Ihr knurrender Magen hatte sie zu diesem Mittag-
essen verleitet, denn sie war ohne Frühstück, das sie im
Hofcafé für den späten Vormittag geplant hatte, direkt
zum Fundort der Leiche geeilt.

»Selbst wenn du recht hast: Sollte die Obduktion eindeutig ergeben, dass es Selbstmord war, können wir die
Ermittlungen eigentlich in die Tonne hauen. Denn Beihilfe oder Anstiftung zum Selbstmord ist nicht strafbar!«
Petra Stengl nahm einen tiefen Schluck des für oberfränkische Verhältnisse herben »Herren-Pils« aus ihrem Glas.

»Jeder Perverse aus dem Internet, jeder Guru einer
Sekte und jeder Erleuchtete kann labile Menschen zum
Selbstmord treiben und es geschieht nichts. Aber wehe,
du parkst mal falsch!«, machte sich Denzlein Luft.

Petra Stengl nahm den Gedanken ihres Kollegen auf.
»Rechtlich sind uns die Hände gebunden, selbst bei einem
Selbstmord auf Befehl. Aber noch liegt das Obduktions-
ergebnis ja nicht vor, noch können wir, zumindest theo-
retisch, einen Mord nicht ausschließen. Also können wir
ganz offiziell bei den Universellen Blutzeugen des Herrn
herumstochern. Wie heißt das doch so schön: ergebnisoffen. Nur schnell müssen wir sein. Was meinst du,
Nobby?«

Denzlein musste schlucken, ihm wurde ganz warm ums
Herz. Sie hatte wirklich Nobby gesagt! Nach dem radi-
kalen Aus ihrer Beziehung war er für sie immer nur noch
der Norbert. Jetzt auf einmal Nobby! Seine Glückshor-
mone tanzten durch seinen Körper wie Wassertropfen in
einer heißen Pfanne. Petras undurchdringliches Gesicht
passte aber gar nicht zu seinen Gefühlswallungen. Er riss

sich zusammen und zeigte auf eine vor ihnen liegende Akte, die ihnen Bettina übergeben hatte.

»Bettina hat einiges zusammengetragen, wie ich schon nach einem kurzen Blick in die Akten erkennen konnte.«

Insgeheim wunderte sich der Ermittler, dass die ansonsten überkorrekte Kriminalrätin in diesem Fall bereit war, sich mit den Recherchen bei der Sekte auf ganz dünnes Eis zu begeben. Vielleicht machte sie das nur, wenn ihr Bauchgefühl über ihren Verstand siegte? Normalerweise verteidigte sie Gesetze, Regeln und Vorschriften bis zur Penetranz. Letztlich war ihm ihre Motivlage egal. Mit seinen Zweifeln an einem normalen Selbstmord des Sektenmitglieds hatte er sie auf die Schiene gesetzt. Und das war gut so.

»Genau. Nach unseren Ermittlungen ist diese Sekte alles andere als harmlos«, nahm Bettina den Faden auf. »Sie hat immer wieder mal für Negativ-Schlagzeilen gesorgt. Gehirnwäsche, absolute Unterordnung, harte Strafen bis hin zur Züchtigung bei Verstößen gegen das Gemeindeleben. Schauprozesse. Totale Überwachung. Ein Perpetuum mobile der Angst. Beweisen konnten wir bisher noch keine der Anschuldigungen. Du läufst da gegen eine Mauer. Die Menschen haben Angst, aus der Gruppe ausgeschlossen zu werden, die doch schon seit Jahren ihr Leben bedeutet. Und so was wie Bewährungshelfer üben einen unheimlichen Druck aus, damit die vom Weg der Tugend abgekommenen Schäflein schnell wieder in die Herde zurückfinden. Einige haben auch schlichtweg existenzielle Angst, ihre Jobs in den Betrieben der Blutzeugen zu verlieren.«

»Die haben Betriebe?« Denzlein runzelte ungläubig die Stirn.

»Und was für welche!« Die Kriminalkommissarin schlug die vor ihnen liegende Akte auf. Denzlein ertappte sich dabei, wie er versuchte, die zahlreichen Tätowierungen auf den nackten, schlanken Armen der Kollegin nicht nur zu zählen, sondern sie auch zu identifizieren. Nach zwei ineinander verschlungenen, feuerspeienden Drachen, einer Mutter Gottes mit Heiligenschein, zwei Tribals und einer roten Rose gab er auf. Eigentlich war sie ganz hübsch, dachte er. Trotz der farblichen Aufteilung ihrer Haare in eine orangefarbene und eine blonde Hälfte, einer Brose-Bamberg-Kappe, die sie immer tief in ihr kleines Gesicht zog und die die große, ovale Sonnenbrille fast berührte. Als gewöhnungsbedürftig empfand er die graue Jogginghose mit dem roten Streifen an der Seite, die an ihren Fußgelenken wulstige Falten warf. Denzlein musste an den Spruch des Modezaren Karl Lagerfeld denken: »Wer eine Jogginghose trägt, der hat die Kontrolle über sein Leben verloren.« Auf Bettina schien der Spruch nicht zuzutreffen – weder beruflich noch privat.

»Eigentlich ist es eine weitverzweigte Unternehmensgruppe. Die Universellen Blutzeugen des Herrn haben im Würzburger Raum eine Klinik, Supermärkte, ein Altenheim, Propheten-Apotheken, ein paar Bauernhöfe, die sie auch ökomäßig bewirtschaften, einen Zeitungsverlag, mehrere Kindergärten, Satelliten-TV-Kanäle und ein Hotel. Von den ganzen Wohneinheiten, dem Himmelszelt, ihrem pompösen Versammlungsort und der schlossartigen Residenz für die Prophetin einmal ganz abgesehen!«

»Die sind ja im Begriff, der katholischen Kirche den Rang abzulaufen«, lästerte Denzlein.

»Dagegen war selbst der Limburger Skandalbischof Tebartz-van Elst mit seinem Protzbau ein kleines Licht«, schmunzelte Bettina Fuchs.

»Und wo kommt das ganze Geld her?«, fragte Petra Stengl und tunkte ein Stück zartes Fleisch in die dunkle Biersoße.

»Zum großen Teil aus Spenden. Die Mitglieder müssen ihr Hab und Gut den Blutzeugen überschreiben. Dafür bekommen sie Kost, Logis und ihre Kinder einen Kindergartenplatz. Außerdem wirtschaftet die Sekte verdammt gut. Mindestlohn oder Arbeitszeitregelungen gibt es nicht. Geschuftet wird rund um die Uhr für einen Gotteslohn.«

Die junge Kriminalkommissarin spielte mit ihren beringten Fingern an einer dicken goldenen Halskette, die zwischen ihren zierlichen Brüsten baumelte. »Und jetzt haltet euch fest: Im vergangenen Jahr hat Gott höchstpersönlich der Prophetin offenbart, dass er sich auch eine Schule wünsche. Seitdem liegt ihr Antrag zur Stellungnahme beim zuständigen Regierungsschuldirektor.«

»Und der billigt eine solche Gehirnwäscheanstalt?« Petra Stengl konnte es nicht fassen.

»Nein, wohl eher nicht. Aber jetzt droht ein langjähriger Streit vor allen Verwaltungsgerichten. Und eins ist sicher: Bei dem Geld, das die Universellen Blutzeugen des Herrn zur Verfügung haben, wird ihnen nicht so schnell die Luft ausgehen!«

»Das Ausmaß der Sekte überrascht mich ein wenig«, gestand Denzlein. »Also, wenn ich ehrlich bin, dann habe ich in den vergangenen Jahren nicht mehr viel von den Universellen Blutzeugen des Herrn gehört.«

»Die sind in der Tat ruhiger geworden, meiden im Gegensatz zu früher die Konfrontation in der Öffentlichkeit und gehen lieber still ihren lukrativen Geschäften nach, von denen zumindest die Führungsschicht um Tabea Wallner vortrefflich leben kann. Glaubt man einigen der wenigen Presseberichte über die Sekte in der vergangenen Zeit, so ist aber ein gewisser Mitgliederschwund zu verzeichnen. Auch einige Filialen in Deutschland sollen inzwischen geschlossen worden sein. Eine Zeitung titelte bereits: ›Die Posaune Gottes ist verstummt!‹«

»Und? Ist sie?«, fragte Petra Stengl.

»Schwer zu sagen. Ich glaube nicht. Totgesagte leben länger. Das meint auch Bert Engel vom FT. Der beschäftigt sich schon seit Jahren mit der Sekte. Bert hat eine Sauwut auf diese Wallner, weil die sich immer bei seinem Chefredakteur beschwert und Gegendarstellungen durchsetzt. Auch Unterlassungsklagen soll es schon gegeben haben. Zudem musste sein Verlag sein Enthüllungsbuch über die Sekte wegen einer einstweiligen Verfügung einstampfen. In diesem Leben werden die zwei sicherlich keine Freunde mehr. Laut Bert konzentriert sich die Sekte jetzt auf ihr Kerngeschäft – Geldverdienen. Und versucht sich nun nach ihrer Ausdehnung im Würzburger Raum auch in Oberfranken zu etablieren. Vornehmlich in Scheßlitz und Coburg. Tabea Wallner scheint, wenn man ihrer Biografie glauben kann, ein ganz schön zähes Stück zu sein.«

»Und was ist mit diesem grauhaarigen Pferdeschwanz, der den Erzbischof attackiert hat?«, griff Petra Stengl die Fronleichnam-Attacke auf.

»Dieser Oliver Blaustedel, den du mit einem Schlag in seine Männlichkeit außer Gefecht gesetzt hast, ist aller

Wahrscheinlichkeit nach Mitglied dieser Sekte. Das kann man jedenfalls aus seinem Gefasel bei der ersten Vernehmung schließen. Leider kam dann dieser Rechtsverdreher und riet seinem Mandanten, das Maul zu halten. Zunächst mussten wir den Kerl nach seiner vorläufigen Festnahme nach 48 Stunden wieder laufen lassen.« Bettina verdrehte ihre Augen, dann fuhr sie fort: »Der Rechtsanwalt ist kein Unbekannter. Er hat auch schon mehrmals diese selbst ernannte Prophetin vertreten und aus der einen oder anderen Sache herausgehauen. Zum Glück hat der zuständige Ermittlungsrichter dann doch noch einen Haftbefehl ausgestellt und die U-Haft angeordnet, obwohl angeblich keine Flucht- oder Verdunklungsgefahr vorliege.«

»Und ihr ermittelt wegen schweren Raubs gegen Blaustedel?«

Die Unterschiede zwischen Diebstahl, räuberischem Diebstahl und schwerem Raub waren eine beliebte Prüfungsfrage bei Polizeianfängern. Und da dies bekannt war, fiel die Fehlerquote bei dieser Frage gering aus.

Bettina nickte. »Mehr lässt sich aus der Sache nicht machen.«

»Es sei denn«, dachte Denzlein laut nach, »wir können der Prophetin und ihren Anhängern die Anstiftung zur Tat oder eine Beteiligung nachweisen.«

»Du denkst Richtung kriminelle Vereinigung? Wackelig, wackelig!« Petra Stengl verzog skeptisch ihren Mund.

Der Ermittler ließ sich von dem Einwand seiner Chefin nicht beirren. Er scrollte auf seinem iPhone herum.

»Die Bundesliga beginnt doch erst in einigen Wochen«, maulte Petra Stengl. »Steck deinen Funkfernsprecher wieder in deine Hosentasche!«

Denzlein schaute Petra Stengl irritiert an. »Funkfernsprecher, was?« Er hielt ihr sein Handy vor die Augen. »Schau mal. Selbstmorde bei Sekten sind gar nicht so selten. 1978 brachten sich im südamerikanischen Dschungel von Guyana 913 Volkstempler um. Und bei einigen soll ihr Anführer ein wenig nachgeholfen haben. Und 1998 verhinderte die spanische Polizei im letzten Moment den Massenselbstmord einer aus Hamburg stammenden Sekte auf Teneriffa, deren Mitglieder hofften, dass ihre Seelen vom Teide, dem höchsten Berg der Kanareninsel, von Ufos abgeholt würden.«

»Ufos?« Die Kriminalrätin schüttelte den Kopf. »Wer glaubt nur so einen Unsinn?«

»Die 32 Mitglieder sollen von ihrer Sektenführerin, einer promovierten Psychologin, mit einer Art Gehirnwäsche willenlos gemacht worden sein.«

Petra Stengl lächelte Denzlein spöttisch an. »Ah, der Kollege konstruiert einen weiteren Grund, uns diese Tabea Wallner mal zur Brust zu nehmen. Vereitelung von weiteren Selbstmorden. Verstehe ich dich da richtig, Norbert?«

Denzlein nickte beflissen. »Eine Attacke auf den Erzbischof und ein enthaupteter Autofahrer – das sind doch gute Gründe, uns mal von der Prophetin erleuchten zu lassen, bevor noch mehr passiert«, grinste er und leerte sein Glas in einem Zug. »Das Risiko, in diesem Leben zu sterben, liegt bei 100 Prozent, fragt sich nur, warum Wilhelm Kürzel die 100 Prozent so schnell erreicht hat.«

KAPITEL 6

Sie waren früh dran. Die rötliche Morgensonne übermalte mit ihren Strahlen die harten Konturen der Coburger Veste und strahlte sanft über das oberfränkische Städtchen, bevor sie sich immer mehr in ein gleißendes, unerbittliches Gelb verwandelte. Mit sich fast überschlagender Stimme kündigte der »RadioEINS«-Moderator den bislang heißesten Tag des Jahres wie in einem Baumarkt-Trailer mit Rotstiftpreisen an. Petra Stengl und Norbert Denzlein waren auf dem Weg zur Coburger Niederlassung der Universellen Blutzeugen des Herrn in der Löwenstraße. Unterwegs hatten sie in Seßlach ihren noch reichlich verschlafen wirkenden Coburger Kollegen aufgelesen und in einer kleinen Bäckerei mitten in der historischen Altstadt, die noch fast vollständig von einem spätmittelalterlichen Mauerring umgeben war, gefrühstückt. Petra Stengl und Norbert Denzlein kannten Kriminalhauptkommissar Alfred Engelhardt aus früheren Ermittlungen und schätzten seine profunden Lokalkenntnisse.

»Ihr wollt also dieser Prophetin wirklich an die Wäsche?«, fragte der auf der Rückbank sitzende Coburger Kripo-Mann mit leicht spöttischem Unterton, als sie in die Löwenstraße einbogen. Er gähnte. »Dann mal viel Erfolg, denn mit dieser Dame ist nicht zu spaßen!«

»Wie meinst du das?«, wollte Denzlein wissen.

»Hier links! Links! Links! Stellt den Wagen am besten hier auf dem Lehrerparkplatz der Rückert-Mittelschule ab!«

Petra Stengl riss das Steuer herum, überfuhr einen weißen Mittelstreifen, quetschte sich zwischen mehreren an der roten Ampel wartenden Autos hindurch und bugsierte den Dienstwagen in eine freie Parklücke. Ihr Blick fiel auf ein großes dreieinhalbgeschossiges Gebäude in der manieristischen Form der Neurenaissance. Einige Schülerinnen und Schüler huschten bereits mit Kopfhörern in den Ohren und starrem Blick auf ihre Handys über den geteerten Schulhof, der am Kopfende durch einen modernen Neubau mit Turnhalle begrenzt wurde. Auf der Wand hatte sich ein Sprayer mit dem Spruch »Die Würde des Menschen ist unantastbar« verewigt, eingerahmt von einem lachenden Bundesadler und »Fritze« Rückert, dem Namensgeber der Lehranstalt, der sich als Poet, Sprachgenie und Koranübersetzer einen Namen gemacht hatte.

»Endlich mal keine Graffiti-Schmiererei, sondern so was wie Kunst«, brummte Denzlein anerkennend.

»So viel Grundgesetz gibt es wohl an keiner anderen Schule in Deutschland«, bemerkte Engelhardt stolz. »Über 25 Meter lang und über zwei Meter hoch, geschaffen von Sprayer Alex!«

»Was du alles weißt.« Denzlein drehte sich zu seinem Kollegen um. Beide ballten die rechte Hand zur Ghetto-Faust und stießen sie gegeneinander.

»Bevor ich beschlossen habe, Polizist zu werden, durfte ich hier an der Rü einige pädagogisch sehr wertvolle Jahre bis zur Mittleren Reife genießen«, feixte Engelhardt beim Aussteigen. »Also, mein Klassenlehrer, der …«

»Du hast gesagt, mit dieser Tabea Wallner sei nicht zu spaßen«, drängte Denzlein auf die bisher ausgebliebene Antwort.

»Diese Universellen Blutzeugen des Herrn mit ihrer Prophetin haben vor zwei Jahren hier ein Haus gekauft. Und wir hatten immer wieder Ärger mit ihnen. Ähnlich wie diese sogenannten Reichsbürger erkennt die verdammte Sekte keinen Staat an. Gottes Reich sei nicht von dieser Welt und so ein Mist! Amtliche Schreiben werden nicht beantwortet, Gerichtsbeschlüsse und Verwaltungsentscheidungen ignoriert, städtischen Bediensteten wird der Zutritt verweigert und Strom- und Wasserrechnungen werden immer wieder angefochten. Steuern bezahlt die Sekte nur nach langem Hin und Her und an den Schulen verteilt sie kostenlose CDs mit Propaganda-Musik. Vor allem an den Um-Schulen.«

Denzlein nestelte an seinem Fu-Manchu-Bart. »Um-Schulen? Habe ich wieder mal eine Bildungsreform verpasst?«

Engelhardt lachte. »Nein, unsere Coburger Gymnasien wollen mit lateinischen Endungen glänzen. Da freuen sich das Bildungsbürgertum und die oberen Zehntausend der Stadt: Albertinum, Alexandrinum, Casimirianum, Ernestinum …«

»Könnt ihr mal mit euren albernen Schulweisheiten aufhören? Wenn diese Sekte alles Staatliche ablehnt, warum empfängt uns dann diese Tabea Wallner heute? Warum hat sie mir gestern telefonisch so schnell einen Termin gegeben?« Petra Stengl runzelte die Stirn. »Passt doch irgendwie nicht zu dem, was du gerade gesagt hast.«

»Ich habe keine Ahnung, warum die Wallner uns heute empfängt. Taktik? Vielleicht hat sie einfach keinen Bock, zur Vernehmung zitiert zu werden. Oder ihre Anwälte haben ihr dazu geraten.«

»Letzteres würde dafürsprechen, dass an dem Selbstmord ihres Sektenbruders doch mehr dran ist«, warf Denzlein ein.

»Reine Spekulation, reine Spekulation. Das weißt du doch nur zu gut!«, wiegelte die Kriminalrätin ab.

Die drei Kripo-Beamten schritten die Löwenstraße, die im Zuge der westlichen Stadterweiterung als Prachtstraße in den 1890er-Jahren gebaut worden war, Richtung Kaufhof. Petra Stengl staunte über das Sammelsurium von unterschiedlichen Baustilen, das sie in dieser Dichte in Bamberg noch nicht gesehen hatte. Villen und pompöse Mehrfamilienhäuser mit Erkern, Türmchen, Ziergiebel, Mehrfachgauben und Risaliten wechselten sich ab, erbaut in neoklassizistischen, neugotischen, historisierenden, barockisierenden Architekturformen oder auch im Jugendstil. Vor einem aufwendig dekorierten Gebäude mit rosafarbenen Ziegeln mit Sandsteingliederungen und einem dreigeschossigen, vierseitigen Erker zur Löwenstraße hin blieb Engelhardt stehen. Ein Mann mit lichtem Haarkranz, ärmellosem Feinripp-Unterhemd und kurzen Shorts versuchte erfolglos, leuchtend rote Schmierereien an der Hausfassade zu beseitigen.

»Wir kriegen euch!« und »Fick dich, du Sekten-Hure!«, las Petra Stengl. »Frau Wallner und ihre Jünger scheinen nicht überall beliebt zu sein«, sagte die Kriminalrätin.

Denzlein und Engelhardt nickten beflissen.

»Seit wann …?«, wandte sich Denzlein an den knapp 40-jährigen Fassaden-Reiniger.

»Muss in der Nacht passiert sein«, erwiderte der Mann mit verbitterter Stimme. »Letzte Woche haben diese gottlosen Schweine schon unser Haus in Würzburg beschmiert. Das hat unsere Prophetin wirklich nicht verdient!«

»Wir wollen zu Tabea Wallner«, sagte Petra Stengl. »Da sind wir doch hier richtig?«

Der Mann wies auf ein dezentes Hinweisschild in Kupfer. »Einfach drücken, dann wird Ihnen schon aufgemacht.«

»Dann wollen wir mal. Auf in den Kampf!«, ermunterte Denzlein die Dreier-Gruppe. »Mal schauen, was die Sektentante heute so auf der Pfanne hat!« Und nach der Melodie von »Carmen« begann er zu singen. »Auf in den Kampf, die Schwiegermutter naht, siegesbewusst, stolz in der Brust …«

Petra Stengl musste innerlich schmunzeln. »Der Tag hat so schön angefangen, er soll schön bleiben, also Schluss mit deinen musikalischen Experimenten! Du bist eine Schande für Bizet!«

»Bizeps?« Denzlein spannte seinen beträchtlichen Bizeps an.

»Macho!« Der Blick der Kriminalrätin fiel auf zwei Überwachungskameras, die sowohl die Straße wie auch den Eingangsbereich erfassten. »Die Gesprächsführung überlasst ihr mir!«, machte sie klar.

Die beiden Ermittler sahen sich kurz an. Durch einen lang gezogenen Hausflur mit Spiegeldecke gelangten sie über eine Marmortreppe ins Büro der Universellen Blutzeugen im ersten Stock. Mit ausgesprochener Höflichkeit führte die knapp 20-jährige Rezeptionistin sie durch eine an den Empfangsraum angrenzende Diele zu einer riesigen braunen Doppeltür aus schwerem Holz mit kunstvollen Intarsien.

»Die Prophetin erwartet euch bereits«, säuselte sie und öffnete nach einem zarten Anklopfen behutsam die Tür.

»Meisterin, die Gäste sind da!« Die Jüngerin faltete die Hände und schlug ihren Blick zu Boden. »Der Herr sei mit dir!«

»Du kannst gehen, Jungzeugin!«, erwiderte die Prophetin mit einer raumfüllenden, aber nicht unangenehmen Stimme. Tabea Wallner, eine Frau Mitte 30, thronte auf einem hohen Ledersessel hinter einem exzentrischen Schreibtisch. Der bestand aus einer massiven, acht Zentimeter dicken, von Metallchrom eingerahmten Glasfläche, die auf zwei leicht nach innen stehenden, blank polierten Edelstahlplatten ruhte. Als sie sich hinter dem drei Meter langen Monstrum erhob, lächelte sie. Ihr herzförmiges Gesicht wurde dominiert von großen, weit auseinanderstehenden Augen, die ihr etwas Kindliches gaben. Im Widerspruch dazu standen der strenge Scheitel ihrer braunen Kurzhaarfrisur und der schmale, angespannte Mund. Etwas Geheimnisvolles, dämonisch Schönes ging von dieser Frau aus. Mit einer energischen Handbewegung wies die Sektenanführerin auf drei rote Besuchersessel in Lippenform, die ein wenig an das weltbekannte Logo der Rolling Stones erinnerten. Petra Stengl ließ ihren Blick durch den großen, lichtdurchfluteten Raum schweifen. Alles wirkte sehr aufgeräumt. Zwei große Palmen neben dem Erkerfenster, ein Aktenschrank im Design des Schreibtischs, eine hüfthohe rote Vase mit weißen Rosen sowie mehrere Bilder im Pop-Art-Stil.

»Nehmen Sie bitte Platz und machen Sie es sich bequem!«

Tabea Wallner breitete ihre Arme aus, elegant ließ sie ihren athletischen Körper wieder in den Chefsessel gleiten, aus ihrem schwarzen Business-Hosenanzug blitzten überdimensionale Blusenenden. Wie weiße Schmetterlinge schienen sie zur indirekt beleuchteten Decke mit den großen Stuckornamenten emporzusteigen. Tabea Wallner bemerkte die verblüfften Gesichter der Polizisten. »Sie haben sicherlich eine altmodische, verhärmte, wallende Gewänder tragende Anführerin mit strähnigen Haaren erwartet. Tut mir leid, dass ich Sie da enttäuschen muss.«

»Frau Wallner, wir sind gekommen, um …«

Die Sektenführerin ließ Petra Stengl nicht ausreden. »Möchten Sie einen Smoothie? Wir haben da ganz tolle Mischungen, Bio, die Früchte natürlich aus eigenem Anbau. Ich empfehle Ihnen unsere Beeren-Power, eine Geschmacksexplosion aus Erdbeeren, Johannisbeeren und Heidelbeeren. Oder unseren Green-Power aus Brokkoli, Spinat, Wirsing und Weizengras. Nein? Auch gut. Ach, Entschuldigung! Wie unhöflich von mir. Ich habe Sie unterbrochen. Wie kann ich Ihnen behilflich sein? Ich bin ganz Ohr! Schließlich hat man nicht jeden Tag unsere viel beschäftigte Kriminalpolizei im Haus.«

Petra Stengl lächelte zuckersüß. Die Charme-Attacke zerschellte an ihr wie eine gegen eine Schiffswand geschleuderte Champagnerflasche. Sie hatte auch keine Lust, mit dieser Person weiter durch Höflichkeitsgewässer zu waten. »Wir ermitteln im Todesfall Kürzel. Wir haben ihn vorgestern tot in seinem Wagen aufgefunden.«

»Traurig. Wirklich traurig. Sagten Sie mir ja bereits am Telefon. Aber was habe ich damit zu tun?« Tabea Wallner schlug hinter dem Glasungetüm ihre langen Beine übereinander und verschränkte ihre Arme vor der Brust. Ihr gefiel der spöttische Unterton der Beamtin offenbar überhaupt nicht. Sie war vermutlich mehr Respekt gewöhnt.

»Das war doch einer Ihrer Sekten-Jünger?«

»Wir sind keine Sekte!«, zischte die selbst ernannte Prophetin. Ein leichtes Zornesrot huschte über ihre Wangen. Doch sie hatte sich im Griff. »Wir sind die Universellen Blutzeugen des Herrn«, fuhr sie in gefasstem, pastoralem Ton fort. »Gott selbst hat sich mir offenbart. Ich bin seine letzte Prophetin, bevor das Himmelreich anbricht. Das Lamm Gottes wird das Buch mit den sieben Siegeln öffnen. Aber wir, die Universellen Blutzeugen des Herrn, brauchen vor den vier apokalyptischen Reitern, die Krieg, Gewalt, Tod, Hunger und Krankheiten in einem unvorstellbaren Maß bringen, keine Angst zu haben. Denn wir sind die Auserwählten, wir sind die Reinen, wir wandeln auf dem rechten Pfad, wir werden zur Rechten des Herrn sitzen. Und wir lehren und leben unseren Glauben mit voller Inbrunst. Mit jeder Faser unseres Körpers. Und natürlich mit unserem ganzen Herzen. Das mag Ihnen und vielen anderen nicht passen. Sie meinen, über uns urteilen zu können, weil Sie den gesteuerten Massenmedien, dem Mainstream, glauben.« Die Prophetin lachte verächtlich. »Aber diese Massenmedien sind längst zum Handlanger der Amtskirchen geworden. Und alle Nachrichten in Deutschland durchlaufen eine Zensurbehörde. George Orwell lässt grüßen. Das von ihm beschriebene ›Doppeldenk‹ ist immer mehr perfektioniert worden. Nur noch die Eliten kennen die Wahrheit. Alle anderen aber müssen ihre Lügen für Wahrheit halten. Ja, und ihr mögt uns anfeinden und diffamieren. Da liegt ihr genau auf der Wellenlänge der Amtskirche. Die hat nach Christus alle

Propheten verspottet und mit allen Mitteln verfolgt – bis hin zum Scheiterhaufen.«

»Die Opferrolle steht Ihnen ganz und gar nicht«, sagte Engelhardt. »Das ist doch verbale Diarrhö!«

Tabea Wallner ließ sich von der Provokation nicht aus dem Konzept bringen. »Propheten wie ich gelten als Spinner, Sektierer oder gefährliche Gurus. Aber ich stehe in einer langen Tradition. Denn die echten, aber unbequemen Propheten hat die Kirche immer durch fügsame Priester zu ersetzen versucht, die seit fast zweitausend Jahren eine Botschaft nachplappern und verwalten, ohne sie neu zu beleben!«

Die drei Kriminalbeamten lächelten gequält.

»Das glauben Sie doch nicht im Ernst?«, konnte sich Denzlein nicht zurückhalten. »Sie also sind die letzte Prophetin mit der alleinigen Wahrheit?«

Petra Stengl warf Denzlein einen warnenden Blick zu.

»Nicht ich habe mich zur Prophetin gemacht, sondern Gott hat mich auserwählt. Und die Menschen, die seine durch mich vermittelte Botschaft hören, reagieren ganz unterschiedlich. Einige wenige glauben zutiefst und sie sind bereit für die Botschaft. Die Mehrheit lehnt sie rigoros ab, sie setzt sich in ihrer dummen Ignoranz und Arroganz noch nicht einmal damit auseinander. Und die meisten Menschen verspotten die Propheten. Das war im Alten Testament schon so. Das gilt auch für Johannes den Täufer, den Vorläufer Jesu. Und das gilt natürlich auch für Jesus Christus selbst. Ich bin die letzte Prophetin. Unter meiner Führung müssen wir die übrigen Seelen ernten und vor der ewigen Verdammnis retten. Gegen alle Widerstände. Und euer Hass bestärkt uns nur noch in unserem Glauben.«

»Eine Sekte will mich also vor der Hölle retten? Nein, danke!«, empörte sich Denzlein. »Da feiere ich lieber Grillfeste und heiße Partys mit Herrn Teufel in der Hölle, als mit Ihnen auf Wolke sieben zu schweben.«

»Jeder kann den Weg zum Herrn noch finden«, strahlte Tabea Wallner ihn an. »Ich werde für dich beten!«

»Lassen Sie das mal lieber stecken, das mit dem Beten. Und hören Sie bitte mit dem Duzen auf. Heben Sie sich das für Ihre Sekte auf!«

»Lieber Herr Denzlein, wir sind keine Sekte. Wir sind eine anerkannte Religionsgemeinschaft wie die katholische Kirche oder der Islam auch. Laut Artikel vier des Grundgesetzes ist die Freiheit des Glaubens, des Gewissens und die Freiheit …«

»… des religiösen und weltanschaulichen Bekenntnisses unverletzlich«, unterbrach die Kriminalrätin Tabea Wallner. »Ich kenne das Grundgesetz, dafür brauche ich kein Proseminar oder eine pseudointellektuelle Staatsbürgerkunde!«

Warum sich der Verfassungsschutz bisher nicht um die Universellen Blutzeugen des Herrn gekümmert hatte, war ihr bei den gestrigen Internetrecherchen im kultigen Bamberger Hainbad, in das sie sich mit ihrem Laptop für einige Sonnenstunden zurückgezogen hatte, schleierhaft geblieben. Allzu viel Vertrauen hatte sie in den Verfassungsschutz allerdings nie gehabt. Der NSU-Skandal war für sie ein erneuter Beweis, dass die Schlapphüte entweder auf dem rechten Auge blind waren, bewusst beide Augen zudrückten oder nur das sehen wollten, was ihnen so in den Kram passte. Klar. Man musste auch gegen linksradikale Gewalttäter vorgehen. Jeder, der einen Pflasterstein oder einen Molotow-Cocktail gegen einen Polizisten schleuderte, nahm dessen Verletzung oder Tod billigend in Kauf. Da gab es für sie keine Diskussion. Aber Gewalt geschah auch durch Worte. Und sie wunderte sich, was an Hass, Rassismus, Antisemitismus und Volksverhetzung in der Öffentlichkeit geäußert wurde, ohne dass sich der Verfassungsschutz sonderlich dafür zu interessieren schien. Trotz Gehirnwäsche, Nicht-Anerkennung der Gesetzgebung und diktatorischen Strukturen waren auch die Universellen Blutzeugen des Herrn vom Verfassungsschutz unbehelligt geblieben. Sie standen mit weißer Weste da. Und immer wieder, wenn ihnen die Medien oder einzelne Sektenbeauftragte auf die Füße traten, verwiesen sie auf diese weiße Weste. Das wollte Petra Stengl aber mit dieser Blutzeugin nicht ernsthaft diskutieren. Sie richtete ihre Augen wie zwei Laserpointer auf Tabea Wallner.

»Also, gehörte Kürzel zu Ihrer, ähm, Glaubensgemeinschaft?«

Die Mundwinkel der Sektenführerin zuckten kurz. Fahrig klopfte sie mit ihren Fingern auf die Glasplatte. Dann hatte sie sich wieder in ihrer Gewalt. »Er war unser Mitglied. Doch er ist vom rechten Pfad abgekommen. Leider. Gott sei seiner armen Seele gnädig!«

»Was heißt: Er ist vom rechten Pfad abgekommen?«

»Der Rat der Weisen, das ist unser höchstes Gremium in Glaubensfragen, hat ihn seiner höheren Aufgaben entbunden und ihm eine Zeit der Prüfung auferlegt.«

»Warum?«

»Er begann zu zweifeln, hielt einige Regeln nicht mehr ein.«

»Und dann hat Ihre Sek… also Ihre Glaubensgemeinschaft Kürzel unter Druck gesetzt?«

Tabea Wallner schüttelte nachsichtig den Kopf. »Nein, natürlich nicht! Solche Glaubenszweifel kommen immer wieder mal vor. Wir müssen täglich erkennen, was uns von Gott trennt. Diese Erkenntnis gelingt aber nicht jedem und immer. Wissen Sie: Der Teufel kämpft verbissen um jede Seele, so kurz vor dem Armageddon. Und um ihn hat er besonders gekämpft. Schließlich sollte er mal diese Niederlassung hier in Coburg leiten.«

»Und wegen seiner Degradierung hat sich Kürzel das Leben genommen?«

»Das glaube ich nicht. Dass der Rat der Weisen immer mal wieder jemandem eine Zeit der Prüfung auferlegt, ist doch normal. Dafür bringt man sich doch nicht um. Besonders nicht auf diese scheußliche Art, wie Sie sagen. Da muss der Teufel ihm die Hand geführt haben!«

»Scheußliche Art? Wie meinen Sie das?«

Die Botschafterin Gottes wand sich wie eine Schlange in der Falle. »Na ja. Scheußlich eben. Wenn man Selbstmord begeht ...« Wallner schien sich über ihre unbedachte Aussage zu ärgern. »Jeder Selbstmord ist scheußlich, oder?«

Noch zappelte der Fisch nicht am Haken. Er hatte zwar den Köder geschluckt, ihn aber schnell wieder herausgewürgt.

Petra Stengl entschied, Wallner mit den Details zu konfrontieren. »Woher wissen Sie, dass Kürzel nicht nur mit dem Auto Selbstmord verübt hat, sondern sich vor seinem Crash eine Drahtschlinge um den Hals gelegt hat? Davon stand bisher nichts in der Zeitung.«

»Das wusste ich nicht, ehrlich. Eine Drahtschlinge? Und die hat ihm dann auch den Kopf abgerissen?«

»Wieso sind Sie so sicher, dass ihm der Kopf abgerissen wurde?«, setzte Petra Stengl sofort nach.

»Ich hatte einen guten Physik-Lehrer«, konterte die Prophetin kalt. »Noch nie von Kraft, Masse und Beschleunigung gehört, Frau Kriminalrätin? Von g-Kräften? Noch nie einen Crash-Test mit Dummies gesehen? Bei einem solchen Aufprall ist der Kopf weg, wenn er in einer Drahtschlinge steckt.« Sie grinste spöttisch.

Petra Stengl schäumte innerlich vor Wut über die abgezockten Belehrungen der Sektenführerin. »Wann haben Sie Kürzel zuletzt gesehen?«, versuchte sie es mit der Standardfrage einer jeden Ermittlung.

»Wird das jetzt ein Kreuzverhör? Machen Sie sich nicht lächerlich, Frau Kriminalrätin! Ich habe nichts mit dem Tod von Kürzel zu tun. Und meine Leute auch nicht. Vielleicht war er krank? Was weiß ich …«

»Weichen Sie nicht aus! Wann haben Sie ihn zuletzt gesehen?«

»Mal langsam. Wenn ich Sie recht verstehe, handelt es sich um einen Selbstmord. Und Sie stellen Fragen wie in einem Mordfall. Dürfen Sie das überhaupt?«

»Das überlassen Sie mal lieber mir«, zischte Petra Stengl. »Also?«, sagte sie in einem Ton, der keinen Widerspruch zuließ.

Mit einem charmanten Lächeln lenkte die Sektenführerin ein. »Ich habe Wilhelm zuletzt beim gemeinsamen Abendmahl am Freitag in unserem Dorf bei Scheßlitz gesehen. Und bevor Sie mich fragen: Er wirkte entspannt, erzählte allen, wie gut ihm die Auszeit von seinen führenden Tätigkeiten tue, und schien sich auf das Gespräch und gemeinsame Gebet mit seinem Helfer zu freuen.«

»Helfer?«

»Die Universellen Blutzeugen des Herrn lassen keinen der Ihrigen fallen. Wer abgewählt wurde, Schwierigkeiten hat oder gegen Regeln und Werte unserer Gemeinschaft verstoßen hat, dem stellt der Rat der Weisen einen Helfer zur Verfügung, der sich rund um die Uhr um den Jünger kümmert.«

»Das klingt eher nach Stasi als nach Resozialisierung«, eiferte sich Denzlein. »Möglicherweise tummeln sich in Ihrem Verein auch noch jede Menge inoffizielle Mitarbeiter, die Ihnen jeden Furz und Schiss eines Blutzeugen melden.«

Petra Stengl ließ Denzlein gewähren. Zwar bevorzugte sie es, selbst die Fragen zu stellen, aber diese Sektentussi mit ihrem braven Habitus ging ihr inzwischen ordentlich auf den Senkel. Eine härtere Gangart war durchaus angebracht. Da hatte Nobby recht.

»Ich muss doch sehr bitten!« Die Augen der selbst ernannten Gottes-Botschafterin wurden zu Schlitzen. Ihre Stimme gewann an Schärfe. »Unsere Jüngerinnen und Jünger versuchen täglich durch Arbeit und Gebet zu erkennen, was sie noch von Gott trennt. Sie bereuen falsche Wege, bitten die Gemeinschaft um Vergebung und vergeben denen, die sie in Versuchung führen wollen. Auf dem Weg zum tausendjährigen Gottesreich des Friedens zwischen Mensch, Natur und Tier brauchen sie gelegentlich Hilfe. Und die finden sie in unserer Gemeinschaft. Diese Helfer als Stasi zu bezeichnen, ist einfach infam und widerwärtig, mein Sohn!«

»Ich bin nicht Ihr Sohn!« Denzlein nahm noch mehr Fahrt auf. »Wo waren Sie eigentlich vorgestern, so zwischen 23 Uhr und vier Uhr morgens?«

Tabea Wallner sog durch ihre Nase kräftig Luft ein. Ihr Brustkorb bebte. Sie fixierte ihren Gegner. »Was soll das jetzt für eine Nummer werden? Sie gehen doch von Selbstmord aus, oder habe ich da etwas falsch verstanden?«

Petra Stengl zuckte leicht mit den Schultern. »Noch gehen wir von Selbstmord aus, Frau Wallner. Noch.«

»Und das heißt?«

Gespannt wartete die spirituelle Führungskraft der Universellen Blutzeugen auf eine Erklärung der Kriminalrätin.

Doch die ließ sich Zeit. Einige Sekunden vergingen. Nur das leise Rauschen des Verkehrs auf der viel befahrenen Löwenstraße war durch die doppelt verglasten Fensterscheiben zu hören. Denzlein begann im Takt des Queen-Klassikers »We will rock you« mit den Fingern zu schnippen. Sein Kollege Engelhardt nickte dazu mit dem Kopf.

»Wir ermitteln ergebnisoffen«, bequemte sich schließlich Petra Stengl zu erwidern. »So schnell legen wir den Fall nicht zu den Akten. Und da Sie die Chefin der Universellen Blutzeugen sind, werden Sie sich sicherlich noch einige unangenehme Fragen gefallen lassen müssen. Also, wo waren Sie zu dem Zeitpunkt?«

Tabea Wallner schluckte. Sie griff zum Telefon und drückte eine Taste. »Jungzeugin, verbinde mich mit unserem Anwalt! Und, ja, unsere Gäste wollen gehen. Geleite sie bitte zur Tür!«

Die drei Kriminaler wuchteten sich aus den poppigen Sitzmöbeln.

»Außergewöhnliche Bilder haben Sie da an der Wand hängen, Frau Wallner!«, bemerkte Engelhardt im Hinausgehen. »Roy Lichtenstein?«

Tabea Wallner verdrehte die Augen. »Natürlich nicht Roy Lichtenstein. Aber genauso gut!«

Provokativ langsam schritt Petra Stengl die Bildergalerie ab. »Heftige Szenen! Da werden wohl Menschen verbrannt?«

»Wenn Sie Näheres wissen wollen, wenden Sie sich bitte an meinen Anwalt!« Eiseskälte erfüllte das Büro bis in den letzten Winkel. »Und nun darf ich Sie bitten zu gehen!«

»Wir sehen uns!«, konnte sich Denzlein nicht verkneifen. Er wedelte sich mit der Hand etwas Luft zu. »Hier stinkt es nach Schwefel. Riechst du das auch?«

Engelhardt knuffte ihm feixend in die Seite. »Der Leibhaftige persönlich! Sehr strenge Parfümnote. Ich tippe auf Eau de Coburg 666.«

Kindliche Mannsbilder, dachte Petra Stengl. Dann musste auch sie lächeln. Einen Schuss hatte sie noch. »Und mit dem Anschlag auf den Erzbischof haben Sie und Ihre Leute natürlich auch nichts zu tun?«

»Nein, natürlich nicht. Das haben wir aber schon alles zu Protokoll gegeben.«

»Finden Sie es nicht merkwürdig, dass sowohl beim mutmaßlichen Selbstmord als auch bei der Attacke auf den Erzbischof Hostien im Spiel waren?«

»Nicht ich, sondern Sie werden dafür bezahlt, Schlüsse zu ziehen. Mein Job ist es, Seelen zu retten«, antwortete Tabea Wallner sichtlich genervt.

»Die Schmierereien an der Fassade ... Haben Ihre Kameras den oder die Täter aufgezeichnet?«, fragte Engelhardt.

»Ich lass der Coburger Polizei die Videos zukommen. Wenn Sie dann bitte gehen würden ...«

KAPITEL 7

Dass Franken und Rheinländer gemeinsame Wurzeln hatten, wurde in Bamberg nirgendwo deutlicher als im legendären Café Rondo vis-à-vis des Schönleinsplatzes. »Man kennt sich, man hilft sich« – mit diesem Grundgesetz eines jeden rheinischen Klüngels, der Oberbayer würde vermutlich von »Amigo« sprechen, kannten sich auch viele der illustren Gäste in der historischen Buswartehalle der ehemaligen Reichspostdirektion bestens aus. Es war keine einheitliche Kundschaft, die sich in dem nur 22 Quadratmeter großen Häuschen zu einer kleinen Pause von der Alltagshektik traf und die italienischen Momente genoss. Und so drängelte sich an den wenigen hohen Holztischen wieder allerlei Volk. Studenten, Arbeiter in schmutzigen Blaukitteln, eine Dame mit militärischer Kurzhaarfrisur vom Parküberwachungsdienst und einige etwas in die Jahre gekommene, aber teuer duftende Fashion-Verkäuferinnen aus den Modeboutiquen auf der Langen Straße mit aufwendig restaurierten Gesichtern. Den leisen und feinen Ton aber gaben wie jeden Tag vor allem die Anzug- und Bedenkenträger aus Justiz, Politik und Gesellschaft an. Akten und Papiere wurden hin und her geschoben, es wurde getuschelt und mit den Augen gezwinkert. Und die eine oder andere Hand legte sich mal vertraulich auf die Schulter des Gegenübers, um schon im Vorfeld von Baugenehmigungen und Urteilssprüchen eventuelle Schwierigkeiten aus dem Weg zu räumen. Böse Zungen behaupteten sogar, dass ohne eine gemeinsame Kaffeerunde im Rondo mit Verteidigern, Staatsanwälten und Richtern in der Domstadt kein Recht gesprochen werde.

Mühsam verteidigten drei Personen, zwei Frauen und ein Mann, ihren Stehtisch im Inneren gegen den Ansturm weiterer Rondolieri.

»Leider nicht frei.« Sebastian Furchner bemühte sich, so etwas wie Bedauern in seine sonore Stimme zu legen. Der großgewachsene 40-Jährige mit den traurig wirkenden braunen Augen drückte seine Schultern durch. Sein grünes Polohemd spannte sich unter dem lässigen Jackett und erlaubte einen kurzen Blick auf seine straffe Bauchmuskulatur. »Vielleicht ergattern Sie draußen noch ein Plätzchen.«

Doch beim Blick durch die schachbrettartige Fensterfront wurde jedem sofort klar, dass seine Empfehlung schon an Intelligenzbeleidigung grenzte. Auch draußen standen und saßen die Gäste dichtgedrängt und genossen das herrliche Sommerwetter. Ein vorbeifahrender Bus ließ das Fleckchen Italien am Rande der Innenstadt kurz erzittern. Ein Vogel zwitscherte gegen Gianna Nanninis Song »Un ragazzo come te« an, der aus dem Radio im Inneren des Cafés klang.

Einige ältere Touristen wankten wie bundfaltenhosentragende Zombies hinter einem fähnchenschwingenden Guide her, ohne die Koffein-Gesellschaft auch nur eines Blickes zu würdigen. Seit sich auf dem Schönleinsplatz dank des chinesischen Künstlers Wang Shugang acht rote, kahlköpfige Männer in hockender Position niedergelassen hatten, lotsten einige verwegene Reiseführer ihre Gruppen nicht nur zum Bamberger Reiter, sondern auch zu der im Volksmund »Scheißerla« genannten Skulpturengruppe. Und trotz Gicht, Arthrose, Wasserbein und Bandscheibenvorfall glich das dann beginnende Fotoshooting einem Déjà-vu-Erlebnis: in die Hocke gehen und sich an der nächsten roten Glatze irgendwie festhalten.

»Ist das nicht der Gerichtspräsident?«, fragte Susanne Sauer ihren Schwager gedämpft. Das zarte, fast mädchenhaft wirkende Persönchen mit dem bleichen Gesicht zeigte verstohlen auf einen korpulenten Mann mit graumelierten Haaren und randloser Brille.

Furchner nickte. Er knabberte vorsichtig an einem Panini, nach dem Rezept seiner Oma, wie der Rondo-Chef auch ohne Anfrage immer wieder verriet.

»Der ist bei mir im Golfclub Hauptsmoorwald. Aber seitdem mich diese Sektenschlampe wegen Beleidigung und übler Nachrede angezeigt hat, grüßt er mich nicht mehr.«

»Die Prophetin ist keine Schlampe«, warf Sarah Kürzel mit brüchiger Stimme ein.

»Nein, ist sie nicht?« Susanne Sauer wurde lauter. Ein, zwei, drei Köpfe drehten sich zu ihr um. »Mensch, Sarah, in welcher Welt lebst du eigentlich? Willst du nicht endlich mal aufwachen? Du warst doch schon bei der Sekten-Info, oder?«

»Ja, aber nur, weil ihr das wolltet. Am Tag nach der Beerdigung meines Mannes. Die Beraterin war ja ganz nett, hat mich reden lassen. Ich habe viel über die Universellen Blutzeugen des Herrn erzählt. Aber wenn ich ehrlich bin: Das bringt mir nichts. Die Universellen Blutzeugen sind mein Leben. Sie geben mir in dieser schwierigen Zeit Halt. Außer ihnen habe ich ja auch keinen mehr und außerdem …«

»Nein, ich glaube es nicht!«, entrüstete sich Susanne Sauer. Aufgebracht nestelte sie an den Schnüren ihrer weißen Sommerbluse herum. »Du warst wieder bei denen im Dorf! Habe ich recht?«

»Na und?«, antwortete Sarah Kürzel schnippisch. »Was geht es euch an?«

»Seit Wochen versuchen wir, dir zu helfen, aus dieser Scheiße herauszukommen – und du bist nicht nur beratungsresistent, sondern suchst auch noch Zuflucht bei diesen Irren!«

»Das sind keine Irren, wir leben nur unseren Glauben ganz konsequent. Mag ja sein, dass nicht immer alles korrekt ist, was wir tun. Aber die Prophetin, der Rat der Weisen und die Helfer bringen uns wieder auf den richtigen Pfad. Ich habe mich ja auch meinem Mann zuliebe für die Universellen Blutzeugen entschieden. Mir war von Anfang an klar, dass es schwer sein würde dabeizubleiben. Auch wegen unserer Kinder.« Sarah Kürzels Augen füllten sich mit Tränen, die sie vor den Kommissaren noch hatte zurückhalten können. »Ich war noch nicht so weit wie Willi. Aber ich habe ihn machen lassen. Er war so glücklich, er freute sich über seinen Aufstieg, die Anerkennung, die er genoss.«

»Aber …«, wollte Sebastian Furchner einwenden. Doch er hatte keine Chance.

Sarah Kürzels Augen leuchteten. »Was soll ich noch in Oberhaid? Ich habe mich entschieden: Ich werde mit meinen Kindern jetzt ganz zu den Universellen Blutzeugen ziehen.«

»Du willst was?« Susanne Sauer schüttelte fassungslos den Kopf. »Ich bin aus dieser Psychohölle heraus.
Und du willst jetzt freiwillig mit einem One-Way-Ticket
dahin? Geht es noch?«

»Ich möchte was Gutes für die Menschen, aber auch für
meine Kinder und mich tun. Das bin ich Willi und allen
anderen Jüngerinnen und Jüngern schuldig«, ließ sich die
Witwe nicht beirren. »Ich möchte mich vorbereiten auf
das Jüngste Gericht. Es wird bald kommen, das hat auch
die Prophetin gesagt. Sie hat den Zugang zur einzigen
Wahrheit, zur befreienden Wahrheit. Wer jetzt den Weg
der Erleuchtung nicht mitgeht, der wird verdammt sein
für alle Ewigkeiten. Und die Prophetin hat mir fest ver-
sprochen, dass ich dann auch mit Willi wieder zusammen
sein werde. Ja, ich weiß, er hat Schuld auf sich geladen.
Aber er hat aufrichtig immer um den richtigen Weg gerun-
gen. Das beweist auch sein Abschiedsbrief. Aber Gott in
seiner unendlichen Güte wird unsere Gebete erhören. Er
ist vorangegangen. Er wartet auf mich.«

»Ein Abschiedsbrief ohne Unterschrift!« Sebastian
Furchner griff mit zittriger Hand seine Espressotasse,
nahm einen großen Schluck und verbrannte sich mit dem
heißen Getränk fast die Zunge. Schmerzhaft verzog er
das Gesicht mit dem markanten Kinn.

»Was du sagst, sind typische Abwehrmechanismen von
Sektenmitgliedern, die sich nicht trauen, endlich einen
Schlussstrich unter ihr bisheriges Leben zu ziehen. Das
kannst du im Internet schnell nachgoogeln.«

»Ich gehe nicht ins Internet. Da steht Teufelszeug, sagt
die Prophetin. Ich verlasse mich lieber auf ihre Worte,
unsere Schriften und natürlich die Bibel, die Tabea von
allem Schund und Falschem gereinigt hat!«

»Sarah«, sagte Susanne Sauer bestimmt. »Sarah, du musst dich der Realität stellen!« Sie legte beide Hände auf die zierlichen Schultern der Oberhaiderin und sah ihr tief in die Augen. »Auch ich tue mich mit meinem Ausstieg immer noch schwer. Ich habe Schuldgefühle, den Universellen Blutzeugen überhaupt beigetreten zu sein. Ich habe meine Schwester rekrutiert. Das werde ich mir nie verzeihen können. Ich schäme mich so sehr. Und ich sehe ja auch, wie Sebastian leidet, weil seine Frau den Kontakt zu ihm total abblockt.«

Mit traurigem Blick sah die junge Aussteigerin ihren Schwager an. Dann fuhr sie fort. »Das Leben außerhalb der Gemeinschaft fiel und fällt mir schwer. Ich fühlte mich wie auf einem anderen Planeten. Keine Freunde, keine sozialen Kontakte. Eine grelle, hektische, schnelle Welt mit täglichen Anforderungen, denen ich zunächst nicht gewachsen war. Die Geborgenheit der Gemeinschaft, die klaren Strukturen, ja, auch die Vorgaben der Prophetin fehlten mir. Da bin ich ganz ehrlich. Aber zur Wahrheit gehört auch, dass ich verführt, manipuliert und missbraucht wurde, dass man mir mein Ich genommen und systematisch meine Identität zerstört hat. Und ich habe mein gesamtes soziales und berufliches Beziehungsgeflecht opfern müssen, um Teil dieser verdammten Sekte zu werden. Sarah, du standst doch immer noch ein wenig außerhalb der Sekte. Wegen deiner Kinder. Noch ist es nicht zu spät, kehr um, mach keinen Fehler, den deine Kinder und du ein Leben lang bereuen werdet!«

»Ihr versteht mich nicht«, erwiderte Sarah Kürzel. Feine Zornesfältchen bildeten sich über ihrer Nase. Sie schüttelte die um sie gelegten Arme von ihrer Schulter ab. »Nein, ihr wollt mich nicht verstehen«, spitzte sie zu.

»Die Prophetin ist mein Leben, durch sie habe ich erfahren, was es heißt zu glauben, was es bedeutet, in einer Gemeinschaft zu leben. Tabea liebt alle Menschen, darum will sie so viele wie möglich vor dem Teufel retten.«

Susanne Sauer sah zu Sebastian. Seine Augen signalisierten Einverständnis. Er nickte. Vom Nachbartisch war von einem jungen Herrn in Nadelstreifenanzug und braunen Krokodillederschuhen ein fast geflüstertes »Dann-machen-wir-es-morgen-in-der Verhandlung-so« zu vernehmen.

»Sarah, wenn die Pinzette bei dir nicht hilft, dann muss es wohl der Vorschlaghammer sein. Wir wollten es dir eigentlich nicht sagen, weil wir dich nicht verletzen wollten. Tabea liebt nicht die Menschen. In erster Linie liebt sie sich. Und danach gut aussehende Jünger …«

Die junge Witwe wurde blass, ihr war, als würde ihr jemand den Teppich unter den Füßen wegziehen. Ihre Fingernägel krallten sich in das alte Holz der Rondo-Tische.

»Wie … wie meinst du das?«, stammelte sie.

»Deine von dir so verehrte Prophetin hat die jungen Zeugen regelmäßig zum Sex antreten lassen. Teilweise auch zu zweit oder dritt. Und dein Willi war ihr Lieblingsspielzeug, ihr Toyboy gewissermaßen, ihr Lover.«

»Das glaube ich nicht.« Sarah Kürzel kämpfte gegen ihre Zweifel an. »Ihr lügt!«

»Nein, das ist die bittere Wahrheit«, versicherte Sebastian Furchner.

»Das kann nicht sein. Die körperliche Nähe zwischen Ehepartnern ist streng geregelt und auch auf wenige Tage begrenzt. Und außerhalb der Ehe ist Sex bei den Universellen Blutzeugen streng verboten.«

»Ja, er kann sogar den sofortigen Ausschluss aus der Sekte zur Folge haben. Ich weiß. Ich war lange genug dabei. Keusch sein, in Unschuld leben, sich auf den Weltuntergang und dann auf das tausendjährige Friedensreich vorbereiten. Alles so ein verlogenes Blablabla«, grollte Susanne Sauer.

»Willi hätte mich nie …«

»… betrogen, meinst du?«

Die Witwe hoffte offenbar auf ein klares Nein der Ex-Jüngerin. Doch es kam nicht.

»Er wollte vielleicht am Anfang nicht, aber er musste. Keiner hat je gewagt, der Prophetin zu widersprechen. Alle sind ihr hörig. Und sexuell sind das vor allem die jungen und hübschen Sektenmitglieder. Tabea hat sie zu ihrer eigenen Befriedigung benutzt. Sie hat die sich wie Pralinen aus einer Storath-Mischung für ihre Bettspielchen herausgefischt. Ohne Rücksicht darauf, ob sie verheiratet waren oder auch nicht.«

Sebastian Furchner räusperte sich verlegen. »Tut mir leid, Sarah, dass du es so und zu diesem wirklich traurigen Zeitpunkt erfahren musst. Eigentlich wollten wir dir den ganzen Dreck ersparen.«

Er schluckte. Dann griff er in die Innenseite seines olivfarbenen Leinenjacketts und holte einige Fotos hervor, die er diskret der Hinterbliebenen zuschob. Sarah Kürzel breitete die Fotos vor sich aus. Sie konnte ihren Blick nicht abwenden. Er klebte an den Szenen. Die Bilder fraßen sich in ihren Kopf, vergifteten ihre Gedanken und trafen sie mitten ins Herz.

»Diese Sau!«, rief sie. »Diese Hure!«

Im Rondo wurde es schlagartig still. Nur der Kaffeeautomat zischte ungerührt vor sich hin. Eros Ramazzotti schmachtete noch zweimal »Somos fuego en el fuego hoy«, dann verstummte auch er.

In die peinliche Stille hinein sagte Sebastian Furchner: »Alles okay. Sorry. Wir haben alles im Griff!«

Der Geräuschpegel im Rondo stieg wieder an.

»Woher hast du die Fotos?«, fragte Sarah Kürzel.

»Hat mir ein potenzieller Aussteiger zugesteckt. Er hat die Fotos wohl gemacht, um nach seinem Ausstieg etwas gegen die üblichen Verleumdungen, Bedrohungen und Denunziationen in der Hand zu haben.«

»Ich werde diese Schlampe kaltmachen!«, brach es aus der Witwe heraus. Ihr schönes Gesicht hatte sich in eine hasserfüllte Fratze verwandelt.

»Sarah, bitte«, versuchte Susanne Sauer, die betrogene Ehefrau zu beruhigen. Doch die hörte schon nicht mehr zu und stürmte mit hochrotem Kopf aus dem Rondo.

»Vielleicht war es ein Fehler, ihr die Wahrheit zu sagen?«

Sebastian schüttelte ganz energisch den Kopf. Er wandte sich an die Bedienung. »Wir möchten bei Gelegenheit bitte zahlen!«

»Hast du ihren Blick gesehen? Ich habe ein ganz schlechtes Gewissen.«

»Sarah hat doch recht. Wie viele Leben hat diese Psychopathin schon zerstört? Hunderte? Tausende? Abknallen sollte man sie. Abknallen wie einen räudigen Hund!«

KAPITEL 8

Langsam füllte sich der überdachte Vorraum des Biergartens der Drosendorfer Privatbrauerei Göller. Einige Gäste genehmigten sich vor der Bürgerversammlung noch das eine oder andere Urstoff, ein süffiges Landbier, verbunden mit einem deftigen Kernbraten, einer Portion Entenjung oder Dörrfleisch mit Linsengemüse. Zur Stärkung vor der Schlacht ihres Lebens. Der Lärmpegel stieg mit zunehmendem Alkoholgenuss und Teilnehmerzahl deutlich an. Krawall lag in der Luft. Unbändige Wut brodelte in den Bürgerinnen und Bürgern. Auf ihren nicht nur vom Bier geröteten Gesichtern zeichneten sich tiefe Zornesfalten ab. Flüche wurden laut. Und obwohl die Versammlung noch gar nicht begonnen hatte, wurde schon kräftig mit den Fäusten auf die Holztische geschlagen. Immer mehr Menschen drängelten sich in den Vorraum. Verzweifelt versuchte Wirt Georg Göller, der Schorsch, wie er hier liebevoll genannt wurde, mit seinem verschmitzt-charmanten Lächeln, es allen irgendwie noch recht zu machen. Doch angesichts der Massen, die Einlass begehrten, hatte er keine wirkliche Chance. Es wurde gedrängt und geschubst, gedroht und geschrien. Mühsam hielten einige Aktivisten der vor drei Wochen gegründeten Bürgerinitiative in dem Chaos ihre Plakate hoch. »Keine Gehirnwäsche!«, »Gebt uns unser Dorf wieder!«, »Achtung, Sekte!«, »Blutzeugen, nein danke!«, war darauf zu lesen. Zwei Schilder zeigten Tabea Wallner auf einer Zielscheibe. Zwei Stellwände, an denen Bebauungspläne der Stadt Scheßlitz und ein Flächennutzungsplan der Gemeinde hingen, wackelten bedenklich.

Als Bürgermeister Leon Wolf das Mikrofon ergriff, wurde es für einige Sekunden ruhig. Nur bei der Geschirrabgabe klapperten noch einige Messer und Gabeln. Der massive 52-jährige Kommunalpolitiker mit dem gepflegten, graumelierten Kinnbart und den weichen Gesichtszügen erhob sich und stützte sich mit seinen behaarten Armen auf einige Akten, die vor ihm auf dem Tisch lagen. Sein kurzärmeliges schwarzes Hemd klebte an seinem Körper, seine Vollglatze glänzte so schön wie der Mond von Wanne-Eickel. Er schnaubte, dann rückte er seine eckige Brille zurecht, hinter deren Glas listige Augen die dampfende Menschenmenge beobachteten.

»Liebe Bürgerinnen und Bürger, ich freue mich, dass Sie so zahlreich erschienen sind, und begrüße Sie recht herzlich«, begann er mit sonorer Stimme, mit der er schon manche Stadtratssitzung und Bürgerversammlung in seinem Sinne gedreht hatte. Ganz zu schweigen von den Mitgliederversammlungen seiner Partei, bei denen immer ein paar Neunmalkluge und Früher-war-alles-besser-Wisser versuchten, ihn mit gewetzten Messern zu piesacken. Innerparteiliche Demokratie nannten sie das. Er hatte für diesen Intriganten- und Meckerstadl nur Verachtung übrig.

»Zunächst möchte ich mich bei der Privatbrauerei Göller bedanken, dass sie uns hier Asyl gewährt, in Scheßlitz war leider kein Raum frei. Und der Hoh in

Köttensdorf hat ja bekanntlich Urlaub. Aber bei dem ausgezeichneten Essen und den guten Bieren hier fällt einem der Umzug in die Nachbargemeinde ja auch nicht schwer!«

Zustimmendes Gemurmel war zu hören, einige trommelten dazu mit ihren Fingerrücken auf die Holztische. Senior-Brauer Schorsch erhob seinen verzierten Tonkrug und nickte in alle Richtungen.

»Und bevor ich es vergesse, möchte ich natürlich auch die Vertreter der Presse begrüßen!« Bert Engel vom »Fränkischen Tag« blickte kurz auf und legte seinen Kuli parallel zu seinem Notizblock auf den Tisch. Dann hob er abwehrend seine rechte Hand, als wollte er einen aufkommenden Applaus beruhigen. Doch bis auf seine neben ihm sitzende Freundin klatschte keiner. Zwei Tische hinter dem Paar erschlug ein Frührentner mit seiner Pranke eine fette Fliege, die sich für die Reste seines Kloßes zu interessieren schien. Engel zuckte kurz erfreut auf, dann nahm er seinen Kuli wieder ihn die Hand.

»Eigentlich wollte auch Frau Wallner, die Chefin der Universellen Blutzeugen des Herrn, oder die Prophetin, wie man das in diesen erleuchteten Kreisen wohl nennt, zu dieser Aussprache kommen und Rede und Antwort stehen. Aber …«

Buhrufe ertönten, einige Aktivisten rissen ihre Spruchbänder und Plakate hoch. Bürgermeister Wolf musste sich innerlich selbst loben. Er glaubte, die Wut seiner Scheßlitzer mit dem kleinen Witz professionell kanalisiert zu haben. Und wenn er ehrlich war: Vielleicht war es ganz gut, dass die Prophetin den Termin nicht wahrnahm. Er ließ den Blick schweifen. Dann streckte er seine Arme der Menge entgegen und öffnete die Hände.

»Die Politik, das habe ich schon immer gesagt, muss die Sorgen ihrer Bürgerinnen und Bürger ernst nehmen, und das gilt ganz besonders vor Ort und …«

»Einen Scheiß hast du ernst genommen, du Bleedl!«, dröhnte es aus dem hinteren rechten Winkel des Vorraums. »Debbada Debb!«

Zwei, drei Sekunden schien die Meute zu überlegen, wie sie auf die ungeheuerliche Majestätsbeleidigung reagieren sollte. Dann explodierte die Bürgerversammlung wie vor fast zweitausend Jahren der Ätna vor Pompeji. Hitzige Hass-Lava ergoss sich über den Kommunalpolitiker, der zweimal hintereinander mit großer Mehrheit zum Bürgermeister gewählt worden war.

»Volksverräter!«, schrie einer, dann stimmten zwei ein.

Dann dröhnte das Unwort von allen Tischen, begleitet von einem Pfeifkonzert. Wolf flogen braune und lilafarbene Bierdeckel entgegen, zeitweise erinnerte die Szene an die Luftangriffe der Außerirdischen in Roland Emmerichs Science-Fiction-Film »Independence Day«. Verzweifelt versuchte der Bürgermeister, die erhitzten Gemüter wieder zu beruhigen. Er hatte keine Chance.

»Wolf muss weg! Wolf muss weg! Wolf muss weg!«, skandierten die aufgebrachten Menschen.

Das Mikrofon in der Mitte des Raums knarrte, dann gab es einen dermaßen schmerzhaften Piepton von sich, dass die erzürnte Menge verstummte. Die plötzliche Stille durchbrach die zarte, unsichere Stimme einer jungen Frau.

»Könnt … könnt ihr mich hören?«, fragte die schmale Gestalt in einem luftigen blauen Jerseykleidchen mit

Rundhalsausschnitt. Da sie keine Antwort bekam, fuhr die Frau fort. »Okay. Ich bin die Susanne. Susanne Sauer. Und ich möchte etwas sagen. Dass ihr alle wütend seid, verstehe ich. Ich bin auch wütend. Genau. Doch nicht der Herr Dingsda, also der Bürgermeister, ist unser Gegner, sondern diese Tabea Wallner. Die macht unsere Seelen kaputt, die macht uns krank im Hirn. Die macht doch die Dörfer kaputt, weil die Universellen Blutzeugen des Herrn immer mehr Häuser in Punzendorf, Peulendorf oder Ludwag kaufen, also rund um die Wallfahrtskirche Gügel und die Giechburg.«

Zustimmendes Gemurmel war zu hören.

»Genau – und diese Jüngerinnen und Jünger quatschen unsere Leut' auf der Straße an, verstopfen mit ihren blöden Prospekten unsere Briefkästen und klingeln an unseren Haustüren, um uns zu missionieren! Nirgendwo ist man mehr sicher vor denen!«

Der Frührentner mit der erschlagenen Fliege versuchte, der jungen Frau das Mikro zu entreißen. Doch die entwickelte ungeahnte Kräfte.

Dann schrie der Mann mit sich überschlagender Stimme in den Raum: »Lasst euch doch nicht verarschen. Das ist doch auch so eine Sektentussi! Die gehört dazu! Ich hab sie erkannt!«

Bürgermeister Wolf sah die Chance, wieder die Oberhoheit über die Biertische zu gewinnen.

»Stimmt das?«, sprach er die Frau mit dem Mikro in der Hand an.

Susanne Sauer zitterte am ganzen Leib. Sie hielt das Mikro ganz fest mit beiden Händen umklammert.

»Ja, es stimmt. Ich war eine Jüngerin. Doch ich bin ausgestiegen. Meine ältere Schwester Karin ist noch dabei. Und mein Schwager Sebastian«, sie deutete auf den Mann neben sich, »und ich wollen sie rausholen aus dieser Sekte. Doch sie will einfach nicht.« Zwei Tränen kullerten über ihre bleichen Wangen. »Darum sind wir hier. Wir brauchen eure Hilfe!«, sagte sie mit brüchiger Stimme.

Fast apathisch reichte sie dem Fliegen-Rentner das Mikrofon und setzte sich neben Sebastian Furchner nieder, der sie tröstend in seine Arme nahm und ihr dann etwas zuflüsterte. Die junge Frau nickte. Ihre Augen flackerten kurz auf.

Der Neubesitzer des Mikrofons versuchte eine letzte Attacke auf den Scheßlitzer Bürgermeister.

»Keiner kümmert sich um uns, du hast uns einfach im Regen stehen lassen!«

Alle Augen richteten sich auf Wolf.

»Nein, das stimmt nicht«, hob der erste Mann der Stadt hervor. Er blieb ruhig, souverän. »Meine Verwaltung und ich sind doch genauso von der Entwicklung überrascht worden wie ihr. Darum haben wir ja auch diese Versammlung angesetzt. Als wir die neuen Baugebiete ausgewiesen haben, dachten wir an Familien mit Kindern. Bezahlbaren Wohnraum. Wir konnten doch nicht ahnen, dass diese Blutzeugen mit Hilfe von Strohmännern sich die Flächen unter den Nagel reißen würden. Und dass sich einige plötzlich für die ungenutzten alten Häuser, die ehemalige Gaststätte und die Bauernhöfe interessierten und versprachen, diese mit erheblichem Aufwand zu renovieren, dagegen konnte man doch nichts haben, oder? Im Gegenteil! Und auch einige von euch haben denen doch Felder und Wiesen zur landwirtschaftlichen Nutzung verkauft!«

Einige der Bürgerinnen und Bürger rieben sich verlegen an ihren Nasen und senkten ihre Blicke. Die Blutzeugen hatten in der Tat gut bezahlt.

»Ja, aber …«, hakte ein Betroffener ein.

»Ja, aber«, unterbrach ihn Wolf. »Du bringst es auf den Punkt. Hätten wir gewusst, dass die Universellen Blutzeugen sich in unserem schönen Städtchen breitmachen wollen, hätten wir zumindest versucht, das zu unterbinden, obwohl das rechtlich wirklich schwierig ist. Aber wir werden alles in unserer Macht Stehende tun, und das verspreche ich euch, um diesen Spuk zu beenden. Notfalls werden wir die noch nicht bebauten Grundstücke von dieser Glaubensgemeinschaft zurückkaufen, um unsere schönen Dörfer vor diesen Wallnerianern zu retten!«

Zwei Hände rührten sich zum Klatschen, dann immer mehr. Tosender Applaus sah anders aus, aber immerhin. Bürgermeister Wolf atmete tief durch. Wieder einmal hatte er es geschafft, lobte er sich innerlich. Erfahrung und Durchhaltevermögen zahlten sich doch aus. Er schritt zu den ausgehängten Flächennutzungs- und Bauplänen. »Ich werde euch mal auf den aktuellen Stand bringen. Schade, dass Frau Wallner heute kneift.«

Am Eingang zum Biergarten entstand ein Tumult. Mehrere kräftige Herren in schwarzen Anzügen bahnten einer ganz in Weiß gekleideten Frau einen Weg durch die dicht gedrängte Menge. Sie wurden begleitet von einem Internet-TV-Team, das Mühe hatte, mit der eingeschalteten Kamera ihrer Auftraggeberin zu folgen. Buhrufe ertönten.

»Das ist sie, das ist die Wallner!«

Fäuste wurden geschüttelt. Das Pfeifen setzte wieder

ein. Drei Vuvuzelas, die als Lärmtröten schon die Fuß-ball-WM in Südafrika zur auditiven Massenfolterung gemacht hatten, erreichten mühelos die Dezibelstärke eines startenden Jumbo-Jets. Die Aktivisten rissen ihre schon fast vergessenen Plakate und Spruchbänder in die Höhe.

Eine alte Frau schob zitternd ihren Rollator nach vorne und spuckte verächtlich vor der Sektengründerin aus. »Schäm dich, du Nazi-Flittchen«, schrie sie mit gebrechlicher Stimme.

Nur unter allergrößter Mühe und dem kräftigen Körper- und Muskeleinsatz ihrer Begleiter erreichte die Prophetin die Stellwand.

»Ich begrüße Sie recht herzlich, Frau Wallner. Lieber spät als nie …«

Die Sektenführerin nahm Bürgermeister Wolf süffisant lächelnd das Mikro aus der Hand. »Ich darf doch, oder?«

Dann wandte sie sich an die tobende Menge. »Wer kneift heute? Wer behauptet das? Ich bin da, um euch zu erleuchten und die Wahrheit zu bringen!«

»Halt die Fresse! Halt die Fresse! Halt die Fresse!«

Tabea Wallner zeigte sich von dem Droh-Stakkato unbeirrt. Sie drehte ihren Kopf dem TV-Team zu. »Ist es in diesem Land schon wieder so weit, dass man nichts mehr sagen darf? Jesus starb für sein Wort, für seine Botschaft am Kreuz, und ich als Gottes Prophetin …«

»Aufhören, aufhören!«, tobte der Vorraum.

Auch die Menschen auf den vorderen Bänken sprangen auf. Wie römische Katapulte schnellten sie mit einem Ende nach oben und ließen zwei ältere Damen auf den Boden purzeln. »Verschwindet!«, tönte es aus den Reihen der Bürgerinitiative.

»Ich verkünde euch: Ein Hostienwunder hat sich ereignet. Das Brot des Herrn blutet, weil es von den Juden gemartert und durchstochen wurde!«, verkündigte die Prophetin äußerlich ungerührt von den massiven Anfeindungen. »Das ist ein fürchterliches Sakrileg, ein erneutes Verbrechen des Weltjudentums, aber auch ein Zeichen an uns alle!«

»Es reicht, Antisemitismus wird nicht geduldet! Eine weitere Bemerkung in diese Richtung und ich muss Sie bitten, die Versammlung zu verlassen«, schaltete sich der Bürgermeister ein. »Gegen Sie läuft meines Wissens nach wegen solcher Äußerungen ein Strafverfahren wegen Volksverhetzung.«

Die Prophetin ignorierte ihn. Ihre Augen leuchteten, sie breitete ihre Arme ganz weit aus, sie wusste sich zu inszenieren. »Wir veranstalten bald einen Tag der offenen Tür. Da kann ein jeder kommen und sich selbst ein Bild machen. Ich reiche euch allen meine Hand zum Frieden!«

Sebastian Furchner stieg auf seinen Tisch, dann holte er weit aus. Der Beutel mit dem Rinderblut und den Schweineinnereien traf Tabea Wallner an der linken Gesichtshälfte. Kräftiges Rot ergoss sich über ihre Augen, Wangen und ihr weißes Oberteil.

»Da hast du dein Blutwunder, du verdammte Psycho-Sau«, schrie der Werfer. »Du hältst meine Frau gefangen!«

Die Sektenführerin schwankte und sackte von der Wucht des Wurfes in die Knie. Zwei Bodyguards rissen sie zu Boden und warfen sich schützend über sie, während ihre Kollegen verzweifelt versuchten, Furchner zu fassen. Dieser nutzte jedoch die Situation und stürmte unbehelligt und unter dem Applaus einiger Protestler nach draußen. Sarah Kürzel erhob sich langsam von ihrer Bank. Niemand nahm Notiz von ihr. Sie sah die Sektenführerin hasserfüllt an, die sich mit Hilfe der Leibwächter langsam aufrappelte. Ihre Blicke trafen sich.

KAPITEL 9

Petra Stengl studierte die vor ihr liegenden Akten. Denzlein kämpfte sich durch etliche Zeitungsberichte über den gestrigen Blutanschlag. »Blutbombe auf sexy Hexy!«, titelte das Blatt mit den vier Buchstaben. Optisch garniert war der Bericht neben den obligatorischen Anschlagsbildern mit einigen doch sehr freizügigen Fotos von Tabea Wallner in engen Lederklamotten, kurzen Röcken und Bikini-Fotos an einem kroatischen Strand.

Denzlein atmete tief durch. Dann faltete er das Boulevardblatt zusammen. »Willst du einen Kaffee?«, fragte er seine Chefin. »Ist aber nur löslicher, der Kaffeeautomat ist kaputt!«

Die Kriminalrätin tippte nachdenklich mit ihrem linken Zeigefinger gegen ihre leuchtend roten Lippen. Ein fürchterlich stöhnender Tischventilator versuchte vergeblich, die Affenhitze in erfrischende Luftstöße zu verwandeln. »Unsere Gottesbotschafterin hat nicht nur Freunde«, sagte sie mehr zu sich selbst als zu ihrem Kollegen.

Denzlein nickte. »Verschmierte Fassaden an ihren Verwaltungsgebäuden in Würzburg und Coburg, jede Menge Onlinehass – wobei sie mit ihren antisemitischen Äußerungen auch zu Hass aufgerufen hat –, eine aus dem Ruder gelaufene Bürgerversammlung – mit der Blutbombe als theatralischem Höhepunkt! Wahre Liebe sieht anders aus, vielleicht gibt es sie nur beim BVB …«

»Was hat Dortmund … Ach Norbert, rede doch nicht so einen Mist!«

»Ich wollte doch nur einen kleinen Witz machen«, verteidigte sich Denzlein.

»Nicht nur der Glubb is a Debb!« Petra Stengl runzelte die Stirn. »Hast du die Pressemitteilung der Universellen Blutzeugen des Herrn gelesen? Sie beschweren sich darüber, dass sie von der Polizei nicht genügend geschützt werden und die Täter noch nicht festgenommen wurden!«

»Das ist eben das Tragische an unserem Beruf, dass wir auch die schützen müssen, die sich außerhalb unserer Gesetze und Ordnung stellen!«, erwiderte Denzlein. »Ja, sogar unsere demokratische Verfassung verachten!« Er hatte den Rüffel seiner Chefin inzwischen verdaut.

Petra Stengl nickte. »Komm mal her! Das ist das Überwachungsvideo aus Coburg. Und das hier sind die Aufnahmen von gestern. Ist das der gleiche Täter?« Die Kriminalrätin ließ die beiden Videos mehrmals vor- und zurückspulen.

»Schwer zu sagen«, meinte Denzlein. »Selbst die Bildvergrößerungen bringen wenig. Auf dem Coburger Video ist der Täter vermummt und hat eine Kappe vom HSC 2000 auf.«

»Das sehe ich selbst!«, fuhr Petra Stengl ihren Kollegen an. »Der Werfer in Drosendorf ist eindeutig zu identifizieren, es ist der Schwager von dieser Aussteigerin, Sebastian Furchner. Die Fahndung läuft. Nein, ich meine etwas anderes. Wenn man sich den Täter in Coburg und Drosendorf genauer betrachtet, dann könnte es derselbe sein. Größe und Statur passen.«

Denzlein spulte noch mal beide Videos ab, stoppte sie und druckte die Standbilder aus.

»Ja, könnte passen«, quetschte er unwillig unter seinem Bart hervor. »Aber warum sollte sich Furchner in Coburg bei einer geringfügigen Straftat tarnen, aber in Drosendorf bei einer gefährlichen Körperverletzung ganz offen und erkennbar zeigen? Das ergibt für mich keinen Sinn!«

»Nicht jeder Täter handelt zum Glück logisch und sinnvoll. Das erleichtert uns unser Geschäft.«

Beide schwiegen sich an. Denzlein öffnete zwei weitere Knöpfe seines blau karierten C&A-Hemdes und pustete kräftig auf seine behaarte Brust. Petra Stengl zupfte die beiden Träger ihres Balconette-Büstenhalters, die ihr fast bis auf die Ellenbogen gerutscht waren, wieder unter ihrem knappen Top zurecht. Sie bemerkte den Blick von Denzlein.

»Was für ein Brutkasten!«, sagte sie kühl. »Das ist ja ein Endlossommer! An Tagen wie diesen gehe ich lieber ins Hainbad, springe in die kalte Regnitz und lasse mich von der Strömung treiben.«

Denzlein nahm den Smalltalk seiner Vorgesetzten gerne auf.

»Sou a Bullnhitz! Warst du schon mal in Streitberg? In der Fränkischen Schweiz? Im Familienbad unterhalb der Burgruine Neideck? Das ist denkmalgeschützt und stammt noch aus den 30er-Jahren, mit Abseifraum, Holzkabinen, altdeutscher Schrift, Bergquellwasser und einem Steg zur eiskalten Wiesent. Ein Kleinod aus einer ganz anderen Zeit. Da glaubst du, Heinz Rühmann kommt dir nachkoloriert entgegen.«

Petra Stengl nickte. »Ja, von dem legendären Schwimmbad hab ich gehört. Die Sanierungs- und Unterhaltungskosten dürften nicht ohne sein …«

Von einem glucksenden Lachen begleitet wurde die Bürotür aufgerissen – und Bärbel Faun stürmte in einem flatternden marineblauen Kleidchen mit großflächigem Blättermuster und raffinierten Cut-outs am Kragen herein.

Petra Stengl war aufgesprungen und fiel ihrer besten Freundin um den Hals. Sie drückte ihr schmatzend ein Begrüßungsküsschen links und rechts auf die Wange. Diese erwiderte das Zeremoniell.

Vorsichtig zog Denzlein seine nackten Füße aus einem mit kaltem Wasser und Eiswürfeln gefüllten Fischaquarium, das mal der ganze Stolz der Mordkommission gewesen war. Nach der Pensionierung des langjährigen Aquariumbeauftragten hatten es die Fische und Pflanzen zunehmend schwerer, sich über Wasser zu halten. Die Mortalitätsrate der Neonsalmler und Guppys nahm dramatisch zu. Und mit dem Dahinscheiden von Egon, einem afrikanischen Schmetterlingsbuntbarsch, der eines Morgens mit dem Bauch nach oben in der brackigen Brühe trieb, endete auch das vorläufig letzte Leben im Aquarium, sah man von Denzleins Käsemauken ab. Vorsichtig trocknete der Hauptkommissar unter seinem Schreibtisch die Füße ab, ohne dass es auffiel. Dann schlüpfte er in seine Jesus-Latschen, die er immer erst ab einer gefühlten Temperatur von 30 Grad anzog. Denzlein fand das Bussi-Bussi-Getue der beiden Freundinnen albern, doch dieser Küsschen-Kult schien sich schneller als eine Sommergrippe zu verbreiten.

»Was treibt dich in unseren mondänen Sauna-Club?«, fragte die Kriminalrätin. »Sicherlich nicht unser armer Poolboy hier?« Sie zeigte auf ihren Kollegen, der mit dem rechten Fuß das Aquarium noch weiter unter den Schreibtisch schob.

Denzlein errötete. »Bei der Hitze …«, rechtfertigte er sich.

»Ist schon gut, Norbert, ich hab es nicht so gemeint!«, rutschte es Petra Stengl heraus. Sie hätte sich auf die Zunge beißen können. So ein einfach zu konditionierendes Wesen wie Nobby würde aus ihrer halben Entschuldigung viel zu viel herauslesen.

»Also, Bärbel, was gibt es Neues?«

Die Rechtsmedizinerin wedelte sich mit einer Akte Luft zu. »Ich habe die Untersuchungen abgeschlossen. Und da ich heute ein Date mit einem sehr interessanten Mann im Bolero, also beim Spanier, habe, habe ich mir gedacht, ich könnte euch meine Ergebnisse persönlich vorbeibringen.«

»Und?«, fragten die beiden Kriminaler in seltener Harmonie.

»Und? Wo ich ihn kennengelernt habe? Über die Kontaktanzeigen in der ›Fränkischen Nacht‹. Alle elf Zeilen verliebt sich ein Single über dieses Monatsmagazin.«

»Bärbel, spann uns nicht auf die Folter!«, drängte Petra Stengl.

Die Rechtsmedizinerin lachte laut auf. »Sonst kannst du doch von meinen Bettgeschichten nie genug bekommen und in deinen muss ich dich immer beraten …«

»Bärbel, bitte!« Die Kriminalrätin verdrehte die Augen.

»Okay. Dann zu meinem horizontalen Gewerbe. Auf den ersten Blick, sieht man mal von der äußerst seltenen Tötungsmethode ab, hat der Mann, der bei mir auf dem Seziertisch lag, einen ganz normalen Suizid hingelegt. Beim ungebremsten Aufprall auf die Scheune, wir gehen von etwa 80 Stundenkilometern Geschwindigkeit aus, hat es Kürzel tatsächlich den Kopf abgerissen. Alle lebenswichtigen Leitungen wurden somit durchtrennt. Luft- und Speiseröhre, wichtige Blut- und Nervenbahnen sowie die Wirbelsäule. Jede Enthauptung, wer hätte das gedacht, führt schnell und unweigerlich zum Tod. Ohne Anschluss an den Kreislauf tritt der Hirntod innerhalb von Minuten ein. Auch die Lenkradsäule, die sich in seinen Oberkörper gebohrt hat, wäre tödlich gewesen. Hinzu kommen noch die vielfach gebrochenen Arme und Beine. Da wollte jemand auf Nummer sicher gehen.«

»Und was ist mit dem zweiten Blick?«, fragte Denzlein.

»Ja, auf den zweiten Blick beginnen die Merkwürdigkeiten«, begann Bärbel Faun zu erklären. »Den Draht, der um seinen Hals lag, konnte er nicht selber an den Halterungen des Sitzes befestigt haben. Dafür war das Seil zu dick und unbeweglich. Was ich damit sagen will: Kürzel konnte unmöglich zuerst die Drahtschlinge befestigen und dann mit seinem Kopf hindurchschlüpfen. Das war zu eng. Ergo saß Kürzel schon hinter seinem Lenkrad – und dann erst wurde ihm der Draht um den Hals gelegt.«

»Beihilfe zum Selbstmord?«

»Ja, Norbert, das könnte man so formulieren, wenn es nicht noch einen dritten Blick auf den Suizid geben würde.«

»Und der wäre?«

»Unser Klient war vollgepumpt mit … hm … Badesalz!«

»Badesalz?« Die Kriminalerin glaubte, sich verhört zu haben.

»Unter diesem Namen wird es auf jeden Fall im Internet in einschlägigen Läden verkauft. Dabei handelt es sich um synthetische Drogen, hauptsächlich aus China, die in bunten Packungen als Kräutermischungen oder Badesalz gehandelt werden. Was Kürzel intus hatte, ist eine Substanz, die sehr an ›Wolke 9‹ erinnert. In Amerika war diese Mischung mal sehr populär. Die Medien sprachen sogar von der ›Zombie-Droge‹ oder der ›Kannibalen-Droge‹, weil Rauschgiftabhängige Beißattacken auf Touristen oder Obdachlose verübten. Sie führte auch zu mehreren Selbstverletzungen und Selbsttötungen. Seit einiger Zeit gibt es das Zeug in aufgepeppter Version als ›Cloud 69‹ auch in Deutschland. Der euphorisierende Rausch, den diese Drogenmischung auslöst, kann zu extremen Halluzinationen und Angstzuständen führen, die über Stunden, manchmal sogar über Tage andauern können. Die Konsumenten sehen Teufel, Dämonen, Aliens, Monster und Hexen. Sie führen Gespräche mit Gott und haben Selbstmordgedanken. Sie springen von Fahnenmasten, erschießen sich mit dem Jagdgewehr, stechen sich Messer in den Bauch, um sich aufzuschlitzen. Andere rasen sich mit ihrem Auto zu Tode.«

»Wie in unserem Fall?«, fragte Petra Stengl.

»Kenn ich«, sagte Denzlein ganz leise.

»Was kennst du?«

»Du hast doch meine Tochter schon erlebt. Die war auf Therapie in Oberbayern wegen ihrer Crystal-Meth-Sucht. Geschlossene Abteilung. Und was macht Daniela nach neun Monaten Entzug und Behandlung? Bestellt sich mit drei weiteren Insassen über das Internet solche

Kräuter- und Badesalzmischungen. Die Post als größter Rauschgifttransporteur Deutschlands lieferte prompt – und alle vier landeten mit Herzrasen, explodierendem Blutdruck und beginnendem Nierenversagen auf der Intensivstation.«

»Und?«

»Sie haben es geschafft, Gott sei Dank! Aber dieses Zeug ist so leicht zu bekommen. Und meist auch straffrei, weil die Produzenten, sollte mal eine ihrer Mischungen verboten werden, schon längst die Nachfolger in der Schublade liegen haben. Und die sind dann wieder bis zum nächsten Verbot völlig legal. Darum wird es in der Szene auch ›Legal Highs‹ genannt.« Denzleins Augen überzogen sich mit einem feuchten Schleier. »Erst Weihnachten hat man Daniela entlassen!«

»Das ist doch schön, oder?« Petra Stengl versuchte, ihren Kollegen aufzumuntern.

Denzlein machte ein unglückliches Gesicht. »Sie wollte unbedingt wieder nach Bamberg. In ihre alte Umgebung. Das ist tödlich. Alte Freunde, alte Szene, alte Drogen. Und wenn sie dann abstürzt, wieder ihr Zimmer demoliert und mit ihren Panikattacken die übrigen Hausbewohner terrorisiert, dann steht sie endgültig auf der Straße. Dann bleiben nur das Obdachlosenheim und die Bamberger Tafel.«

»Und du willst sie nicht aufnehmen?« Petra Stengl ahnte schon die Antwort.

»Würdest du in einer Dreizimmerwohnung einen unberechenbaren Junkie aufnehmen, der dort vermutlich dealt, sich prostituiert oder dir das Haushaltsgeld klaut?« Denzleins Stimme schwankte zwischen aggressiv und depressiv. »Und, wenn ich ehrlich bin, ich habe weder die Kraft noch die Zeit für eine solche Tochter. Und vielleicht auch nicht mehr die Liebe …« Denzlein stand auf und schlurfte zum Aktenschrank. Die beiden Frauen sollten seine Tränen nicht sehen.

»Und gibt es keine Alternative?«

»Doch. Vielleicht. Betreutes Wohnen.« Der Kommissar hatte sich wieder gefasst. »Das bedeutet aber feste Regeln und Ausgehzeiten. Kein Alkohol und keine Drogen. Und das will Daniela nicht. Ich habe versucht, sie mit Engelszungen zu überreden. Keine Chance.«

Petra Stengl räusperte sich verlegen. Das waren Momente, in denen ihr der Kollege doch leidtat, mal völlig abgesehen von dem, was er ihr angetan hatte.

»Und so ein Zeug wie Daniela in der geschlossenen Psychiatrie in Oberbayern hat Kürzel kurz vor seiner Selbstmordfahrt zu sich genommen?«, wandte sie sich wieder an ihre Freundin.

»Ja, aber ›Cloud 69‹ ist wesentlich stärker als die üblichen Kräuter oder Badesalze. ›Cloud‹ ist eine extrem potente Droge mit hohem Suchtfaktor. Und ich glaube nicht, dass er die Mischung zu sich genommen hat.«

»Sondern?«

»Sie wurde ihm zugefügt. Die Droge wird gewöhnlicherweise geschnupft oder geraucht, also über Mund und Nase aufgenommen. Meine Untersuchung hat eindeutig ergeben, dass Kürzel kein Raucher war. Seine Lunge war rosarot wie ein Babypopo. Kein Teerschleier. Keine Vernarbung. Auch seine Nasenscheidewand wies keine Spuren von diesem Badesalz auf. Gespritzt wird das Zeug selten, weil es so schneller an Wirkung verliert. Ich habe bei Kürzel lediglich einen einzigen Einstich, versteckt am linken Fuß, gefunden. Und das legt die Vermutung nahe, dass Kürzel sich noch nie dieses Zeug gespritzt hat, sonst hätte ich mehrere Einstichstellen finden müssen.«

»Also wurde ihm dieses Badesalz, dieses ›Cloud 69‹, gewaltsam injiziert?«

»Ob gewaltsam oder unter irgendeiner Drohung – das müsst ihr herausfinden. Auf jeden Fall wusste da eine oder einer verdammt gut Bescheid über die Psyche Kürzels und die Wirkungen des Präparates.«

»Kürzel stand wegen seiner Amtsenthebung und der permanenten Überwachung erheblich unter Druck«, meldete sich Denzlein wieder zu Wort. »Rauschgifte verstärken doch den Gemütszustand des Konsumenten?«

»Ja, genau das meine ich ja. Ein psychisch labiler Mensch oder ein Mensch in einer Lebenskrise reagiert auf Drogen ganz anders als einer, der gut drauf ist. Und das kann man sich zunutze machen.«

»Also haben wir es mit einem halben Mord zu tun? So etwas hatten wir noch nie!« Petra Stengl schüttelte ironisch lächelnd den Kopf.

Denzlein schlug mit der Faust auf den Tisch. »Wenn wir lückenlos darstellen können, wer Kürzel die Schlinge um den Hals gelegt, wer ihn vielleicht mit einer Drohung eingeschüchtert und wer ihm die Spritze verabreicht hat, dann kriegen wir sie oder ihn doch noch dran!«

»Nobby, Kompliment, dass du von Anfang an nicht von einem normalen Selbstmord ausgegangen bist. Respekt.«

Denzleins Ohren glühten wie die Metalldrähte einer ökologisch aus der Mode gekommenen Osram-Birne, als sie ihn mit seinem Spitznamen ansprach.

»Aber pass auf, dass du den Fall wegen deiner Tochter nicht zu persönlich nimmst.«

Der Kriminalkommissar schüttelte leicht den Kopf. »Keine Sorge.« Denzlein wandte sich an die Rechtsmedizinerin. »Und was ist mit der Hostie, die wir auf der Rückbank von Kürzels Wagen sichergestellt haben?«

»Die haben wir natürlich auch untersucht«, erwiderte Bärbel Faun. »Es handelt sich tatsächlich um eine Hostie, die in einer Hostienbäckerei im niederrheinischen Wallfahrtsort Kevelaer nach dem Codex Iuris Canonici, also nach dem katholischen Kirchenrecht produziert wurde. Sie hat zwei Einstichstellen.«

»Zwei Einstichstellen?« Petra Stengl glaubte, sich verhört zu haben.

»Ja, zweimal wurde mit einem spitzen Gegenstand, vermutlich mit einem stinknormalen Haushaltsmesser, auf sie eingestochen. Und das rote Zeug auf ihr ist wirklich Menschenblut. Blutgruppe AB, wenn du es genau wissen willst.«

»Und der Glubb wird deutscher Meister, die Erde ist eine Scheibe und Heidi Klum ein Mann!«, lästerte die Kriminalrätin. »Du willst mir doch nicht allen Ernstes sagen, dass die Hostie, wie schon die Witwe von Kürzel behauptet hat, von Juden gefoltert wurde und dann Blut ausgetreten ist?«

Über das Gesicht ihrer Freundin huschte ein ernster Schatten. »Ich bin Wissenschaftlerin, ich glaube an einen solchen Hostien-Zauber natürlich nicht. Aber …« Bärbel Faun räusperte sich verlegen.

»Aber, was?«, drängte Petra Stengl.

»Ich habe mich mal schlaugemacht. Es gibt in der katholischen Kirche immer wieder Wundergeschichten, wonach aus Hostien rötliche Flüssigkeit, auch in der jüngeren Zeit wie 2016 im niederschlesischen Liegnitz, 2006 im mexikanischen Tixtla oder 1998 in Buenos Aires, ausgetreten sein soll. Diese Flüssigkeiten wurden untersucht. Und jedes Mal hat man die Blutgruppe AB festgestellt.«

Denzlein und seine Vorgesetzte sahen sich entgeistert an.

»Moment mal!«, fasste sich Petra Stengl zuerst. »Bei der Eucharistie wandeln sich Brot und Wein nach katholischer Lehre in Leib und Blut Jesu.«

Denzlein schluckte. »So haben wir es gelernt. Genau. Und so feiern wir die Messe!«

»Aber das glaubt doch kein Mensch. Das ist doch im übertragenen Sinne gemeint, oder?«

Denzlein zuckte mit den Schultern. »Wenn ich ehrlich bin, habe ich mir darüber noch nie Gedanken gemacht.«

Petra Stengl verzog ihr Gesicht und runzelte die Stirn. »Wenn man die Blutuntersuchungen ernst nehmen würde …«

»… dann hätte Jesus die Blutgruppe AB«, setzte Bärbel Faun ihren Gedanken fort.

KAPITEL 10

»Irgendwann werden sie dich kriegen! Das ist nur noch eine Frage der Zeit.« Susanne Sauer legte ihren Arm tröstend um ihren Schwager, der neben ihr auf einer Bank im Biergarten des Gasthauses Fischer in Rothensand saß.

»Man muss ein Zeichen setzen«, wich Sebastian Furchner aus. Seine grünen Augen mit den auffälligen braunen Sprenkeln blitzten böse. Er blickte sich zu den anderen Gästen um. Der Fischer war besonders in den Monaten mit einem »r« im Namen Kult für alle Karpfen-Liebhaber im Bamberger Land. Von weit her pilgerten die Fischfans in seine gutbürgerliche Stube, um sich die fränkische Spezialität in all ihren Variationen schmecken zu lassen. Vermutlich war das seine letzte Saison, es stand kein Nachfolger bereit. Über kurz oder lang würde der Fischer dichtmachen müssen. Ein Schicksal, das einigen Gasthäusern und Brauereien in Oberfranken drohte.

Sebastian setzte zur Tarnung wieder seine Sonnenbrille auf und zog sich die blaue Bullani-Ballonmütze, die seinen braunen Wuschelkopf bedeckte, trotz der sengenden Hitze ganz tief ins Gesicht. »Die Rache ist mein, spricht der Herr, so heißt es doch schon in der Bibel.«

»Ich kann ja deine Wut und deinen Frust verstehen, aber so bekommst du meine Schwester sicherlich nicht zurück!«

Sebastian Furchner knetete seine gepflegten Hände, bis sie rot anliefen, dann nahm er einen tiefen Schluck »Hirschen-Trunk« aus seinem Seidla. »Da magst du recht haben, liebe Schwägerin. Aber das mit der Blutbombe war doch eine geile Aktion! Die bringt mir zwar meine Frau nicht zurück, da braucht es einen viel größeren Knall. Aber jetzt wird wenigstens über diese Sekte und ihre Machenschaften berichtet. Die ›BILD‹ auf Seite 3, ganz groß. ›Fränkischer Tag‹, ›RTL‹, ›Bayerischer Rundfunk‹. Selbst der Spiegel hat bei meinen Eltern angefragt, ob ich für ein Interview zur Verfügung stehe.«

Mit leicht federndem Gang servierte der Wirt ihnen eine reichhaltige Brotzeitplatte. Er deutete auf den gelben Käse, in dem zwei Salzstangen steckten. »Habe ich heute Morgen noch selbst frisch bei der Kuh gerupft«, sagte er, ohne eine Miene zu verziehen. Die beiden Sektengegner sahen sich fragend an. Über das Gesicht des fränkischen Originals huschte ein spitzbübisches Lächeln.

Als der schlanke Gastronom in seinem Gasthaus verschwand, prusteten die beiden Gäste los. Furchners Lachgrübchen waren für einen Moment wieder zu sehen.

»Für seine Sprüche ist der Wirt bekannt. Und ich falle immer wieder darauf rein«, gluckste Susanne Sauer. Dann wurde ihre Stimme wieder ernst. »Auf der anderen Seite hast du mit der Blutbombe aus der Wallner möglicherweise eine Märtyrin gemacht. Da werden die Sektenmitglieder noch enger zusammenrücken und sich um ihre Anführerin scharen!«

»Mag sein, aber das muss ich in Kauf nehmen. Und Sekten definieren sich, das hast du doch am eigenen Leib erfahren, nicht nur durch ihre Lehren und Inhalte, sondern auch durch ihre Feindbilder. Da kommt es auf die eine oder andere Märtyrerin auch nicht mehr an ...«

»Das stimmt schon. Feindbilder stärken die Gemeinschaft, schweißen sie zusammen. So nach der Devise: Wir sind die Guten, die anderen die Bösen. Wagenburgmentalität. Lasst sie angreifen, wir wissen uns zu verteidigen. Und Kritik an der Sektenideologie wird entweder verheimlicht, lächerlich gemacht oder nur selektiv wiedergegeben. Uns hat die Prophetin von Anfang an eingeimpft, dass letztendlich alle Menschen, die den Blutzeugen nicht angehören, unsere Feinde sind – unsere Familie, Ehepartner, Arbeitskollegen, Freunde, also alle, die versuchen, ein Mitglied aus der Gemeinschaft herauszureißen.«

Die frühere Jüngerin nippte an einem Glas Silvaner und bestrich das herzhafte Bauernbrot mit Ziebeleskäs. Sie wusste, was jetzt kam.

»Dass eine so kluge Frau wie du auf diese Blutheil-Schwachmaten reinfallen konnte, ich kann es immer noch nicht glauben.«

»Die Blutzeugen haben alles gelöscht, was bis dahin auf meiner geistigen Festplatte gespeichert war. Und dann haben sie mir ihr Programm aufgespult. Und das Raffinierte daran: Die Neuausrichtung fand nicht nur auf intellektueller, sondern besonders auf emotionaler Ebene statt. Selbst wenn dein Kopf dir dann sagt ›hallo, da stimmt was nicht‹, bist du dennoch in den Emotionen so sehr gefangen, dass du nicht mehr aussteigen kannst. Niemand geht mit dem Kopf in eine Sekte rein, sondern mit dem Bauch. Hätte ich die Wallner nicht getroffen, wäre aus mir ein ganz normaler Mensch mit den üblichen psychischen Dellen geworden.«

Eine unendliche Traurigkeit erfasste Susanne Sauer. Eine Traurigkeit, mit der sie auch zwei Jahre nach ihrem Ausstieg nicht richtig umgehen konnte. Es war so, als ob Schatten in ihrer Seele Verstecken spielen würden. Traurigkeit sei ein Teil des Verarbeitungsprozesses und ein erster Schritt auf dem Weg zu Akzeptanz und einem Neuanfang, hatte ihre Psychiaterin gesagt. Aber wenn sie ganz ehrlich zu sich war, wusste Susanne Sauer nicht, ob sie trauerte, weil sie die Kontrolle über ihr eigenes Ich aufgegeben und über fünf Jahre verloren hatte oder weil sie immer noch der Gemeinschaft mit ihren festen Ritualen und Regeln nachtrauerte, die ihr Orientierung, Geborgenheit und Sinn und, ja, verdammt noch mal, so etwas wie Liebe gegeben hatte.

Susanne wischte sich eine Träne aus den Augen. Dann sagte sie im vorwurfsvollen Ton: »Das haben wir doch schon zigmal durchgekaut. Das könnt ihr Normalos nicht verstehen.«

Ihr Schwager verzog erschrocken sein Gesicht. »Entschuldigung, ich wollte dich nicht verletzen. Ich will nur verstehen. Verstehen, warum du und Karin da hineingeraten seid.«

»Ist schon gut«, erwiderte Susanne Sauer. »Meine Psychiaterin will ja, dass ich mich mit dieser Zeit aktiv auseinandersetze. Durch passives Aussitzen bekomme ich den Schuss nicht weg. Ich glaube, es müssen zwei Dinge zusammenpassen, damit eine Sekte bei der Neumissionierung Erfolg hat. Sie muss die richtigen Psychotricks auf Lager haben. Und das haben die Universellen Blutzeugen. Außerdem muss das Opfer persönlich angeschlagen sein: arbeitslos, kaputte Partnerschaft, familiäre Probleme und der ganze Scheiß, den wir in unserem armseligen Leben so durchwaten müssen. Die Blutzeugen haben mich geradezu mit Liebe, Aufmerksamkeit und Nähe überschüttet. Ich fühlte mich zum ersten Mal nach langer Zeit, nachdem mich Klaus verlassen hatte, wieder verstanden, geliebt, geachtet. Da waren Menschen, die haben sich um mich gekümmert. Die haben meinem Leben wieder einen Sinn gegeben.«

»Lovebombing!«

»Ja, so heißt das wohl in der entsprechenden Literatur. Damit hatten sie mich am Haken. Und dann haben sie ganz subtil begonnen, meinen Alltag, mein Leben und meine Psyche zu beherrschen. Du rutschst da immer tiefer rein, ohne es zu bemerken. Du glaubst, zu Gottes Auserwählten zu gehören, du fühlst dich den Ungläubigen und Verdammten überlegen und letztlich gibt es für dich nur noch eine wahre Familie – die Universellen Blutzeugen mit Tabea als allmächtiger Lenkerin. Andere Lebensentwürfe blendest du komplett aus, weil sie dir als böse oder falsch eingetrichtert werden.«

»Und warum hast du Karin …«

»… da hineingezogen?« Susanne konnte den Vorwurf nicht mehr hören. Wieder und immer wieder hatte sie ihrem Schwager in nicht enden wollenden Gesprächen erklären müssen, warum sie ihre Schwester für die Blutzeugen missioniert hatte. Sie konnte nachvollziehen, dass Sebastian daran ordentlich zu knabbern hatte. In seinen Augen war Susanne die Schuldige, die dafür verantwortlich war, dass ihm seine geliebte Frau weggenommen wurde. »Ich war da nicht ich selbst, ich war da eine ganz andere!«, schrie sie mit sich überschlagender Stimme. »Wie oft habe ich dir das schon gesagt!« Dann sprang sie auf und wischte Salz- und Pfefferstreuer mit der rechten Hand vom massiven Biertisch. »Ich kann auch nichts dafür, dass ihr euer Kind verloren habt und nicht zur Therapie gegangen seid!«

Ein altes Pärchen am Nachbartisch, das während der Brotzeit in fränkische Sprachlosigkeit verfallen war, blickte erschrocken auf.

»Manchmal möchte ich, dass sich der Boden vor mir öffnet und ich in den Spalt hineinspringen und erst wieder rauskommen kann, wenn alles vorbei ist!«

»Susanne, ich will doch einfach nur verstehen …«

»Ja, verdammt noch mal, ich war zugleich Täterin, aber auch Opfer. Das ist mir jetzt klar. Jetzt, aber erst jetzt! Verstehst du? Ich wurde manipuliert und ich habe manipuliert. Ich schäme mich fürchterlich.«

Sebastian Furchner zog seine Schwägerin vorsichtig am Arm wieder auf die Bank. »Tut mir leid, ich habe es so nicht gemeint. Ich bin einfach total fertig. Erst stirbt mein Sohn und dann ist auch noch Karin weg. Ich suche nach Antworten auf Fragen, die ich eigentlich nicht stellen darf. Sorry.«

Beide schwiegen sich einige bittere Sekunden an.

Dann ergriff Susanne Sauer wieder das Wort. »Wir sollten uns nicht streiten. Wir brauchen viel Zeit und Kraft, um Karin aus dem Bann dieser Psychosekte herauszuholen. Das schaffen wir nur gemeinsam.«

Sebastian Furchner stach mit seinem Messer auf den roten Presssack ein. Seine Mundwinkel zuckten, Hass verzerrte sein Gesicht. »Ich kann nicht mehr warten. Ich will Karin zurück. Sofort. Und dafür ist mir jedes Mittel recht. Die Blutbombe war nur der Anfang.«

»Sebastian, du stürzt dich ins Unglück!«

»Das glaube ich auch«, bemerkte eine trockene Stimme in seinem Rücken. Die beiden hatten in ihrem Streit Kriminalkommissar Denzlein nicht bemerkt, der an ihren Tisch getreten war. »Herr Furchner, nehme ich an. Sie sind verhaftet. Sie werden dringend verdächtigt …«

Weiter kam der Kripo-Mann nicht. Furchner sprang auf, stieß Denzlein seinen Ellenbogen in den Bauch und rannte Richtung Straße. Am letzten Biertisch fuhr Petra Stengl ihre schlanken, langen Beine aus. Furchner hatte keine Chance gegen diese Waffen einer Frau. Er taumelte, versuchte, in der Luft mit seinen Händen Halt zu finden, dann prallte er schon fallend gegen den Wirt, der auf einem runden Tablett eine Runde »Hirschkuss« trug. Beide purzelten wie umgestoßene Kegel zu Boden. Die Gläser mit dem edlen Kräuterlikör widersetzten sich noch eine Zehntelsekunde der Schwerkraft, um dann ihren klebrigen, feinherben Inhalt über den gefallenen Männern zu verteilen.

»Fällt das noch unter die Verhältnismäßigkeit der Mittel?«, fragte die Kriminalrätin süffisant ihren Untergebenen.

Denzlein lächelte und fuhr sich mit beiden Händen durch seine aschblonden Haare. »Ich glaube schon.« Er legte Furchner Handschellen an.

Der Wirt rappelte sich mühsam auf. »Ich glaube, Sie haben da einen Kuss an Ihren High Heels, nach altem überlieferten Familienrezept mit 38 Kräutern, Frau … ähm?«

KAPITEL 11

Der sichelschlanke Mond über der Giechburg stellte mit seiner mystischen Anziehungskraft die Sonne des Tages in den Schatten. Die schönste Leiche des Universums ließ sich in dieser Nacht auch von den Millionen leuchtenden Sternen nicht ihren morbiden und romantischen Charme nehmen. Ein laues Lüftchen, kaum zu spüren, zärtlich wie ein hingehauchter Kuss, ließ die rot-weißen Zeltsegel, die über den ganzen Innenhof des alten Gehöftes in Zeckendorf gespannt waren, kaum merklich vibrieren. Die Fachwerkfassaden des alten Bauernhofes mit seinem Wohnhaus, der Kornkammer, dem Stall und der Scheune waren in warmes, indirektes Licht getaucht. Langsam füllten sich die Holzbänke mit den Gläubigen, die Frauen in rote Seidentunikas und die Männer in weiße Anzüge gekleidet. Mit einem leisen, lange nachhallenden Gong aus einer Klangschale betrat die Prophetin den Innenhof und schwebte langsam durch die andächtigen Reihen zum Podium. Esoterische Musik mit Flöten-, Harfen- und Gitarrenspiel erklang aus den Lautsprechern, untermalt von sanftem Meeresrauschen. Auf dem großen LED-Bildschirm neben dem Podium waren blaue, kaleidoskopartige Farbenspiele aus Blumen-, Sternen- und Kristallmustern zu bewundern.

Die Jüngerinnen und Jünger erhoben sich ehrfürchtig von ihren Plätzen und entzündeten lange, schmale Kerzen, die die Ordner zuvor ausgeteilt hatten. Ihre Augen leuchteten. Tabea Wallner breitete ihre Arme aus, dann streichelte sie mehreren Kindern, die auf den vorderen Bänken saßen, behutsam die Köpfe. Ein anmutiges Lächeln huschte über ihr Gesicht. Sie trat ans Mikrofon, die esoterische Musik war nur noch ganz leise im Hintergrund zu hören.

»Nehmt Platz, meine Jüngerinnen und Jünger. Der Tag geht, er weicht der Nacht. Der Trubel löst sich auf in die Ruhe. Das Schnelle verwandelt sich in das Langsame. Es ist Zeit innezuhalten. Ja, aber es ist auch Zeit, im richtigen Bewusstsein innezuhalten. Wir haben unseren Bruder Wilhelm verloren. Das erfüllt mich mit unendlicher Traurigkeit. Er war Teil, nein, er ist Teil unseres Leibes. Er hat unglaublich viel für die Gemeinschaft getan. Aber er hat auch Phasen des Zweifels durchlebt. Die kann man haben, aber man muss sie besiegen. Habe ich recht?«

»Ja, Prophetin, du bist das Wort. Und du bist die Wahrheit!« Immer lauter werdend wiederholten die Sektenmitglieder die beiden Sätze, ihre Augen strahlten, sie sprangen auf, einige verfielen in Zuckungen. »Ja, Prophetin, du bist das Wort. Und du bist die Wahrheit!«

Tabea Wallner machte eine beschwichtigende Geste, ihre Gefolgschaft setzte sich wieder. Sie ließ die eintretende Stille einige Sekunden wirken. »Ja, ich bin das Wort. Und das Wort habe ich von Gott bekommen. Ja, und ich bin die Wahrheit. Schauen wir doch einmal in dieses Wort hinein. Wahrheit. Was sagt uns dieses Wort? Es gibt nur eine Wahrheit. Und die ist Gott. Und Gott ist absolut. Daher ist auch die Wahrheit absolut. Habe ich recht?«

Das Auditorium sprang wieder auf. Noch lauter als beim ersten Mal skandierte es: »Ja, Prophetin, du bist das Wort. Und du bist die Wahrheit!«

»Und an der Wahrheit gibt es darum nichts zu deuteln, Wahrheit diskutiert nicht. Die Wahrheit ist unumstößlich«, donnerte sie mit fast sich überschlagender Stimme ins Mikrofon. Die Menge wogte und schrie.

»Wir sind im Endkampf zwischen dem Guten und dem Bösen. In dieser Umbruchszeit greift uns immer wieder die Finsternis an, um ihr Territorium, die Erde, für sich zu retten. Immer wieder werden sich Völker erheben und sich bekriegen. Kriege, Hungersnöte, Klimawandel, Krankheiten wie Krebs, Aids und Pandemien werden die Menschen hinwegraffen. Die Erde selbst wird erzittern und sich auftun und viele Menschen verschlingen. Aber ich gebe euch mein Wort, das Wort Gottes, die Wahrheit: Das Unreine wird vergehen. Aus dem Gemisch aus menschlichem Ich, Heuchlern, Zweiflern, Gottlosen, Verleumdern und Gewalttätigen wird sich allmählich das Volk Gottes herauskristallisieren. Und wir sind das Volk Gottes. Wir sind die Töchter und Söhne Gottes. Wir sind die wahren Nachfolger Christus. Christus ist nicht die Kartellkirche. Christus ist das Volk. Und wir sind sein Volk. Habe ich recht?«

»Ja, Prophetin, du bist das Wort. Und du bist die Wahrheit!«

Tabea Wallner ließ diesmal kein weiteres Ruf-Stakkato zu. Mit einem kurzen Wink veranlasste sie, die Musik auszuschalten. Sie konnte jetzt keinerlei Ablenkung gebrauchen.

»Ich bin die Wahrheit. Ich kann jedes Problem für euch lösen. Denn ich leite euch sicher auf dem göttlichen Pfad zum wahren Leben. Aber leider gibt es einige unter uns, die nicht nur an diesem göttlichen Pfad zweifeln, sondern ihn verlassen wollen. Oder sollen.«

Aus der Menge war ein ungläubiges, dann zischendes Gemurmel zu hören. »Wer will uns verraten?«, schrie ein alter Mann mit sorgsam nach hinten gekämmten schlohweißen Haaren. Die Jüngerinnen und Jünger drehten sich zu ihm um. Dann richteten sie die Blicke wieder erwartungsvoll nach vorne zu ihrer Prophetin.

»Unsere Jüngerin Karin Furchner wird von ihrem Ehemann und ihrer Schwester Susanne Sauer, die unsere Gemeinschaft verraten hat, massiv bedrängt, die Universellen Blutzeugen des Herrn zu verlassen. Das dürfen und werden wir nicht zulassen. Habe ich recht?«

»Ja, Prophetin, du bist das Wort. Und du bist die Wahrheit!«, grölte die Menge.

Aus der zweiten Bankreihe war ein lautes Schluchzen zu vernehmen. »Ich will euch nicht verlassen«, weinte Karin Furchner. Ihr zierlicher Körper zitterte. »Ihr seid doch mein Leben, mein Alles. Ich will nicht zurück zu meinem Mann und meiner Schwester. Mit ihrem Abgang hat sie nicht nur euch, sondern auch mich hintergangen. Und die Prophetin ist das Wort und die Wahrheit!«

Ihr Oberkörper sackte zusammen. Auf den aufmunternden Blick der Prophetin hin nahmen zwei Ordnerinnen die geoutete Jüngerin in den Arm. »Wir helfen dir«, sagte eine gemütliche Dicke mit bunter Manga-Frisur und strich ihr die dunklen Locken nach hinten. »Aber du musst dir auch helfen lassen. Du musst dem Satan widerstehen. Du musst stark sein!«

Dankbar sah Karin Furchner ihre beiden Stützen an. Ihre langen Wimpern flackerten. Sie wischte sich mit dem

Handrücken die Tränen aus den Augen. »Ich werde dem Satan widerstehen. Das verspreche ich. Ich werde stärker denn je werden!«

Die Prophetin stieg vom Podium herunter und küsste ihrer Jüngerin die Stirn. »Bedenke, dass du auserwählt bist. Folge mir! Folge dem Wort! Folge der Wahrheit! Folge Gott!«

»Ich werde dir folgen«, strahlte die Jüngerin ihre Meisterin an. In ihr Engelsgesicht kehrte wieder Farbe zurück. Einer klatschte, dann alle.

»Ihr seht: Satan kann man besiegen«, verkündete Tabea Wallner auf dem Weg zurück zum Podium in ihr Mikrofon. »Aber er lauert überall. Erst wenn der Mensch sein Ich, seine Leidenschaften, seine Triebe und seine tierische Natur kreuzigt und seine menschliche Individualität aufgibt, wird er rein werden und in den Schoß des Allmächtigen gelangen. Leider gibt es einige unter uns, die schwach geworden sind, die ihrer Fleischeslust nachgegeben haben, die mit ihrer widerlichen Unkeuschheit unsere ganze Gemeinschaft besudelt haben.«

Die Prophetin ließ ihren Blick von Reihe zu Reihe schweifen. Sie durchbohrte mit ihren Augen jede und jeden. Es war totenstill. Nicht mal ein Hüsteln war zu vernehmen. »Ich werde jetzt keine Namen nennen. Aber diese Unreinen werden sich morgen vor dem Rat der Weisen und mir verantworten müssen.«

Sie wandte sich an einen neben ihr stehenden, etwa 30-jährigen, durchtrainierten Jünger mit markanten Wangenknochen und spitzem Kinn, dessen langen braunen Haare zu einem Herrendutt zusammengebunden waren. »Marcel, du wirst mir bei der Vorbereitung des Rates helfen!«

Der Angesprochene lächelte die Sektenführerin glücklich aus seinen blauen Augen an. Er errötete ganz leicht. Er hatte offenbar auf diesen Moment hingefiebert. »Ja, Prophetin, ich stehe dir zu Diensten. Er wird mir eine Ehre sein«, sagte er mit einer rauen, dunklen Stimme. Er faltete seine kräftigen Hände und verbeugte sich.

Tabea Wallner blickte wieder in die Menge der Gläubigen. »Gott hat in seiner unendlichen Weisheit zu mir gesprochen. Marcel wird von jetzt an die Nachfolge von Wilhelm antreten, der uns verlassen hat. Schon seit Jahren ist Marcel den rechten Weg gegangen. Er hat sich aufgeopfert für uns alle. Er gehört zu den Auserwählten, den wahrlich Reinen, an ihm hat Gott sein Wohlgefallen. Habe ich recht?«

»Ja, Prophetin, du bist das Wort. Und du bist die Wahrheit!«

Karin Furchner senkte ihren Blick. Ihre Zeit würde noch kommen. Da war sie sich ganz sicher. Aus den Lautsprechern erklang ruhige, langsame Klaviermusik. Auf dem LED-Schirm ging die Reise ins Universum, an den Milliarden Sternen der Milchstraße vorbei, hinein in den Tarantelnebel in der Großen Magellanschen Wolke.

»Dann lasst uns diesen Tag beenden, findet Ruhe und Frieden, entschleunigt euch und sammelt Kraft für den morgigen Tag.« Tabea Wallner sprach immer leiser. »Darum: Schließt die Augen, spürt euren Atem, spürt euren Herzschlag, spürt diese Liebe, die Gott zu euch, jetzt in diesem Moment, sendet.«

Ihre Anhänger beugten ihre Oberkörper und stützten ihre Köpfe auf ihre geballten Hände. Ein Gongschlag aus der Klangschale ertönte.

Die Prophetin segnete ihre Gemeinde. »Gehet hin und ruhet!«

Leise verließen die Blutzeugen des Herrn das Gehöft, um ihre Schlafstätten aufzusuchen. Einige, die von den umliegenden Dörfern gekommen waren, benutzten ihre Autos, begleitet von den weißen SUVs des sekteneigenen Sicherheits- und Geheimdienstes.

Als der Innenhof sich fast geleert hatte, schritt Tabea Wallner zum Wohnhaus des Bauernhofes, dessen Eingangstür mit einem Meer aus Topfpflanzen dekoriert war. Über der Pforte war ein Emailleschild angebracht, worauf das Logo der Blutzeugen – eine weiße Taube mit einem roten Schlüssel im Schnabel – zu sehen war.

»Komm«, befahl sie ihrem neuen Stellvertreter, den sie zuvor zum Warten aufgefordert hatte. »Wir haben noch viel zu tun!«

Sie nahm Marcel bei der Hand und führte ihn durch den Flur in ihr Schlafzimmer, das von einem riesigen Rundbett vor einer modernen Reliefwand mit paradiesischen Motiven dominiert wurde. Kleine Leuchtdioden umsäumten die Schlafstelle, zwei Petticoat-Palmen ragten fast bis an die Decke heran. Auf einem Designer-Glastischchen wartete ein Dom Pérignon Vintage Brut von 2003 in einem Champagnerkühler auf seine genussvolle Vernichtung. Eine halb geöffnete Tür erlaubte einen Blick in ein großes Badezimmer mit schwarzem Marmorboden und schwarzen Kacheln. In einer Ecke blubberte ein ovaler, mit violettem Innenlicht beleuchteter Whirlpool. Aus verborgenen Lautsprechern pulsierte der treibende Beat von George Michaels Song »I want your sex«. Die Prophetin zündete mit einem wissenden Lächeln eine auf dem Boden stehende Kerzengruppe an und machte das Licht aus. Wie zufällig spielte sie am Ausschnitt ihrer Tunika und strich sich mit der linken Hand über ihre Hüfte.

»Komm nur«, lockte sie mit zart hingehauchter Stimme ihren Jünger, der erst halb im Raum stand. »Deine Prophetin braucht dich jetzt.« Er machte einen Schritt, blieb dann jedoch wieder stehen.

Sie ging ihm mit langsamen, bedächtigen Schritten entgegen und löste seinen Dutt. Die langen, welligen Haare fielen ihm auf seine breiten Schultern. Sie wuselte durch seine braune Mähne und umfasste seinen feuchten Hals. »So ist es gut. Du wirst mir gehorchen?« Sie blickte ihm tief in seine Augen. Sein gequältes Ja verriet seine Unsicherheit. Die Prophetin lächelte amüsiert. Sie liebte diese Unsicherheit. Mit einem Ruck streifte sie ihm sein Jackett ab, lockerte die Krawatte und riss ihm sein Hemd auf. Die Knöpfe sprangen wie viele, viele bunte Smarties über den Eichenboden. Mit dem rechten Zeigefinger fuhr sie ganz die Konturen seines muskulösen Oberkörpers ab und ließ ihn langsam Richtung seines Sixpacks gleiten. Ihre rechte Hand verweilte auf seinem Bauch. Marcel zitterte. Mit den Innenflächen ihrer Fingerkuppen der linken Hand malte sie imaginäre Kreise auf seinen markanten Apollo-Grübchen.

»Wer solche Grübchen hat, soll ein guter Liebhaber sein«, hauchte sie in sein rechtes Ohr.

Eine prickelnde Hitze aus Lust und Scham durchströmte seinen durchtrainierten Körper. Sein Blut pulsierte. Er roch den betörenden Duft ihres Sommerparfüms. Rosen, vielleicht etwas Birne, Zitrus. Dazu noch ein bisschen Zedernholz und Moschus. Seine Nasenflügel bebten.

»Aber«, stammelte er. »Aber wir dürfen doch nicht …«

»Ich bin die Prophetin, ich darf!«

Er ergab sich. Das war ihr Moment, darauf hatte sie gewartet, darauf hatte sie hingearbeitet. Jetzt gehörte er ihr. Sie stieß den schnaubenden Jünger aufs Bett.

In seinen wilden, schmutzigen Fantasien hatte er es sich immer wieder vorgestellt, wie ihre kundige Hand seine harte Länge umschloss. Er hatte versucht, diese Fantasien abzuschütteln. »Schuldig, schuldig«, hatte ihn immer wieder sein Gewissen in vielen unruhigen Nächten angeschrien. Er hatte nie gewusst, dass schuldig sein so schön und grausam zu gleich sein konnte.

»Du wirst alles tun, was ich verlange?«

Er spürte ihren heißen Atem an seinem Ohr. Die Hand wurde stärker.

»Ja!«, schrie er. Sein Körper bäumte sich auf. Dann folgte er wie im Rausch ihren Befehlen.

In seinem alten silbrigen Mercedes der S-Klasse vor dem Sektengehöft starrte ein Sicherheitsmann der Universellen Blutzeugen auf sein Tablet, das auf seinen Knien lag, und verfolgte die Szene. Er lächelte in sich hinein. Dann ballte er die Faust.

»Die Madonna spielen, aber eine Hure sein!«, sagte er halblaut zu sich selbst. »Fick dich, du falsche Prophetin. Jetzt habe ich dich endgültig!«

KAPITEL 12

»Herr Furchner, es sieht nicht gut für Sie aus«, begann Denzlein die Vernehmung. »Es sei denn, Sie kooperieren. Das könnte sich auf das Strafmaß mildernd auswirken.« Er bemühte sich um einen einschüchternden Ton. »Ihnen werden schwere Körperverletzung, Sachbeschädigung und Widerstand gegen die Staatsgewalt zur Last gelegt.«

Karel Langer, Furchners Anwalt, ein kahler Buddha im schwarzen Hugo-Boss-Anzug und in extravaganten italienischen Schuhen in Krokodilgrün, meldete sich sofort zu Wort. »Schwere Körperverletzung, weil mein Mandant Frau Wallner mit einem Blutbeutel beworfen hat? Das war eher ein Happening, eine ungewöhnliche Protestaktion, vielleicht ein wenig überzogen, okay. Aber doch keine Körperverletzung. Die Tat bestreitet Herr Furchner auch nicht. Und er hatte zu keiner Zeit die Absicht, diese Sektenführerin zu verletzen.«

»Uns liegen aber ein ärztliches Attest und eine diesbezügliche Anzeige von Frau Wallner vor«, schaltete sich Petra Stengl in die Vernehmung ein.

»Darf ich mal sehen?« Langer nahm seine kleine, randlose Brille mit den gelben Gläsern ab und hielt sich mit seinen im Verhältnis zu seiner Körpermasse viel zu kleinen Händen die Akten ganz nahe vor die Augen. »Schädelhirntrauma! Dass ich nicht lache! Das ist doch ein Gefälligkeitsgutachten. Ein Schädelhirntrauma habe ich, wenn ich mal mit Mike Tyson im Ring gestanden habe. Aber doch nicht von einem Plastikbeutel mit Blut!« Er lächelte die Beamten an. »Haben Sie Ihre Hausaufgaben gemacht? Wenn nicht, dann wird Sie das hier sicherlich interessieren.« Der Anwalt legte einige Kopien von Zeitungsartikeln auf den Tisch. »Mein Mandant hat ein wenig über diesen Arzt recherchiert. Und, quelle surprise, der gute Mann ist Mitglied – na, wo wohl? Bei den Universellen Blutzeugen des Herrn! Gell, das hätten Sie fei ned gedachd! Und mit Verlaub und mit allem Respekt für Ihre Arbeit: Der feine Doktor hat nicht den allerbesten Leumund, er stand immer mal wieder kurz davor, seine Approbation zu verlieren.«

Woher wusste dieser Rechtsverdreher von dem Arzt? Die Kriminalrätin fluchte innerlich, dass sie sich von dieser Anwaltskugel im Designerzwirn so vorführen lassen musste. Ruhig bleiben, Ball flach halten, ermahnte sie sich.

»Und für die Schmierereien an den Fassaden der Blutzeugen-Häuser in Würzburg und Coburg sind Sie auch nicht verantwortlich?«, wandte sie sich an Sebastian Furchner, der die Ausführungen seines Anwaltes mit zunehmender Belustigung verfolgt hatte.

»Nein, natürlich nicht!«

»Für beide Abende haben Sie sicherlich ein Alibi?«

»Mein Mandant war zu Hause und hat Netflix geschaut. Sich ›Narcos‹ anzusehen, ist nach meinem juristischen Kenntnisstand kein Verbrechen, gnädige Frau, oder?« Der Advokat mit dem Charme einer Bowlingkugel lehnte sich genüsslich zurück.

»Sich von einem Streaming-Drogenboss wie Pablo Escobar ein Alibi geben zu lassen, ist wenig entlastend«, setzte Petra Stengl nach.

»Gibt es irgendwelche Anhaltspunkte oder Beweise, dass mein Mandant etwas mit den Fassadenschmierereien zu tun hat?«

Die beiden Ermittler schwiegen.

»Ich interpretiere mal Ihr Schweigen als klares Nein. Und ich möchte, dass Sie das ins Protokoll aufnehmen«, sprach der Anwalt laut in das Aufnahmegerät hinein. »Dann bleibt von Ihrem wackeligen Kartenhäuschen nur noch der Widerstand gegen die Staatsgewalt übrig?«

Die Kriminalrätin schwieg.

»Mein Mandant hat dem Kommissar nicht den Ellenbogen in den Bauch gerammt. Vielmehr ist er heftig aufgesprungen, weil er ein ganz dringendes Geschäft zu verrichten hatte. Und von den Biergartengästen hat auch keiner etwas gesehen.«

»Ich habe diese Tätlichkeit ganz genau zu Protokoll gegeben«, sagte Denzlein.

»Alles sehr dünn, Herr Kommissar! Kann es sein, dass Sie sich an Herrn Furchner abarbeiten wollen, einem ehrenwerten Mann, der sich noch nie etwas zu Schulden hat kommen lassen? Mein Mandant versucht doch nur, seine Frau aus dieser Halloween-Sekte zu retten.«

Norbert Denzlein schwoll der Hals. Er kannte den dicken Anwalt aus Baunach, der zugegebenermaßen herausragende Erfolge zu verzeichnen hatte, nur zu gut. Seit er vor einem Jahr Pressesprecher der »Bamberg Buffalos«, einem seit über 40 Jahren bestehenden Square-Dance-Verein, geworden war, hatte der Kriminalkommissar seine Facebook-Aktivitäten drastisch ausgeweitet. 1.371 Freunde hatte er inzwischen, darunter auch diesen juristischen Fettsack mit dem verquollenen

Gesicht, der sich jeden Tag in den sozialen Medien neu inszenierte. Ständig waren auf seinem Profil wechselnde erotische Bilder seiner russischen Frau zu sehen, auf die dann immer ganze Gefällt-mir-Wellen und Kommentar-Tsunamis seiner Fangemeinde folgten. »Superschön, deine Traumfrau«, »Wow«, »Krass«, »Ooh!«, »Die hast du mehr als verdient!«, »Du musst ein glücklicher Mann sein!«, »So ein Glück möchte ich auch einmal haben!«, »Kannst du mir sagen, wie du es geschafft hast, einen solchen Traum wahr werden zu lassen?« Auch der Freund des Rechtsanwalts, ein gewisser Claas Kuhenger, der mehr Posten und Vereinsvorsitze als Buchstaben in seinem Namen hatte, rüstete in der nach oben offenen Like-Peinlichkeitsskala – in der Hoffnung, irgendwann einmal Oberbürgermeister zu werden – immer weiter auf. Ständig postete er Bilder von seinem zotteligen Kater Zeus oder von seinem Mahagoni-Schnapsschrank mit erlesenen Rums aus Costa Rica, Guatemala, Jamaika, Kolumbien oder Kuba. Dann waren er und sein stämmiger Anwaltsspezi in der Sauna oder bei der Jagd zu bewundern. Als Zugabe gab es Bilder mit jungen, sehr jungen, Frauen, Sonnenunter- und Sonnenaufgänge, kitschige Blumen und sinnentleerte Lebenssprüche mit gewagter Grammatik und Rechtschreibfehlern. Sicherlich gutes Material für den »vong«- und »I bims«-Sprachenerfinder und Internetstar Willy Nachdenklich. Denn alles, jeder und jede wurden in der Hoffnung auf möglichst viele Klicks von den beiden verbraten. Längst wurde der Kreis um die beiden selbst ernannten Wichtigkeiten im Volksmund »BBF« genannt – »Bambergs Beste Freunde«. Dabei wohnte streng genommen keiner dieser Freunde in Bamberg. Denzlein musste innerlich schmunzeln –

berühmt bei Facebook, dieser Plattform der Eitelkeiten, zu sein, war, wie reich bei Monopoly zu werden.

Der »Fränkische Tag«-Journalist Bert Engel hatte Denzlein mal nach dem Genuss etlicher Fässla-Biere in der Gassenschänke der alten Brauerei, deren Geschichte ein Jahr nach dem Dreißigjährigen Krieg begann, verraten, dass es heutzutage keine Kunst mehr sei, zu recherchieren, wer mit wem in der Domstadt unter einer Decke steckte. »Früher musste ich Archive durchforsten, Handelsregisterauszüge studieren, Arbeitskollegen, Vereinsmitglieder oder Nachbarn befragen oder auf einen Whistleblower in einer Partei oder Verwaltung hoffen. Heutzutage gehe ich auf Facebook und weiß genau, wer mit wem in Bamberg kann und warum. Oder wer mit wem eine Cohiba raucht oder an einem Whisky schlürft, um den nächsten Auftrag zu bekommen. Der Narzissmus dieses fränkischen Klüngels ist inzwischen so groß, dass er mit diesem Vitamin B ungeniert prahlt und die Like-Mania seiner Facebook-Freunde in allen Facetten der Eitelkeit und Überheblichkeit genießt.«

Denzlein unterbrach seine gedanklichen Abschweifungen und suchte den Augenkontakt mit dem Anwalt. »Warten wir doch mal ab, was die Staatsanwaltschaft so sagt!«

»Da keine Flucht- oder Verdunkelungsgefahr vorliegt und Herr Furchner auch über einen festen Wohnsitz verfügt, kann mein Mandant sicherlich gehen«, resümierte der Advokat die Vernehmung. »Selbst wenn ein Gericht den Blutbeutelwurf aufgreift, wird gegen meinen Mandanten allenfalls eine Geldstrafe verhängt – so wie damals gegen den Mann, der Joschka Fischer auf dem Sonderparteitag der Grünen einen Farbbeutel ins Gesicht warf. Es gibt also keinen Grund, meinen Mandanten hier länger festzusetzen. Kommen Sie, Herr Furchner, ich spendiere Ihnen noch ein hausgemachtes Tiramisu mit Schokoladenbiskuit, getränkt in Kaffee und Amaretto, im Vespino. Ein Träumchen!«

Beide erhoben sich von ihren Plätzen und wandten sich zur Tür.

»Wo waren Sie eigentlich in der Nacht von Freitag auf Samstag, so zwischen 23 und 4 Uhr morgens?«, schoss Petra Stengl ihren letzten Pfeil ab.

Furchner schluckte.

»Beantworten Sie meine Frage! Wo waren Sie da?«

»Zu Hause!«

»Kann das jemand bezeugen?«

»Die Kriminalrätin versucht Ihnen gerade einen ungeklärten Selbstmord als Mord unterzuschieben. Sie müssen nichts sagen«, versuchte Langer zu intervenieren.

Doch sein Mandant war nicht zu stoppen. »Wie soll das jemand bezeugen können?«, schrie er mit wutentbrannter Stimme. »Meine Frau ist doch in dieser scheißverfickten Sekte!«

»Ein erstklassiges Mordmotiv – oder meinen Sie nicht? Sie hassen diese Prophetin, weil sie Ihnen die Frau weggenommen hat. Sie werfen ihr passenderweise einen Blutbeutel ins Gesicht und drohen mit Schlimmerem, wie mein Kollege bezeugen kann. Und bei einem ihrer Sekten-Jünger helfen Sie bei seiner Reise ins Jenseits kräftig nach.«

»Wie? Wa… was?«, stammelte Furchner.

»Sie müssen nicht antworten!«, ermahnte der Anwalt seinen Mandanten erneut. »Viele Hypothesen, aber keine Beweise, Frau Kriminalrätin. Sie rühren in einer Suppe ohne Fleisch! Wohl auf dem Weg zur Kripo-Veganerin?«

Petra Stengl presste ihre Lippen zusammen und zischte Karel Langer ein böses »Abwarten!« entgegen.

Denzleins rechte Augenbraue zuckte.

»Hör dir das an«, durchbrach Denzlein die Stille, als die beiden Beamten wieder allein waren. Sie hatten sich nach dem hitzigen Gespräch mit Langer und seinem Mandanten schweigend an ihre Arbeitsplätze zurückgezogen. Mit gezücktem Handy fuhr er an Petra gerichtet fort: »Also, die sogenannten Blutzeugen muss man inzwischen eindeutig als antisemitisch einschätzen. Sie nehmen Bezug auf einen Mann namens Rintfleisch. Mit t und nicht mit d geschrieben. In den Quellen wird er mal als Metzger, Scharfrichter, Edelmann oder Ritter bezeichnet. Aber das ist auch egal. Auf jeden Fall wurden am 20. April 1298 im fränkischen Röttingen, heute zum Landkreis Würzburg zählend, die dort lebenden Juden bezichtigt, eine Hostie geschändet zu haben. Rintfleisch veranstaltete daraufhin mit seiner Horde eine Hetzjagd auf alle Juden.«

Petra Stengl überlegte, bevor sie erwiderte: »Das sollten wir uns genauer ansehen. Und ich weiß auch schon, wer uns da weiterhelfen kann …«

KAPITEL 13

Oliver Blaustedel drehte gemächlich seine Runden im kleinen Innenhof der Justizvollzugsanstalt Bamberg, wegen ihrer Lage im Sandgebiet und dem Blick über die Regnitz auf Klein-Venedig im Volksmund liebevoll »Café Sandbad« genannt. Für die anderen Gefangenen, die sich auf den grünen Drahtgeflecht-Bänken in der sengenden Sonne langweilten, Tischtennis oder mit überdimensionierten Figuren Schach spielten, hatte der 54-Jährige keinen Blick übrig. Schließlich waren das allesamt Verbrecher, die hier mitten im Weltkulturerbe ihre bis zu zweijährigen Strafen wegen Drogengeschäften, Diebstahl oder Körperverletzung im hoffnungslos überfüllten Knast aus dem 18. Jahrhundert absaßen. Abschaum. Einfach nur Abschaum. Mit solchen widerlichen Gestalten wollte er nichts zu tun haben. Diesen Sündern war die Hölle sicher. Aber er gehörte zu den Auserwählten, er würde am Tag des großen Weltgerichts – und der rückte immer näher – an Gottes Seite sitzen. Er würde für die Universellen Blutzeugen des Herrn alles geben. Tabea Wallner hatte ihm die Augen und Ohren für die Wahrheit geöffnet. Sein Versuch, dem Erzbischof die Monstranz mit der geweihten Hostie zu entreißen, um sie vor diesem Judenpack in Sicherheit zu bringen, erfüllte ihn mit unbändigem Stolz. Nicht auszudenken, wenn ein Messdiener oder ein Priester diese kostbare Fronleichnamshostie wie schon so oft in der Geschichte an einen Juden verhökert hätte. Rintfleisch war da nicht so zimperlich gewesen. Er und seine Getreuen hatten die Juden nach der Schändung einer Hostie in Röttingen im Jahre 1298 gejagt und verbrannt. Und das nicht nur dort, sondern gleich im gesamten fränkischen Raum. Ein Neuanfang, das wollte er auch. Seine Prophetin hatte ihn zwar immer wieder zur Vorsicht und zur Zurückhaltung gemahnt, als er unbedingt auch in der Öffentlichkeit ein Zeichen setzen wollte. Die Zeit der Abrechnung mit den Juden und den anderen Ungläubigen werde kommen, das Jüngste Gericht stände kurz bevor, hatte sie ihm und den anderen Blutzeugen in der sonntäglichen Runde erklärt. In ihren wunderschönen Augen hatte er aber den Befehl gelesen. Er würde alles für sie tun, ohne sie war er ein unwürdiges Nichts, eine Null. Als sie ihn in der Versammlung sanft über seine grauen Haare gefahren war und ihn verschwörerisch angelächelt hatte, hatte er Schweißausbrüche bekommen, sein Herz hatte vor Glück gerast, bedingungslose Liebe ihn bis in die letzte Faser seines Körpers durchströmt. Er würde vollbringen, was seine Göttin von ihm verlangte. Für sie würde er jede Grenze überschreiten.

Seit seiner Attacke auf den Erzbischof hatte Oliver Blaustedel von der Prophetin jedoch nichts mehr gehört. Die zweistündige Besuchszeit, die ihm als Gefangenem zustand, blieb ungenutzt. Selbst sein Anwalt hatte Nachfragen geblockt und ihn immer wieder ermahnt zu schweigen. Vielleicht war er zu weit gegangen? In den einsamen, oft schlaflosen Nächten hatte er verstanden, warum Tabea Wallner derzeit keinen Kontakt zu ihm suchte. Sie musste das große Ganze, die Gruppe, die Gemeinschaft schützen. Und er war nur ein Mosaikstein, den sie in der angespannten Situation zur Seite legen musste. Das schmerzte. Aber sie würde ihn irgendwann, spätestens am Tag des Gerichts, aufheben und mit ihm als letztes Teil das grandiose Mosaik vollenden.

Blaustedel blinzelte mit zusammengekniffenen Augen in die hoch stehende Sonne. Die zwei orangefarbenen Kugeln an den quer über den Gefängnishof gespannten Stahlseilen, die eine Gefangenenbefreiung aus der Luft verhindern sollten, warfen schmale Schatten. Er blieb stehen. Mit dem rechten Fuß fuhr er an den Konturen der Schatten entlang. Unter seinem kurzärmligen Sommerhemd bildeten sich erste Schweißflecken. In der hinteren Ecke des Gefängnishofes brach ein Tumult aus. Zwei Gefangene waren aneinandergeraten. Blaustedel verspürte einen kurzen Schubser in seinem Rücken.

»Entschuldigung«, sagte eine piepsige Stimme. »Das soll ich dir geben.« Blaustedel spürte, wie ein eckiger Gegenstand in der Tasche seiner Hose verschwand.

»Was soll …?« Weiter kam er nicht. Der Mitinsasse schaute ihn warnend an, dann trollte er sich, ohne Blaustedel weiter zu beachten.

Der U-Häftling schaute sich vorsichtig um. Die zwei Streithähne hatten dafür gesorgt, dass niemand die Übergabe bemerkt hatte, auch nicht der Justizbedienstete in der grünen Hofgangskanzel. Mit der rechten Hand tastete Blaustedel vorsichtig den ihm zugesteckten Gegenstand ab. Ein Handy. Ein Handy! So ein Gerät war im Knast Gold wert. Mit einem Handy konnte man Zeugen beeinflussen, Absprachen treffen, Drogen oder Alkohol bestellen, Telefonsex haben, Geschäfte tätigen oder den nächsten Coup planen. Ein Knasti in der JVA Tegel hatte sich mittels Smartphones als Influencer versucht und innerhalb weniger Monate mit seinen Clips aus der Anstalt mehr als 1,5 Millionen Views gesammelt, bevor er, allerdings nur kurzfristig, aus dem Verkehr gezogen wurde.

Oliver Blaustedel hatte jede Arbeit im Bamberger Knast abgelehnt. Während seine Mitgefangenen Kaffeekapseln, orthopädische Strümpfe oder Samentüten konfektionierten und so ganze Berge von Verpackungsmaterial abtrugen, musste er 22 Stunden allein in seiner kargen Zelle verbringen. Da konnten seine Gedanken lange kreisen. Umso mehr genoss Blaustedel jede Sekunde des einstündigen Hofganges, weil er so der Eintönigkeit des Knastlebens entfliehen konnte. Doch jetzt sehnte er sich das Ende der Freistunde herbei, um das Handy zu inspizieren.

Es konnte nur von den Universellen Blutzeugen des Herrn stammen. Es war ein Zeichen Gottes. Sie wollten Kontakt zu ihm aufnehmen, heimlich, ohne Kontrolle im Besuchszimmer. Etwas Großes musste bevorstehen. Und er war dabei. Sein Körper schüttete Unmengen an Glückshormonen aus. Er war bereit. Unendliche Liebe durchströmte ihn. Die Prophetin hatte ihm den Weg aus seiner tiefen Traurigkeit gewiesen, die Gemeinschaft ihn aufgefangen. Die Prophetin konnte sich auf ihn verlassen.

In seiner Ein-Mann-Zelle, ein Privileg, auf das er sich angesichts der chronischen Überfüllung der eigentlich nur auf 220 Insassen ausgerichteten JVA keinen Reim machen konnte, lief Blaustedel unruhig zwischen der freistehenden Toilette und dem Fenstersims hin und her, das Handy unter seinem Hemd fest an die Brust gedrückt. Seine warme Haut spürte das leichte Vibrieren des Mobiltelefons. Es kam ihm wie ein sanftes Streicheln vor. Blaustedel blickte zur Tür seiner Zelle und vergewisserte sich, dass er nicht durch das Guckloch beobachtet wurde. Dann nahm er den Anruf entgegen. Sein Gesicht erstarrte, dann entspannte es sich wieder. Sie würden sich auf ihn verlassen können. Dankbarkeit zeigen – darauf kam es an. Gott würde auf ihn, den Auserwählten, aufmerksam werden. Blaustedel beendete mit einem leisen »Ich liebe euch auch!« das Gespräch.

Er setzte sich auf sein Bett, hielt das Handy vor sein Gesicht, drückte auf den Video-Aufnahmeknopf und begann zu sprechen. Dann legte er das Handy auf sein Kopfkissen, zog sein Hemd aus und zerriss es in zwei Teile, die er miteinander verknüpfte. Er fertigte aus dem einen Ende eine Schlinge, die er sich um den Hals legte. Vorsichtig, um jedes Geräusch zu vermeiden, stieg er auf den schwarzen Plastikstuhl und befestigte das andere Teil an der in gut zwei Meter Höhe befindlichen Fernseherhalterung. Blaustedel bekreuzigte sich, dann faltete er andächtig seine Hände: »Gütiger Gott, nehme mein Opfer an!« Der Gefangene stieß sich vom Stuhl ab, die Fernseherhalterung knirschte in der Wand, Putz fiel ab, aber sie hielt. Blaustedels Körper zuckte noch einmal. Die Exkremente rannen an seinen Beinen entlang. Dann war er tot. Von der Sandstraße war das Läuten der Elisabethenkirche zu hören. Der in ihrem Schutz stehende Apoll, eine 150.000 Euro teure Bronzeskulptur des Künstlers Markus Lüpertz – laut der Stadtoberen ein »Zeichen für religiöse Vielfalt« – behielt ungerührt sein spöttisches Lächeln bei.

KAPITEL 14

Er hatte einige Mühe, auf den steilen Felsvorsprung vor der Burgruine zu klettern. Seine schwarzen Kampfstiefel rutschten immer wieder an dem feinen Geröll ab. Graue Steinchen purzelten wie kleine Tennisbälle wild durcheinander hüpfend den Abhang hinunter. Das moderne Präzisionsgewehr, das er in der rechten Hand hielt, behinderte ihn beim Aufstieg. Nach einigen ungelenken Versuchen, über die er sich laut fluchend ärgerte, erreichte er aber dann doch das Plateau des Felsens. Sein Atem ging stoßweise. Er kniete sich nieder und versuchte, seine Herzfrequenz etwas herunterzufahren. Er bewunderte die Biathleten, die den schwierigen Spagat zwischen sportlicher Spitzenleistung mit einem Herzschlag von 215 beim Skating und höchstmöglicher Konzentration beim Schießen so gut in den Griff bekamen. Allzu sehr durfte ihre Herzfrequenz allerdings beim Schießen nicht absinken. Sie würden sonst jeden Herzschlag auf der Waffe spüren, hatte eine deutsche Olympiasiegerin mal in einem Interview gesagt. Er ließ seinen Blick durch das Zielfernrohr über die sanft geschwungene Hügelkette und das vor ihm liegende Tal gleiten. Ein idealer Platz für den perfekten Schuss. Es war immer gut, wenn man höher als das Ziel stand. Er justierte das Fernrohr nach.

»Töte den Feind aus der größtmöglichen Entfernung«,

hämmerte es durch seinen Kopf. »Und schieß erst, wenn du das Ziel vor Augen hast!«

Im Fadenkreuz erkannte er nun einige Menschen, die geschäftig hin und her huschten. Die Person, die er treffen wollte, war jedoch nicht dabei. Er konzentrierte sich auf das alte Gemäuer. Doch es waren keine gegnerischen Scharfschützen zu sehen, die ihm gefährlich werden konnten.

»Zeig dich, wenn du Eier hast«, forderte er halblaut sein Opfer auf. Nach einigen Sekunden registrierte er eine leichte Bewegung. In geduckter Haltung huschte vor seinem Fernrohr eine Gestalt aus einer verfallenen Kirche. Da hatte er seine Zielperson nicht erwartet, aber er war gut. Und schnell. Er krümmte den Finger, zog das Abzugszüngel durch. Mit weit aufgerissenen Augen sah er, wie das Projektil dem Feind entgegenschoss und in seinen Schädel einschlug. Der Kopf zerbarst in einer mächtigen Blutfontäne. Zufrieden blickte er auf seinen Punktestand. Elf zu sieben für ihn. Er würde als Sieger aus diesem Spiel hervorgehen. Davon war er felsenfest überzeugt.

»Ballerspiele machen wir hier aber nicht«, riss ihn eine angenehme, leicht spöttische Stimme aus seinem Siegesrausch. Der Ego-Shooter blickte etwas erschrocken von seinem Laptop hoch.

»Herr Furchner, nehme ich mal an?«

»Richtig. Und Sie sind sicherlich Herr Bang, Mauritius Bang?«

Der Angesprochene nickte gütig. Furchner hatte den langjährigen Vereinsvorsitzenden der Schießfreunde Bamberg nicht kommen sehen. Etwas verlegen klappte er sein Gerät zu. »Ich bin ein wenig zu früh dran, da habe ich noch schnell das neue Computerspiel ausprobiert«, entschuldigte er sich.

»Ist schon okay. Ich kann mit diesem digitalen Geballere nichts anfangen. Mein Sohn allerdings ist auf dem besten Weg, irgendwann Counter-Strike-Weltmeister zu werden.« Bang lachte. Die herunterhängenden Wangen des 45-Jährigen formten ein geschwungenes W um seinen kleinen Mund mit den wulstigen Lippen. Seine mächtige Gestalt mit den breiten Schultern und dem direkt unter der Brust angesetzten Kugelbauch, der aus einem rot-weißen Karo-Hemd zu platzen schien, warfen einen breiten Schatten über den Holztisch im Biergarten von Kunigundenruh, an dem Furchner mit seinem Sniper-Avatar auf virtuelle Terroristenjagd gegangen war. Das riesige Areal im Hauptsmoorwald zwischen Bamberg und Litzendorf beherbergte ein altes Forsthaus, das als Restaurant diente, einen großen, aus Holz gefertigten Pavillon, der früher oft für Tanztee oder auch schon mal für Siegesfeiern der Bamberger Basketballer genutzt wurde, und eine rege frequentierte Schießanlage.

Und wegen dieser Schießanlage war Furchner da. Von dort vernahm er jetzt Schüsse, die sich mit einem kleinen Echo an dem gelben Fachwerkgebäude brachen. Er zuckte kurz auf.

»Ganz schön laut«, sagte er.

»Die Ersten schießen sich schon ein. Hier hat es immer ordentlich geknallt.« Bang schmunzelte. »Der Legende nach soll sich das Kaiserpaar bei einem zärtlichen Stelldichein hier auf einer Bank wegen des aus Bamberg noch zu hörenden Glockengeläuts mächtig in die Haare gekriegt haben.«

Furchner sah den historisierenden Vereinsboss fragend

an. Er trank seinen Russ aus, der durch die Hitze des Tages schon sehr matt schmeckte. »Wegen ein bisschen Domgeläute hat es zwischen denen geknallt?«

»Kaiser Heinrich II. muss ein pathologisch eifersüchtiger Mann gewesen sein. Der armen Kunigunde dichtete er immer wieder amouröse Bettgeschichten an. Und bei dem Domläuten meinte er herauszuhören, dass die von seiner Frau gestiftete Glocke wesentlich heller und reiner klang als seine Glocke.«

»Selbst als alter Bamberger lernt man immer noch was dazu«, staunte Sebastian Furchner. »Und wie ging das Ehedrama weiter?«

»Kunigunde schaltete sofort in den Modus weiblicher Deeskalation. Sie schleuderte ihren goldenen Ehering mit einem mächtigen Wurf gegen ihre Glocke, die daraufhin einen Riss bekam. Und der Ehefriede war gerettet, auch wohl, weil man den Ehering später dann noch auf dem Dach des Doms fand. Zur Erinnerung an das wunderbare Beziehungsdrama mit dem zielgenauen Rekordwurf wurden dann einige Jahrhunderte später unweit von hier zwei große Bildstöcke aufgestellt.«

»Von Kunigundenruh bis zum Bamberger Dom – das sind sicherlich über vier Kilometer. Das schafft nicht mal ein gut ausgebildeter Sniper«, befand Furchner. »Der Weltrekord liegt bei 3.540 Meter. Aus der Distanz hat ein kanadischer Elitesoldat mal einem IS-Kämpfer im Irak das Lebenslicht mit einer McMillan TAC-50 ausgeblasen. Mit einer 14 Zentimeter langen Patrone mit dem Kaliber 12,7 mal 99 Millimeter.«

Der Bamberger Schießfreund blickte Furchner befremdet an. »Sie stehen doch nicht auf solche makabren Rekorde, oder?«

»Nein, natürlich nicht«, beeilte sich sein Gesprächs-
partner zu sagen. »Das habe ich mal irgendwo gelesen
und ist bei mir hängen geblieben.«

»Nun gut«, knurrte der Vereinsboss. »Kommen Sie
mit!«

Beide betraten das Schützenhaus, an dessen Frontseite
die Embleme der Bamberger Schützen zu sehen waren.
Durch den Vorbau, an dessen Wänden einige Werbepla-
kate von Waffenfirmen schon etwas vergilbten, gelangten sie zu dem Schießstand.

»Sie wollen also einen Schnupperkurs machen, bevor
Sie bei uns Mitglied werden?«, vergewisserte sich Bang.

»Ja, genau! Ich habe einige Videos vom Sportschießen
gesehen. Und das hat mich sofort angesprochen.«

»Also, das hier ist der Hundert-Meter-Schießstand«,
erklärte Bang. »Vor einigen Jahren ist der Kugelschutz-
fang mal abgebrannt, weil ein heißes Projektil unter
die Holzbohlen geraten ist. Aber jetzt ist alles wieder
gemacht.« Er zeigte stolz auf die von weißen Mauern
eingerahmte Anlage mit den sechs Bahnen über einem
frisch geschnittenen, gelblichen Rasen. »Aber wir haben
auch noch andere Bahnen, für 50 oder 10 Meter, auch in
der Halle. Für Flinten, Kleinkaliber, Luftgewehre, Arm-
brust, Jagdwaffen und so weiter. Und einmal im Jahr
schießen wir im Hauptsmoorwald mit Pfeil und Bogen
auf 3-D-Tiere aus Hartschaum – Hasen, Wildschweine,
ein Reh und sogar ein Bison.«

Furchner hörte dem geselligen Schießfreund kaum
zu. Fasziniert starrte er auf die vor ihm liegende Lang-
waffe. »Und mit so etwas schießt ihr? Sieht verdammt
echt aus!«

»Die ist auch echt. Wurde aber extra für den Schieß-sport zugelassen. Das Gerät macht irre Spaß.«

Bang reichte dem Schnupperschützen einen Ohr-schutz und eine Brille und instruierte ihn im Umgang mit der Waffe. Furchner konnte es kaum erwarten abzu-drücken. Er setzte das Gewehr mit dem Zweibein auf den Stand, nahm Position ein, atmete ruhig ein und aus, visierte die Scheibe mit dem Zielfernrohr an und zog den Abzugshahn fünfmal innerhalb weniger Sekunden durch. Auf einem rechts von ihm montierten Monitor wurden seine Ergebnisse angezeigt.

»Ja, fick dich!«, schrie er euphorisch. »Ich kann's noch. Warte nur ab!« Die Drüsen seines Nebennierenmarks spuckten Unmengen an purem Adrenalin aus und jagten es in gewaltigen Schüben in die Blutbahn. So ein Gefühl hatte er zuletzt vor vielen Jahren in einer thailändischen Go-go-Bar gehabt, als er sich völlig zugedröhnt von Chang-Bier und Mekhong-Whiskey von einem Touris-ten zu seinem Bungeesprung aus 40 Meter Höhe in den Kneipenpool verleiten ließ. Es war der letzte gemein-same Urlaub mit seiner Frau gewesen. Danach hatte er sie an die Sekte verloren. Sein Herzschlag beschleu-nigte sich, er atmete schneller. Feiner Schweiß bildete sich auf seiner Stirn. Erregt trommelte er auf das Holz des Schießstandes. Es war einfach geil, eine Waffe in den Händen zu halten, die wirklich tödlich sein konnte. Als er die großen Augen des Oberschützenmeisters sah, versuchte er zu lächeln. »Da sind mir wohl die Gäule durchgegangen.«

Bang sah ihn ernst an. »Herr Furchner, es geht hier um Sportschießen, nicht um Sniper-Fantasien. Das will ich mal ganz deutlich machen. Wir brauchen hier keine durchgeknallten Typen. Wir stehen unter enormem Druck. Permanent will die Politik das Waffenrecht verschärfen. In Deutschland gibt es sechs Millionen zugelassene Waffen. Aber der Anteil von legalen Waffen an allen begangenen Straftaten beträgt nur 0,00008 Prozent. Und damit das so bleibt, achten wir sehr penibel darauf, wer bei uns Mitglied werden darf. Und wer nicht.«

»Aber …«

»Nix aber. Ich werde Ihren Antrag in der Vorstandschaft besprechen und Ihnen die Entscheidung schriftlich zukommen lassen.«

Furchner schluckte. Das war es wohl. Er hatte seine Emotionen nicht im Griff. Wollte er weiter üben, musste er eine andere Schießanlage finden. Vielleicht in Coburg. Zum Glück hatte er ja noch einen alten Waffenschein. Etwas zögerlich reichte er Bang die Hand. »Danke, ich hoffe auf eine positive Entscheidung.« Doch das Gesicht des Schießbosses sprach Bände.

Als er auf dem Parkplatz in sein Auto steigen wollte, roch er in seinem Nacken Alkohol.

»Sie sind doch dieser Furchner, der der Sektentante den Blutbeutel in die Fresse geworfen hat«, vernahm er eine schwer lallende Stimme. »Sie sind … Sie sind ein mutiger Mann. Diese Fotze zockt mit ihrem verdammten Seelensyndikat die Menschen ab und füllt die Gehirne ihrer Anhänger mit Scheiße. Und keiner unternimmt was!«

Furchner drehte sich um. »Ich erinnere mich. Sie haben doch die Leiche ohne Kopf gefunden. Das haben Sie mir beim Göller erzählt. Haderlein? Richtig?«

»Ja, Benny Haderlein. Auch die Scheiß… Scheißbullen machen nichts. Geil, wie das Blut an dieser Möchtegern-Prophetin heruntergetropft ist. Klasse Aktion. Für mich sind Sie ein Held. Ein Rambo. Wo Recht zu Unrecht wird, wird Wider… Widerstand zur Pflicht!«

»Jaja«, wiegelte Furchner die bierselige Fanattacke ab. Ihm war nach der Abfuhr durch den Vereinsvorsitzenden nicht nach großer Konversation. Besonders nicht auf dieser Promille-Grundlage. Er stieg in seinen Wagen und wollte schon starten, da fiel ihm die Frage ein, die angesichts der Umstände auf jeden Fall gestellt werden musste.

»Ach, Herr Haderlein. Was machen Sie eigentlich hier?«

»Ich kegele, außerdem bin ich in der Schützenbruderschaft. Und manchmal ballere ich ein bisschen herum. Vor einigen Jahren war ich sogar schon mal Schützenkönig. Die Scheibe mit meinem Namen hängt im Wirtshaus.« Benny Haderlein setzte leicht torkelnd seinen Weg zum Gasthaus fort. »Im Leben, im Leben, geht manch ein Schuss daneben. Nur einer nicht, nur einer nicht – der Schuss von Ha-der-lein«, begann er lauthals zu singen. Der Katja-Ebstein-Interpret stolperte, fing sich aber im letzten Moment. Dann drehte er sich noch mal zu Furchner um. »Wer schwankt, hat mehr vom Weg«, rief er grinsend. »Der ist gut, oder?«

KAPITEL 15

»Bamberg ist wunderschön«, sagte Jupp Timmermann. Seine Augen schweiften vom Kranen über die Regnitz auf die Obere und Untere Brücke. Und von dort aus auf den Michelsberg mit seinen mächtigen Klostertürmen. »Egal welche Perspektive du auf Bamberg wählst, du bekommst immer wieder neue Einsichten.« Er strich sich seine blonden Haare aus der Stirn, so als ob er noch mehr freie Sicht auf die Domstadt haben wollte.

Sein Kumpel Mike Schmitz nickte zustimmend. »Ob die Menschen hier überhaupt zu schätzen wissen, in was für einer schönen Stadt sie wohnen?«

»Morgen gehen wir auf den Spezial-Keller. Der soll ja der schönste in Bamberg sein!« Timmermann strich sich genießerisch über den kleinen Bauchansatz, der vorwitzig unter seinem roten T-Shirt hervorlugte.

Sein ganz in Schwarz gekleideter Begleiter stimmte ihm zu. »Überall klasse Bier. Das muss man diesen Nordbayern schon lassen!«

Die beiden knapp 40-jährigen Freunde aus dem niederrheinischen Städtchen Willich bei Krefeld hatten sich Bamberg drei Stunden lang erwandert und alle touristischen Highlights abgehakt: Altes Rathaus, Rottmeisterhäuschen, Altstadt, Sandstraße, Dom, Alte Hofhaltung, Neue Residenz, Rosengarten, Klein-Venedig und, ja, auch das Schlenkerla, über dessen Bier ihre Meinungen allerdings auseinandergingen. Auf ihrem Programm standen noch der alte Judenfriedhof, die Judengasse, die im Mittelalter das Zentrum des jüdischen Lebens in Bamberg war, das Haingebiet, in dem früher einige jüdische Hopfenhändler ihre Villen und Häuser hatten, sowie die Urbanstraße, auf der die alte Synagoge stand, die in der Reichspogromnacht am 9. November 1938 gegen 23 Uhr von SA- und SS-Horden geschändet und dann niedergebrannt wurde. Gebucht hatten die beiden Niederrheiner diese seltene Tour bei einem der zahlreichen Stadtführungsagenturen, die auch noch mit Hexen, Bier, Hörnla, Dswiebldreedä, Pest, Mätressen, Revoluzzern, Papst, Götzen, der keuschen Kunigunde und ihrem zeugungsunfähigen und lustlosen Kaiser bei den jährlich über acht Millionen Tagestouristen punkten wollten.

Nachdem die beiden Männer in der Austraße in einem der zahlreichen Cafés einen doppelten Espresso getrunken hatten, schlenderten sie durch einige Nebengassen, bis sie vor einem kleinen, alten Haus stehen blieben. Jupp Timmermann zeigte auf das Pflaster.

»Hier ist es, hier hat mein Urgroßvater gelebt, bevor er verschleppt und ermordet wurde.«

Mike Schmitz beugte sich über den goldglänzenden Stolperstein, der ins Trottoir eingelassen war. Er schob seine randlose Brille die feuchte Nase hoch. »Hier wohnte Julius Timmermann Jg 1897, deportiert 1942 Theresienstadt, ermordet 12.4.1943«, las er mit leiser Stimme.

Die beiden Freunde schwiegen für einen Moment.

»Rund 160 solcher Stolpersteine gibt es in Bamberg – in Erinnerung an die Juden, die deportiert und ermordet wurden. Oder die ins Exil gegangen sind. Julius hat seine zwei Kinder noch rechtzeitig nach England geschickt. Er selbst wollte als Ritterkreuzträger und angesehener Bamberger Jurist Deutschland nicht verlassen. Dabei hätte ihm die Ermordung seines Kollegen Willy Aron eigentlich doch schon eine Warnung sein sollen. Der Bamberger Rechtsjustiziar und engagierte Jungsozialist wurde wenige Wochen nach der Machtergreifung verhaftet und in Dachau von der SS mit Ochsenziemern totgeprügelt«, trug Jupp Timmermann vor. »Ich weiß so wenig über meinen Urgroßvater. Die meisten Menschen wissen sicherlich wenig über ihre Urgroßeltern. Julius' Leben und sein Tod haben eine große Bedeutung für mich. Jeder in meiner Familie fragt immer nach dem Warum. So etwas darf es nie wieder geben!«

Mike Schmitz presste seine vollen Lippen zusammen. Über sein rechteckiges Gesicht mit einem gepflegten Dreitagebart zog ein dunkler Schatten. Seine strahlend wachen Augen, die so sympathisch und anziehend wirken konnten, verdunkelten sich. »Und jetzt schwärmen die braunen Rattenfänger schon wieder aus und legen ihren Hass wie Kuckuckseier in die Gehirnnester ihrer tumben Wähler …«

»Sollten die wirklich mal an die Macht kommen, werden sich noch einige wundern, wen und was sie da gewählt haben«, meinte sein Kumpel mit belegter Stimme. »Wer aus der grausamen Geschichte nichts lernt, ist dazu verdammt, sie zu wiederholen.«

Jupp Timmermann ballte die rechte Faust. Sein Bizeps schwoll an.

»Das werde ich, das werden wir zu verhindern wissen!«

Die beiden Freunde wirkten entschlossen. Sie hatten einen Plan. Vor einiger Zeit hatten sie sich bei etlichen Gläsern obergärigem Lagerbier und reichlich Schabau im

Gleumes, Krefelds ältester Braustätte, geschworen, ihn auch durchzuziehen – koste es, was es wolle.

Jupp Timmermann und Mike Schmitz machten sich auf den Weg zum Grünen Markt. Als sie an einem Sportgeschäft vorbeikamen, das sein Schaufenster mit Fan-Artikeln der Brose Bamberg dekoriert hatte, konnte sich Jupp Timmermann einen Seitenhieb gegen die populärste Sportart von Freak City nicht verkneifen.

»Wie kann man sich nur für eine solche Randsportart so begeistern?«

»Die sind, glaube ich, ein paarmal Deutscher Meister geworden. Und irgendein Ami und ein paar Studenten haben vor einigen Jahrzehnten den Grundstock für die bis heute noch anhaltende Begeisterung gelegt. Wir stehen doch auch auf Eishockey – und nicht auf den Aua-du-hast-mir-wehgetan-Sport Fußball.« Mike Schmitz heuchelte so etwas wie Verständnis.

Timmermann musste grinsen. »Du willst mir doch nicht im Ernst verklickern, dass deine DEG irgendwas mit Eishockey zu tun hat? Die machen doch nur das Eis kaputt!«

»Willst du die Krefeld Pinguine vorne sehen, musst du nur die Tabelle drehen«, konterte sein Verbündeter. Schon seit Jahren frotzelten die zwei Gefährten über ihre Lieblingsmannschaften.

Bei manchem Straßenbahnduell – benannt nach der Nahverkehrsanbindung der beiden benachbarten Städte – hatten sie die hitzigen Lokalderbys einträchtig nebeneinander im Fanblock verfolgt. Im Eishockey war so etwas im Gegensatz zum Fußball noch möglich. Geprügelt wurde auf dem Eis, aber nicht auf den Rängen.

Plötzlich erhielt Mike Schmitz einen heftigen Stoß gegen seine linke Schulter. Ein mit einer blauen Krawatte bewaffneter Mann im weißen Businesshemd versuchte artistisch, sich auf seinem schlingernden E-Scooter zu halten. Nach einigen Sekunden der Roller-Anarchie gewann er wieder die Oberhand über sein Gefährt – und rauschte ungerührt ohne eine Entschuldigung von dannen.

Mike Schmitz rieb sich die schmerzende Stelle. »Klarer Crosscheck!«, schimpfte er los. »Das muss der Schiri doch gesehen haben! Dürfen die Flachwichsbretter eigentlich hier fahren?«

Jupp Timmermann schüttelte den Kopf. »Vermutlich nicht. War wohl wieder so ein Hedgefonds-Junkie voll auf Koks, dem die Nachbarjungs in seiner Kindheit immer den Tretroller geklaut haben. Das schreit geradezu nach Kompensation.«

Mike Schmitz musste lächeln. »Die Dinger werden sich schnell erledigen – genauso wie die Segways, diese Easy Rider für Senioren, auf denen stocksteife Touristen mit angstvollen Gesichtern versuchen, möglichst unfallfrei irgendwelche Sehenswürdigkeiten an-, ohne sie zugleich auch umzufahren.«

Die zwei Willicher erreichten den Grünen Markt, auf dem die vier Fassadenfiguren der barocken St. Martins-kirche – Jesus, seine Mutter sowie St. Sebastian und St. Laurentius – das bunte Markttreiben aufmerksam beobachteten. Auch auf der schräg gegenüberliegenden Seite warf der halbnackte Neptun, dessen Gemächt nur notdürftig von irgendeinem Algenzeug bedeckt wurde, einen bösen Blick auf die Bamberger und die wie Ameisen hin und her huschenden Touristen. Der Goblmoo, wie der Meeresgott im Volksmund despektierlich wegen seiner goldenen, dreizackigen Waffe genannt wurde, war trotz seines grimmigen Aussehens ein beliebter Treff- und Feierpunkt für Alt und Jung, auch wenn sich mancher Einheimische angesichts der leeren Bierflaschen, Energydosen und Fastfood-Abfälle inbrünstig wünschte, dass er »sai Gobl naihauäd nai di Bagaasch«.

Verschmitzt lächelnd zeigte Jupp Timmermann auf den Meeresgott mit dem mächtigen Dreizack. »Ich wusste gar nicht, dass Maserati hier in Bamberg die Inspiration für sein Auto-Logo gefunden hat.«

»Bamberg oder Bologna. Hauptsache Deutschland«, interpretierte Mike Schmitz eine Geografie verändernde Erkenntnis eines früheren deutschen Nationalspielers völlig neu.

Die beiden Verbündeten schritten prüfend Stand für Stand ab. Saftige Erdbeeren, Kirschen, Nektarinen und knackige Radieschen leuchteten ihnen entgegen und schienen »Kauf mich!« zu schreien. Bamberger Hörnla, Möhren, Spargel, Zwiebeln und frischer Knoblauch aus dem Knoblauchland zwischen Nürnberg/Fürth und Erlangen ließen virtuelle Speisekarten im Kopf entstehen. Zwischen den bunten Obst- und Gemüseständen quetschten sich Käse- und Wurstwagen mit Südtiroler Spezialitäten. Mühsam kämpften sich die Freunde durch das Gewusel der Bamberger Genussmeile.

Auf den Gesichtern der Willicher machte sich Ratlosigkeit gemischt mit Enttäuschung breit. »Den Sektenstand scheint es nicht zu geben«, sagte Mike Schmitz leise. »Wir haben alle Stände durch, bis auf zwei.«

Jupp Timmermann ließ sich nicht beirren. Schnellen Schrittes steuerte er einen Marktstand in der Nähe der St. Martinskirche an. Mike Schmitz schwante Böses, aber sein Freund war ihm schon um einige Meter vorausgeeilt. Rot-weiß gestreifte Markisen und ein blaues Banner mit einer Internetadresse hoben das anvisierte Ziel ein wenig aus dem sonstigen Stände-Allerlei hervor. Neben den saisonalen Produkten aus »harmonischem Anbau« gab es »Brot wie zu Omas Zeiten« sowie veganen Brotaufstrich mit dem Etikett »Gesund leben«. »Für ein besseres Leben«, warb ein zweites Banner, das hinter den adretten Verkäuferinnen in grünen Schürzen prangte. Jupp Timmermann war sich jetzt ganz sicher. Das mussten die Sprüche sein, mit denen die Universellen Blutzeugen des Herrn ihre vegetarischen und veganen Produkte in ganz Süddeutschland auf Wochenmärkten und in Bio-Läden vertrieben.

Barsch unterbrach er die Verkaufsplauderei, die die jüngere Verkäuferin mit einem Hipster-Mädchen führte. »Ihr gehört doch zu dieser Nazi-Sekte, zu diesen Universellen Blutzeugen des Herrn!«, schrie er aufgebracht die beiden Händlerinnen an. Provozierend drückte er seine Zigarette auf der Verkaufstheke aus.

In den Gesichtern der Frauen machte sich Panik breit.

»Sie können doch nicht …«, versuchte das Hipster-Mädchen zu beruhigen.

Doch Jupp Timmermann war außer sich. Mit dem rechten Fuß kickte er ein Regal mit unterschiedlichen Pestos um, dann trat er mehrmals gegen den Verkaufstisch, sodass der krachend zusammenbrach. Dass sein Freund ihn umklammerte, bekam Jupp Timmermann in seiner Wut nicht mit. Erst als beide auf den Boden aufschlugen, beruhigte er sich langsam.

»Mensch, was soll der Scheiß?«, schnaufte Mike Schmitz. »So vor allen Leuten? Wir wollten den Stand doch erst am Abend …« Als er die beiden Streifenpolizisten sah, die wie aus dem Nichts plötzlich vor ihnen standen, verzichtete er auf weitere Worte. Er rappelte sich auf und drückte dem perplexen Hipster-Mädchen eine Knoblauchzehe in die Hand. Dann klickten die Handschellen. Die Statue mit der alten Humsera direkt neben der St. Martinskirche, eine wortgewaltige und keifende Gärtnerin und Marktfrau, die als Identifikationsfigur längst dem Bamberger Reiter den Rang abgelaufen hatte, schwieg. Aus ihrem steinernen Mund kamen keine derben Sprüche und Anzüglichkeiten, die sie so bekannt gemacht hatten. Und auch aus dem Hahn unter ihren Füßen plätscherte ungerührt von dem Geschehen das Wasser.

KAPITEL 16

Bürgermeister Leon Wolf ließ es sich im Lustgarten von »Helmut's Hofschänke« auf Gut Leimershof in der Nähe von Breitengüßbach schmecken. Das knusprige Schäuferla auf der eigens von einem Hallstadter Künstler angefertigten Porzellanschaufel war einfach Kult und ein kulinarisches Muss in dieser völlig schrägen Gastronomie mit dem mediterranen Ambiente. Der erste Mann von Scheßlitz tauchte ein Stück Braten in die schmackhafte Soße und verspeiste es mit hörbarem Vergnügen. Er wusste, dass die kleine Runde, die er hier versammelt hatte, gespannt auf seine Ausführungen zum weiteren Sektenunwesen in der fränkischen Kleinstadt mit ihren 30 Ortsteilen wartete. Im Gegensatz zu ihm hatten seine Gäste Salzknöchla mit Kraut und Kartoffelpüree bestellt. Wolf hatte nicht nur drei Parteifreunde, sondern auch zwei lokale Platzhirsche wie den für sein hemdsärmeliges Vorgehen berüchtigten Bauunternehmer Alois Hut und den bulligen Chef der Frankonia Wach und Schutz GmbH und Chapter-Präsident der »Bad Boys Bamberg«, Francesco Vittore, eingeladen. Beide waren Gründungsmitglieder und Finanziers der »Bürgerinitiative Scheßlitz sektenfrei«, kurz BiSs. Er hatte auch überlegt, ob er den Pfarrer hinzunehmen sollte. Nach langem Zögern hatte er sich dagegen entschieden. Denn er war sich nicht ganz sicher, ob das

Beichtgeheimnis auch für einen konspirativen Biertisch in »Helmut's Hofschänke« galt.

»Hallo, Scheßlitz, wir haben ein Problem!«, witzelte Wolf. »Und das haben wir nicht wie Apollo 13 rund 300.000 Kilometer von zu Hause weg, sondern direkt vor unserer Haustüre. Und das Problem heißt: Tabea Wallner!«

Die Trinker der Tafelrunde nickten einträchtig. Das Problem war nicht neu. Und spätestens nach der bizarren Bürgerversammlung in der Brauerei Göller in Drosendorf mit dem spektakulären Blutbeutelweitwurf auch öffentlich bekannt.

»Ja, das wissen wir doch alle«, sagte Alois Hut. »Das ist doch nichts Neues. Die Alte klebt uns am Arsch wie eingetrocknete Scheiße!« Er lehnte sich zurück und ließ einen großen Schluck LSD-Rauchbier in seinen kegelförmigen Körper hineinlaufen. Mit seiner rechten Hand, groß wie eine Bratpfanne, winkte er im äußeren Bereich des Biergartens einigen Gästen, die ihn erkannt hatten, huldvoll zu. »Für die Erkenntnis hast du uns sicherlich nicht kommen lassen.« Mit der hölzernen Speisekarte versuchte er, sich etwas Luft in sein blasses, fast dreieckiges Gesicht zu fächeln, aus dem eine rote, knollige Säufernase mit feinen blauen Äderchen wie eine Deko-Weihnachtskugel hervorstach.

»Nein, deswegen habe ich euch nicht kommen lassen. Leider hat sich die Situation dramatisch verschärft. Die Guru-Tante ist im Begriff, ganz Scheßlitz zu übernehmen. In allen Bereichen.«

Der Bürgermeister ließ die Worte für einige Sekunden wirken. Sein Blick schweifte durch den Lustgarten. Große Leinensegel sowie Sonnenschirme in gelben und rötlich braunen gedeckten Farben spendeten Schatten, aus den Volièren zwitscherten bunte Vögel gegen das gedämpfte Gemurmel an den Biertischen an, Schmuckkugeln auf langen Stangen spielten reflektierend mit dem Sonnenlicht, ein Blumen- und Palmenmeer wogte leicht im lauen Wind und an den Mauern der Hofschänke und den Begrenzungen schien Friedensreich Hundertwasser seinen Pinsel geschwungen zu haben.

»Wie meinst du das?«, bereitete ihm sein Fraktionsführer die weiteren Ausführungen vor.

»Verwaltungsmäßig sind wir auf der ganzen Linie gescheitert. Das Gericht hat die Liegenschafts-, aber auch die Grundstücksankäufe der Universellen Blutzeugen des Herrn für rechtens erkannt. Dass es sich bei den Käufern um Strohmänner handele, könne nicht nachgewiesen werden, heißt es.«

»Du meinst: Diese Scheißsekte kann jetzt bauen auf Teufel komm raus?« Francesco Vittore schlug mit der Faust auf den Tisch. Seine mit Madonna-Tätowierungen verschönten Bizepse spannten sich unter dem weißen T-Shirt und ließen die Heilige Jungfrau ganz schön schwanger aussehen.

»Das Verfahren gegen die Sektenführerin wegen Volksverhetzung zieht sich hin. Unsere Rechtsmittel sind nahezu ausgeschöpft. Wir sind inzwischen in zwei Instanzen gescheitert. Und das Bamberger Amtsgericht hat sogar ein Ordnungsgeld in Höhe von 2.000 Euro gegen mich verhängt, weil ich in meiner Funktion als Bürgermeister die Blutzeugen als Sektenungeziefer bezeichnet habe. Nur in meiner politischen Funktion oder als Privatmann darf ich noch Kritik üben. Ansonsten müsse ich mich dieser Glaubensgemeinschaft gegenüber als Amtsträger neutral verhalten. Ein Maulkorb für mich als Bürgermeister – ich könnte kotzen!«

»Porca puttana! Diese Schlange und ihre Brut sollte man zerquetschen wie eine reife Pomodoro!«, drohte Vittore.

»Es kommt noch schlimmer. Auch meine Bemühungen, die Grundstücke für teures Geld zurückzukaufen, hat diese Wallner kalt lächelnd abgelehnt. Sie hat gesagt, dass sie hier ein zweites Jerusalem bauen will. Und dass nichts und keiner sie daran hindern wird.«

»Sono fuore di testa, die sind doch krank!« Der Sicherheitschef und Rocker tippte sich mit dem rechten Zeigefinger mehrmals gegen seinen kahl rasierten Schädel. Die um seinen Hals baumelnde schwere Goldkette zappelte wie ein harpunierter Hai am Seil hin und her.

»Wenn das so weitergeht, werden die Scheßlitzer in Scheßlitz nichts mehr zu sagen haben. Inzwischen blockiert der sekteneigene Sicherheitsdienst schon Zufahrten und landwirtschaftliche Wege, verscheucht Wanderer und Jogger und fährt Streife durch die Ortsteile. Fehlt nur noch, dass sie Wachtürme aufbauen und ihre Anwesen mit Stacheldraht und Selbstschussanlagen sichern.«

»Ich werde sie auf die Schnauze hauen«, drohte Vittore. »La uccidèro!«

»Und ich schicke mal meinen Bautrupp vorbei«, assistierte Alois Hut. »Für a Fässla Bier können die Burschen schon richtig zupacken!«

Der Bürgermeister lächelte gequält. »Das ist illegal, das wisst ihr ja. Und diese Blutzeugen haben nicht nur äußerst kräftige Bodyguards, sondern auch verdammt gute Anwälte. Da bist du eher im Knast als auf dem Wilde-Rose-Keller auf dem Oberen Stephansberg.«

»Was erlauben Sekte?« Der Sicherheits- und Rockerboss beugte sich verschwörerisch nach vorne. »Mache
ein bisschen Angst – und schon ist Sekte kaputt und fine.
Wir haben fertig mit Wallner!«

»Angst sollten eher wir haben«, meinte Wolf. Sein
Gesicht verfinsterte sich. »Dieser Journalist vom Effdäh,
dieser Engel, hat mir gesteckt, dass dem Staatsschutz
in Bamberg wohl Listen vorliegen mit vielen Namen,
Adressen und weiteren persönlichen Daten von Unter-
nehmern, Journalisten, Kirchenleuten, Sektenbeauf-
tragten und Politikern. Alle aus dem Raum hier. Auch
einige von uns sollen da drauf sein. Die Listen müssen
auch im Internet auf ganz speziellen Seiten zirkulieren.
Sie führen auch Abstammung, Religionszugehörigkeit,
sexuelle Vorlieben sowie Klatsch und Tratsch auf. Außerdem werden Attribute wie ›naiv‹, ›ängstlich‹, ›beeinfluss-
bar‹, ›streitbar‹ und ›mutig‹ vergeben. Im Moment wird
geprüft, ob diese Listen von den Blutzeugen erstellt wurden.«

»Die spähen uns aus?«, fragte Hans Bauernknecht, der
Fraktionsvorsitzende, ein verfetteter Anzugträger mit
grauer Meckifrisur, der selbst nicht so recht zu wissen
schien, wie er zu dem Posten gekommen war. Sein Stop-
pelbart und die randlose Metallbrille auf seiner groß-
porigen Nase sollten an seinem Charles-Bukowski-
Gesicht retten, was nicht mehr zu retten war.

»Nicht nur das. Ich befürchte, dass das Abschuss-
listen nach dem Vorbild der RAF oder des NSU sein
könnten.«

»Jetzt male mal den Teufel nicht an die Wand«,
mahnte Alois Hut zur Besonnenheit. »Angst ist immer
ein schlechter Ratgeber!«

»Wenn du meinst.« In den Augen seiner Mitstreiter spiegelte sich ihre Unsicherheit. Für die weitere Bekanntmachung brauchte Wolf etwas Hochprozentiges.

»Hans, hol uns eine Runde ›Helmuts Spezial‹«, wies er seinen Fraktionsführer an. Brav stellte sich sein Parteifreund in die Schlange vor dem Ausschank. Der Bürgermeister hatte auch nichts anderes erwartet.

»Na, dann Prost! Auf Scheßlitz. Und auf das, was wir lieben!«

Die sechs Männer kippten den starken Ratzeputz in einem Zug in sich hinein.

»Leute, das wird jetzt ganz bitter«, fuhr Wolf fort. »Diese Blutzeugen haben nämlich nicht nur Grundstücke und Häuser erworben – für mittlerweile rund 300 Jüngerinnen und Jünger –, sondern sie planen die komplette Übernahme unserer Stadt.«

Seine fünf Tischgenossen sahen ihn gespannt an. Der Fraktionsführer rutschte unruhig auf seinem Stuhl von einer Backe zur anderen, sein Kopf machte Bewegungen wie ein Wackeldackel auf der hinteren Ablage eines Mercedes.

»Wie meinst du das?«, fragte Alois Hut. Die Nervosität war ihm deutlich anzusehen. »Spann uns nicht auf die Folter, Butter bei die Fische!«

»Wenn ihr mich mal ausreden lassen würdet, gerne. Nächstes Jahr im Frühjahr sind Kommunalwahlen. Und die werden wir mit Pauken und Trompeten verlieren, weil …«

»Wir gewinnen doch jedes Mal. Das ist unsere Gemeinde. Was soll da schon passieren? Wir könnten sogar ein paar Vollpfosten nominieren, die Leute würden die Partei trotzdem wählen!« Der Fraktionsvorsitzende blickte sich beifallheischend in der Runde um. Die Augenpaare signalisierten lässige Zustimmung.

»Ein Vollpfosten im Stadtrat reicht doch schon!«, platzte Leon Wolf der Kragen. Er hasste diese permanenten Unterbrechungen, mit denen sich sein Parteifreund wichtiger machen wollte, als er war. »Meine Mitarbeiter berichten, dass immer mehr Leute ihren Wohnsitz in der Gemeinde anmelden. Ich habe mich mal ein wenig kundig gemacht: Das sind alles Blutzeugen aus dem Raum Würzburg und Coburg. Die sorgen hier in Scheßlitz für ein exponentielles Wachstum. Erst waren es wenige, jetzt nimmt die Zahl der Mitglieder zu.«

»Wie viele?«

»Hans, unterbrich mich nicht schon wieder«, raunzte der Bürgermeister. »Stand heute kommen zu den 305 bisherigen Anhängerinnen und Anhängern von der Wallner weitere 982 Jüngerinnen und Jünger, die hier ihren Wohnsitz angemeldet haben. Und täglich werden es mehr. Mir sind die Hände gebunden: Ich kann ihren Zuzug weder verwaltungsmäßig noch rechtlich verhindern. Grundgesetz. Freizügigkeit und so weiter. Das ist für unseren Ort tödlich. Ich habe ja immer geahnt, dass diese Spinner etwas Größeres hier vorhaben. Aber mit solchen Dimensionen habe ich, ehrlich gesagt, nicht gerechnet.«

»Schmeißfliegen setzen sich immer auf den dicksten Haufen«, schimpfte Alois Hut. »Aber das ist noch nicht alles?«

»Richtig. Mir ist zugetragen worden, dass die Universellen Blutzeugen mit einer eigenen Liste zu den Kommunalwahlen antreten wollen. Und geht diese Blutzeugen-Welle so weiter, dann werden wir unsere Mehrheit im Stadtrat verlieren. Und was das für einige hier in der

Runde heißt, brauche ich euch ja nicht näher zu erläutern. Um euch mal die Dimensionen klarzumachen: Im fränkischen Raum gibt es laut Bert Engel, der die Sekte ja schon länger beobachtet, rund 2.000 bis 4.000 Anhänger, im deutschsprachigen Raum sollen es zwischen 10.000 und 12.000 sein. Präzise Angaben fehlen, weil es bei den Universellen Blutzeugen keine formelle Mitgliedschaft gibt.«

»So viele sind das?« Langsam dämmerte dem Fraktionsführer das mögliche Ausmaß der feindlichen Übernahme. »Das ist ja eine richtige Umvolkung, die wollen uns durch Ihresgleichen ersetzen.«

»Auch wenn mir deine Wortwahl nicht gefällt, aber so ähnlich sieht es aus«, erwiderte Wolf. »Die haben wirklich einen Plan!«

»Das sollten wir an die große Glocke hängen und dem Engel stecken, der ist doch quasi Fachmann für diese Sekte.«

»Das weiß der doch schon längst. Doch Engel sind die Hände gebunden. Er hat ein Enthüllungsbuch über die Blutzeugen geschrieben. Und noch vor dem Erscheinungstermin ist er mit Unterlassungsklagen überzogen worden. Er muss ganz vorsichtig sein. Engel ist stinksauer, er schäumt vor Wut. Jahrelang hat er recherchiert. Und nun haben die Blutzeugen ihn einfach juristisch ausgebremst. Der Verlag musste sein Buch einstampfen. Und sein Chefredakteur hat ihm gehörig die Leviten gelesen, bei Berichten über die Sekte solle er auch deren Sichtweise nicht vernachlässigen.«

Wolf nickte Vittore und Hut zu. Alle drei erhoben sich. »Entschuldigung, wir müssen mal bruzzn.«

Schweigend durchquerten die Männer die Hofschänke, vorbei an den Bildern einer Bamberger Künstlerin, die aus der verbliebenen Bratensoße auf ihrem Teller ein Frauenporträt gezaubert hatte, und gefakten Plakaten, die den Kultwirt einträchtig neben Dick und Doof zeigten.

Als die drei mit mehr oder weniger großem Strahl in die schräghängende Pinkelwanne urinierten, wandte sich Vittore an den neben ihm stehenden Bürgermeister. »Parle come mangi, komm auf den Punkt. Was wir sollen machen?«

Wolf schüttelte kurz ab, dann verstaute er sein bestes Stück umständlich in seiner Hose. Er wusch die Hände über einem silbernen, aufgeschnittenen Fass, das als Waschbecken diente. »Ich schlage vor, dass wir uns in zwei Tagen noch mal treffen. Beim Krapp in Litzendorf. Der hat gefüllte Däubla. Aber ohne die Idioten da draußen. Die sollen politisch ein bisschen Wirbel machen. Und auch die Opposition informieren. Das wird aber nicht reichen, um dieses Sektengeschwür auszumerzen.«

»Das isse wie eine Mafia«, radebrechte der Rockerboss. »Und Mafiosi kannst du nix umerziehen, die musst du machen tot!«

»Auf jeden Fall dürfen wir uns diesen Eindringlingen nicht kampflos ergeben«, knurrte der Bürgermeister böse. »Darum müssen wir unorthodoxe Wege gehen. Und dafür braucht es unorthodoxe Vorschläge. Die will ich von euch haben.«

»Va bene«, sagte Francesco Vittore.

»Des bassd scho«, sagte Alois Hut.

KAPITEL 17

Petra Stengl genoss den herrlichen Blick auf die Bamberger Altstadt mit ihren pittoresken Giebeln und Dächern, den Dom mit seinen vier mächtigen, über 75 Meter hohen, mit grünen Hüten versehenen Türmen und den Michelsberg mit der Klosterkirche. Der Spezi-Keller, wie die eher wortfaulen Franken den »Spezial-Keller« auf dem Stephansberg neben der Sternwarte nannten, war gerade im Sommer einer ihrer Lieblingsplätze. Zu ihrem Leidwesen traf das auch auf viele andere Zeitgenossen zu, die mit Kind und Kegel, Freunden und Bekannten aus nah und fern den steilen Weg zu dem beliebten Bierparadies hinaufpilgerten. Nur der frühe Vogel fand dann noch einen Platz. Ansonsten galt das Gorbatschow-Wort »Wer zu spät kommt, den bestraft das Leben!«. Ohne Reservierung ging kurz nach der Öffnung dann ohne endloses Schlangestehen gar nichts mehr.

Denzlein stellte seinen leer getrunkenen Krug zur Seite.

»Du trinkst noch ein Bier?«, fragte die Kriminalrätin verärgert.

»Warum nicht? Auf einem Bein kann man ja schließlich nicht stehen!«

Die patzige Antwort ihres Untergebenen schien Petra Stengl ganz und gar nicht zu gefallen. »Das ist ein Arbeitstreffen, auch wenn es außerhalb unserer normalen Dienstzeit stattfindet. Aber okay, wir brauchen keine Taube mit einem grünen Zweig im Schnabel, um zusammenzuarbeiten!«

In Denzlein kochte es. Er versuchte, sich seine Wut nicht anmerken zu lassen. »Genau«, bemerkte er mit rauer Stimme. Er würde sich heute von dieser dummen Kuh nichts sagen lassen. Er würde sich die Kante geben. Ihm war danach. Er trank zwar nicht auf dem hohen Niveau der radikalhedonistischen Saufstudenten, die die Obere und Untere Brücke im Sommer zu ihrem Bier- und Dosencocktail-Hotspot machten. Aber von Zeit zu Zeit musste ein Franke wie er schon mal an die alkoholische Schmerzgrenze gehen.

Petra Stengl blinzelte durch ihre havannafarbene Saint-Laurent-Sonnenbrille. Neben dem Keller wehte eine rot-weiße Frankenfahne in der schwülwarmen Sommerluft. Es roch nach einem kräftigen Gewitter. Die angrenzende Wiese war überflutet mit einem Meer aus gelben Blumen.

»Wie gemacht für Impressionisten«, erfreute sich die Beamtin an der frischen Farbe.

Denzlein verstand nur Bahnhof. »Wie meinen …?«

Bettina Fuchs nahm den Faden auf. »Fehlt nur noch die elegante Dame mit dem Sonnenschirm wie bei Monet«, sagte sie.

»Dann ist das Bild schon fertig!«, schloss Petra.

Als die beiden Frauen in Denzleins verständnisloses Gesicht blickten, lachten sie auf.

»Du bist halt ein Kunstbanause!«, frotzelte Bettina Fuchs.

Der Kriminaler war angefressen.

»Komm, lass gut sein.« Petra Stengl lächelte und legte ihre Hand beschwichtigend auf seine Schulter.

Denzlein ergriff das frische Bier und nahm einen tiefen Schluck aus dem Seidla. »Die großformatigen Bamberg-Bilder von diesem Nazi-Maler Bayerlein, die im Sitzungssaal des Rathauses hängen, sind auch impressionistisch angehaucht«, trumpfte er auf. »Ausgerechnet dort, wo das demokratische Herz der Stadt schlägt! Einfach peinlich ...«

»Ein Skandal«, stimmte Bettina Fuchs ihm bei.

»Na ja«, meinte Petra Stengl. »An sich sind die Bildchen doch von den Motiven her harmlos, oder?«

»Von den Motiven her harmlos«, gab Bettina ihr recht. »Aber diese Nazi-Bildchen hat der damalige NSDAP-Kreisleiter und Oberbürgermeister Lorenz Zahneisen in Auftrag gegeben. Zahneisen wurde übrigens nach dem Krieg wegen der Zerstörung der Bamberger Synagoge zu vier Jahren Haft verurteilt. Bayerlein war ein überzeugter Nationalsozialist und eingefleischter Antisemit.«

»Antisemit?«, meldete sich eine spöttische Stimme an ihrem Biertisch. »Die Runde ist also schon beim Thema?«

»Ah, schön, dass Sie gekommen sind«, begrüßte Petra Stengl den mittelalten, schlanken Mann mit dem Popeye-Gesicht. Eine beige Leinenhose umspielte großzügig seine dürren Beine, dazu trug er ein rotes Polohemd mit dem Spruch »Mein Bamberg – Weihrauch und Rauchbier!«.

Petra Stengl musste schmunzeln. »Nehmen Sie bitte Platz, Herr Professor Dr. Dotterweich. Das sind meine Kollegen Bettina Fuchs und Kriminalkommissar Norbert Denzlein.«

Der Gast stellte einen grauen Rucksack unter den Tisch und ließ sich nieder. Auf Anraten ihres befreundeten Pressesprechers des Erzbistums, Harald Glück, hatte die Kriminalrätin den früheren Theologie-Dozenten der

Otto-Friedrich-Universität und ausgewiesenen Judentum- und Sektenexperten eingeladen.

»A U«, orderte er bei der wie ein Wiesel hin und her huschenden Kellnerin.

Zwei jüngere Touristen, unschwer als solche in ihren weißen T-Shirts mit dem Düsseldorfer Bieraufdruck »Uerige – das leckere Dröppke« zu erkennen, sahen sich fragend an.

»A U – das ist die kürzeste Bierbestellung der Welt«, wandte sich der Professoren-Popeye schmunzelnd an die beiden Niederrheiner mit den schwarzen Fedora-Hüten auf ihren Köpfen. »Wer A sagt, muss auch U sagen!«

»Und dieser Rintfleisch ist das Vorbild der Universellen Blutzeugen des Herrn?«, fragte Petra Stengl, als der Professor seine Ausführungen beendet hatte. »Ist ja widerlich!«

»Nicht nur widerlich, sondern auch gefährlich«, erwiderte der Theologieprofessor. »Bis dato waren die Blutzeugen, lassen Sie mich das mal so salopp sagen, eine ganz normale Sekte, etwa so wie die Zeugen Jehovas oder Scientology – mit Gehirnwäsche, Feindbildern, Ritualen, festen Regeln. Auch wenn sie missioniert haben, so war es doch ein mühseliges Unterfangen, Menschen für ihre Gemeinschaft zu gewinnen. Mit den Hostien, die angeblich von Juden geschändet werden, wie es ihnen Rintfleisch damals zum Vorwurf machte, radikalisierten sich die Universellen Blutzeugen.«

»Wie meinen Sie das?« Denzlein nahm einen tiefen Schluck aus seinem Seidla.

»Mit neuerlichen Hostienwundern, Sie haben mir ja von einem am Telefon erzählt, sehen sie Rintfleischs Thesen bestätigt und relativieren seine Verbrechen. Letztlich waschen sie ihn sogar rein, machen einen Heiligen aus ihm. Es rächt sich, dass einige Kirchenväter immer wieder die abstruse Theorie vom Gottesmord verbreitet haben, wonach die Juden Jesus Christus ermordet haben oder ermorden ließen. Seitdem lastet auch ein Fluch auf all ihren Nachkommen.«

»Ich hatte in Reli nur eine Drei«, warf Denzlein ein, »aber war es nicht so, dass Pontius Pilatus, also der oberste Römer, Jesus ans Kreuz nageln ließ?«

»Das wird faktisch ignoriert. Aber theologisch ist die Sache nicht so eindeutig. Heerscharen von Religionswissenschaftlern haben sich mit der angeblichen Selbstverfluchung der Juden im Matthäus-Evangelium befasst. Danach fordert die aufgebrachte Menge von Pilatus, nicht Barabbas, sondern Jesus hinrichten zu lassen. Und untermauert das mit dem Ruf ›Sein Blut komme über uns und unsere Kinder!‹«

»Eine merkwürdige Bibelstelle«, brummte Denzlein.

»In der Tat!«, stimmte ihm der Theologieprofessor zu. »Ich habe mich mit diesem Passus und dem Antijudaismus im Neuen Testament auch immer schwergetan.«

»Aber was hat diese Bibelstelle denn nun mit Rintfleisch und den Universellen Blutzeugen zu tun?«, drängte Petra Stengl.

»Zweierlei. Wenn die Juden das verfluchte Volk und die Gottesmörder sind, dann hat man quasi eine göttliche Rechtfertigung, sie auf alle Zeiten zu verfolgen. Und das wurde ja über alle Jahrhunderte hinweg auch getan.«

»Bitte noch zwei A U!«, riefen die beiden Touristen am Nachbartisch der vorbeihuschenden Kellnerin zu. Der

Größere der beiden beugte sich mit stolzgeschwellter Brust dem Nachbartisch zu. »Wir Niederrheiner lernen schnell, besonders beim Bier!«

Denzlein, seine Kollegin Fuchs und der Popeye-Kirchenmann prusteten los. »Zwei A U, zwei A U …«

Die Freunde schauten sich irritiert an. »War doch richtig, oder?«

»Bassd scho«, erwiderte Denzlein und wischte sich mit einer Serviette die Tränen aus den Augen.

»Allmächd!«, erteilte der Theologe den Rheinländern die fränkische Absolution. Dann lachte er wieder drauflos. »Zwei A U, der war gut, Männer!«

Der Hauptkommissar und Dotterweich stießen mit den Touristen an, in deren Gesichtern sich dicke Fragezeichen bildeten.

»Prösterchen, euer A U, dat is jaaanz wat Feines, fast so lecker wie onser Bolten Alt oder dat Uerige!«, versuchte der jüngere Exil-Zecher, wieder die Deutungshoheit über die Biertische zu gewinnen.

»Könnten wir mal wieder?«, unterbrach Petra Stengl die sich abzeichnenden bilateralen Bierbeziehungen zwischen Oberfranken und Niederrhein.

»Okay, wo waren wir stehen geblieben? Ach ja, bei dieser Selbstverfluchung der Juden im Matthäus-Evangelium und die daraus abgeleitete Rechtfertigung, Juden zu verfolgen oder zu töten. So nach dem Motto: einmal Gottesmörder, immer Gottesmörder. Selbst wenn einige Juden direkt oder indirekt für die Kreuzigung des Juden Jesu verantwortlich gewesen wären, so ist es diese Generalisierung – die Juden, alle Juden –, die Abgrenzung, Ausgrenzung, Angst und vor allem Hass produzieren soll. Und auf mörderische Worte folgen immer mörderische Taten.«

»Kommt mir irgendwie bekannt vor«, sagte Petra Stengl. »Solcher diffamierender Pauschalisierungen bedient sich auch der heutige Rechtspopulismus und Rechtsextremismus. Ersetz mal das Wort ›Flüchtling‹ oder ›Moslem‹ durch ›Jude‹, dann bist du schnell wieder in der Terminologie des Dritten Reiches.«

Dotterweich nickte zustimmend. »Selbst in der Nazi-Propaganda taucht der Vorwurf, die Juden würden Christen für Ritualmorde umbringen, immer wieder auf. So wies Heinrich Himmler in einem geheimen Schreiben den Chef der Sicherheitspolizei und des SD, Ernst Kaltenbrunner, an, mehrere Hundert Exemplare des Hetzbuches ›Die jüdischen Ritualmorde‹ an die Männer verteilen zu lassen, die mit der Judenfrage beschäftigt waren. Also an die, die die Juden ermorden sollten. Und der Nürnberger Gauleiter Julius Streicher, der sogenannte ›Frankenführer‹, wurde als Herausgeber der antisemitischen Wochenzeitung ›Der Stürmer‹ zum mehrfachen Millionär. Immer wieder zierten die Titelblätter dieses Hetzblattes, das in seiner Hochzeit eine Auflage von 700.000 Exemplaren hatte, Zeichnungen und Karikaturen von angeblichen Ritualmorden von Juden an Christen und …«

»Alles hochinteressant«, unterbrach Petra Stengl unwirsch die Ausführungen des Theologieprofessors. »Aber kommen Sie mal auf den Punkt. Was hat es mit den angeblichen Bluthostien auf sich?«

Nobby Denzlein bestellte noch ein Seidla.

Dotterweich hob abwehrend die Hände. »Entschuldigung, manchmal gehen mit mir die akademischen Gäule durch.«

Er stieß mit Denzlein an. »Prost!«

»Können wir jetzt bitte weitermachen!« Auf der Stirn der Kriminalrätin bildeten sich feine Zornesfalten.

»Sorry«, sagte der Theologe und fuhr sich mit der Zunge über seine Lippen. »Also dieser religiös begründete Judenhass beruht auf drei Säulen: Neben den Vorwürfen des Gottes- und Christusmordes gesellt sich ab dem Jahr 1215 mit der Transsubstantiationslehre auch der Vorwurf der Hostienschändung dazu und …«

»Trans… was?«, unterbrach Bettina Fuchs. »Geht das auch auf gut Deutsch?« Auch ihre Kollegen blickten fragend.

»Okay, okay. Ich will es mal so sagen: Unter Papst Innozenz III. bekräftigte die Kirche die Lehre, dass sich in der Heiligen Messe Brot und Wein tatsächlich in den Leib und das Blut Christi verwandeln.«

»Das haben wir doch im Präsidium schon diskutiert«, ärgerte sich Denzlein. »Das ist doch Mumpitz. Das glaubt doch kein Mensch.«

»Das ist symbolisch oder bildhaft gemeint, oder?«, fragte Petra Stengl.

Der Theologieprofessor schaute in die Runde. »Zugegeben. Das ist keine leichte Kost. Jesus hat sich aber mehrfach so geäußert. Das Brot sei sein Leib, der Wein sein Blut. Und das hat er nicht nur beim letzten Abendmahl mit seinen Vertrauten so gesagt, sondern zuvor auch öffentlich vor einer größeren Menge. Man ist leicht geneigt, auch unter den Gläubigen, seine Worte zu relativieren, abzuschwächen oder umzudeuten, damit es weniger ekelerregend, weniger pervers klingt. Ja, Jesus selbst hätte die ausbrechende Empörung der Menge, wie sie das Johannes-Evangelium berichtet, leicht abfangen können, indem er erklärt hätte, seine Worte seien nur bildhaft gemeint.

Hat er aber nicht. Im Gegenteil. Er setzt nach und sagt, dass sein Fleisch wirklich eine Speise und sein Blut wirklich ein Trank seien.«

»Also sind wir Katholiken alles Ka… Kannibalen?« Denzleins Aussprache passte sich allmählich seinem Alkoholgenuss an.

»Mein Kollege meint …«, versuchte die Kriminalrätin zu erklären.

Aber Dotterweich unterbrach sie. »Ich weiß, was Ihr Kollege meint. Wir nehmen Speis und Trank, also Leib und Blut Jesu, nicht in uns auf, weil wir Kannibalen sind, sondern weil wir hoffen, dass Christus uns verwandelt, dass wir mit ihm einen besseren, friedlicheren, liebevolleren und glücklicheren Weg gehen. Die Gegenwart Jesu in der Gestalt der Hostie ist ein Aspekt unseres Glaubens. Auch der moderne Mensch weiß ja, dass es mehr gibt als das, was man berechnen, zählen oder naturwissenschaftlich beweisen kann.«

Petra Stengl schluckte. »Entschuldigung, Herr Professor, das ist mir zu viel spitzfindiges Theologen-Brimborium.«

»Kann ich nachvollziehen. Diese Diskussion sollten wir ein anderes Mal führen. Aber kommen wir zurück zur angeblichen Hostienschändung und den Universellen Blutzeugen des Herrn. Dafür haben Sie mich ja schließlich geholt, oder?«

Die Kriminalrätin blickte ihren Gast dankbar an. Denzlein und Bettina Fuchs orderten noch ein Bier.

»Also«, begann Dotterweich wieder mit sicherer Stimme, »dass sich Wein und Brot tatsächlich in Blut und Leib Jesu verwandeln, hatte zwischen dem 13. und 16. Jahrhundert dramatische Folgen für die Juden. Den

Juden wurde vorgeworfen, geweihte Hostien zu martern, sie zu zerschneiden oder auf sie einzustechen. Für die Menschen der damaligen Zeit entsprach das einem erneuten und immer wiederholten Mord an Jesus.«

»Einmal Gottesmörder, immer Gottesmörder«, bemerkte Bettina Fuchs trocken.

»Richtig erkannt. Und wie ließ sich ein solcher Hostienfrevel nachweisen? Es musste Blut fließen! Und so gab es zahlreiche angebliche Wunder mit blutenden Hostien. Und diese blutenden Hostien waren der Beweis für die Verruchtheit der Juden. Und was macht man mit solchen angeblichen Gottesmördern? Man hetzt, erschlägt, ertränkt oder verbrennt sie. Diese Hostienwunder, in Anführungszeichen, waren immer der Anlass für fürchterliche Judenpogrome.«

»Und einige Jahre später errichtet man dort, wo sich diese Wunder ereignet haben sollen, Wahl… also Wallfahrtskirchen. Der Pfaffe schlägt sich den Bauch voll und die Gast… Gastronomie floriert!« Denzleins Augen leuchteten nicht nur wegen des Gedankenblitzes.

»Genau. Die bekannteste Wallfahrtskirche, die nach einem angeblichen Hostienwunder errichtet wurde, war die im niederbayerischen Deggendorf, wo Juden angeblich eine gemarterte Hostie in einen Brunnen warfen. 1337 wurde die gesamte jüdische Gemeinde dort vernichtet. Der Wallfahrtsort erlangte unter der Bezeichnung ›Deggendorfer Gnad‹ traurige Berühmtheit. Bis 1992 blieb die Deggendorfer Grabkirche Wallfahrtsziel. Wenn Sie mich fragen: ein unglaublicher Skandal.«

Die Runde schwieg betroffen. Dotterweich kramte etwas umständlich aus seinem mitgebrachten Rucksack einen blauen Ordner heraus. »Sehen Sie hier, das ist ein

Foto von einem Ölgemälde, das bis 1988 in der Pfarrkirche St. Kilians in Röttingen hing. Es bestand aus sechs einzelnen Motiven, die die angebliche Hostienschändung und die darauf an den Juden erfolgte Strafe zeigen.«

Denzlein beugte sich ganz weit vor. »Das kommt mir bekannt vor. Ha… hatte nicht diese komische Prophetin so etwas an der Wand in ihrem Coburger Büro hängen?«

»Du hast recht! Nur in der Roy-Lichtenstein-Version, Pop-Art.«

»Tabea Wallner hat diese Motive in ihrem Coburger Büro hängen? Das kann doch nicht wahr sein!« Professor Dr. Dotterweich schüttelte ungläubig den Kopf. »Dann können wir uns ja auf was gefasst machen!«

»Wie meinen Sie das?«, fragte Bettina Fuchs.

»Wenn sich die Sekte schon so offen zu dem angeblichen Hostienfrevel bekennt, werden wir bald auch ein noch größeres Hostienwunder bestaunen dürfen. Da verwette ich meinen akademischen Arsch drauf!«

Die Kriminaler sahen den Theologen überrascht an.

»Entschuldigung, ist mir so rausgerutscht. Aber die Universellen Blutzeugen sehen sich voll in der Tradition dieses Judenschlächters Rintfleisch. Und um den wieder zum Leben zu erwecken, bedarf es eines öffentlichen Hostienwunders!«

»Dass sich die Hostie tatsächlich in Fleisch verwandelt, daran glaubt doch – bis auf Sie und der Papst – kein Mensch«, warf Petra Stengl ein. »Die Sekte wird mit einem Hostienwunder keinen Erfolg haben!« Die Kriminalrätin schüttelte unwillig den Kopf. »So ein Sekten-Klimbim verfängt doch in der heutigen Zeit nicht mehr.«

»Gerade in der heutigen Zeit«, widersprach ihr der Experte. »Die Menschen gieren regelrecht nach einfachen Erklärungen für komplexe Sachverhalte. Wenn die Sekte wirklich, wie ich vermute, ein spektakuläres Hostienwunder inszeniert, dann werden die Leute herbeiströmen und Hosianna schreien. Und sie werden nicht fragen, wie das Blut auf die Hostie gekommen ist oder ob die Universellen Blutzeugen des Herrn wirklich seriös sind oder nicht.«

»Am besten eine Hostie mit der Blutgruppe AB«, warf Petra Stengl ein.

Dotterweich nickte anerkennend. »Ich sehe, Sie haben Ihre Hausaufgaben gemacht.«

Denzlein schwieg betroffen. Er stierte in sein Seidla. Drei Tische weiter stimmte eine Gruppe japanischer Touristen, die Männer in Hawaii-Hemden, die Frauen in leichten unifarbenen Strickpullovern, textsicher »Sah ein Knab ein Röslein stehen« an. Die beiden Niederrheiner fielen in den Gesang ein.

»In seinem Abschiedsvideo auf dem Handy, das wir in der JVA sichergestellt haben, macht Blaustedel die Juden für den mutmaßlichen Mord an dem früheren Stellvertreter der Sektenführerin, dem angeblichen Selbstmörder Kürzel, verantwortlich«, bemerkte Petra Stengl. »Aber sehr vage und allgemein. Bis auf seine Aussage haben wir keine Anhaltspunkte auf den Täter. Wir haben uns in der jüdischen Gemeinde hier in Bamberg umgehört. Die Befragungen haben auch nichts ergeben.«

»Möglicherweise hat Blaustedel Kürzel selbst umgebracht, um seinen Tod als Tat der Juden zu inszenieren, ganz im Sinne der Blutzeugen. Bei einer Hausdurchsuchung haben wir bei Blaustedel aber nichts Belastendes gefunden. Keine Drogen, keine Spritzen, keinen Draht, der zu der Schlinge im Selbstmordauto passt«, ergänzte Bettina Fuchs. »Allerdings hatte er jede Menge antisemitische Filme, Clips und Schriften auf seinem Laptop.«

»Diese Entwicklung innerhalb der Sekte macht mir richtig Angst. Die Hostienwunder werden den Hass auf die Juden innerhalb der Gemeinschaft schüren. Die Prophetin hat da ja schon ideologische Vorarbeit geleistet. Aber ich befürchte, dass der Hass nicht nur innerhalb der Sekte, sondern auch außerhalb anwachsen wird.«

»Okay, das Bundeskriminalamt verzeichnet eine steigende Anzahl von antisemitisch bedingten Straftaten. Aber Deutschland ist doch nicht generell antisemitisch.«

»Weit gefehlt, Frau Stengl! Jeder vierte Deutsche ist latent antisemitisch. Auf den Staat Israel bezogen sind es sogar 40 Prozent. Antisemitismus war in bürgerlichen Kreisen immer vorhanden. Weil er gesellschaftlich geächtet war, trat er nur selten offen aus. Heute äußern sich die Menschen ungenierter. Die Hemmschwelle ist durch die Verbreitung von Hass in den sozialen Netzwerken deutlich gesunken. Und dieser Antisemitismus beinhaltet oft die stereotypischen Vorurteile von einer jüdischen Kontrolle der Finanz- und Kapitalmärkte, der Medien und einer geheimen Weltlenkung durch die Juden.«

»Sie malen ja hier ein richtiges Horrorszenario an die Wand«, sagte die Kriminalrätin gequält. »Und was sollen wir Ihrer Meinung nach tun?«

»Das ist Ihr Job. Ich bin kein Polizist. Aber wenn Sie mich fragen: Lassen Sie die Sekte überwachen, informieren Sie die jüdische Gemeinde!«

»Wenn ich das alles hier so höre, bin ich für die Einführung einer bundesweiten Dummheitssteuer«, wit-

zelte Bettina Fuchs. »Blutende Hostien, jüdische Weltverschwörung, was für ein Scheiß!«

Dr. Dotterweich und Petra Stengl standen auf.

»Und ihr? Bleibt ihr noch?«, fragte die Kriminalrätin
ihre Untergebenen. Die nickten.

KAPITEL 18

Tabea Wallner schlenderte durch die historische Innenstadt von Coburg. Sie musste den Kopf frei haben. Wichtige Entscheidungen standen bevor und mussten gut überdacht werden. Marketingmäßig lief es für die Blutzeugen des Herrn bestens, konstatierte sie zufrieden. Der Blutbeutelwurf auf sie hatte für bundesweite Schlagzeilen gesorgt und ihre Gemeinschaft wieder in den Fokus der Öffentlichkeit gerückt. Zusammen mit den widerlichen Schmierereien waren eindeutig die Universellen Blutzeugen des Herrn die Opfer. Das Problem Blaustedel hatte sich erledigt, obwohl sie sich immer noch über seine mit ihr nicht abgesprochene Aktion auf den Erzbischof ärgerte. Was für ein Idiot! Fast hätte dieser ihre ganzen Anstrengungen atomisiert und die Bewegung diskreditiert. Zum Glück hatte er bei den Vernehmungen die Schnauze gehalten. Immerhin. Ein verwirrter Einzeltäter, der sich vor lauter Schuldgefühlen aufhängte. Die Planungen für ein zweites Jerusalem um den Gügel herum gingen zügig voran. Haus für Haus, Hof für Hof und Grundstück für Grundstück konnten gekauft werden. Die Einwohnerzahl Scheßlitz' schnellte dank ihrer Zuzugsstrategie nach oben. Vielleicht würde es für sie nicht zur Bürgermeisterin reichen – dafür war Leon Wolf zu populär –, wohl aber zur Mehrheit im Stadtrat. Ohne die Blutzeugen würde sich in Scheßlitz kein Rädchen mehr bewegen, kein Stein mehr auf den anderen gesetzt werden. Ihr Blick schweifte über den sonnenüberfluteten Marktplatz, der von den imposanten Gebäuden des Stadthauses und des farbenfrohen Rathauses eingerahmt wurde. In vielen Touristenführern galt der Coburger Marktplatz als einer der schönsten in Bayern überhaupt. Angelegt wurde er im frühen 15. Jahrhundert. Sieben Gassen aus der Altstadt liefen hier zusammen und trafen sich zu Füßen des Prinz-Albert-Denkmals, einem Geschenk der englischen Königin Victoria an die Heimatstadt ihres abgöttisch geliebten Mannes, mit dem sie, entgegen ihrem Ruf, prüde und spießig zu sein, ein munteres Sexualleben pflegte.

Sieben. Eine magische, eine heilige Zahl. Vermutlich war den Coburgern gar nicht bewusst, was für eine mythische, ja göttliche Kraft von diesem Platz ausging, dachte Tabea Wallner. Laut der Johannes-Offenbarung wurden sieben Engel vor dem Thron Gottes mit sieben Posaunen ausgestattet, damit ein jeder mit seinem Posaunenstoß eine neue Etappe der Apokalypse verkünden konnte. Und mit dem Erklingen der siebten Posaune würde das Wiederkommen Christi angekündigt werden. Und die Universellen Blutzeugen des Herrn würden dabei sein. Sie würde dabei sein. Die blutende Hostie, die sie ihren Jüngerinnen und Jüngern bei einem gemeinsamen Abendmahl kurz vor der versuchten Aussprache mit Willi Kürzel gezeigt hatte, hatte die gewünschte Wirkung gehabt. Dieses Wunder stärkte die Gemeinschaft und vereinigte sie hinter einem sicht- und erfahrbaren Symbol. Und sie wusste aus Erfahrung, dass Zeichen und Bilder viel mehr in den Gehirnen verfingen als Worte oder Buchstaben. Das lehrte auch die Kirchengeschichte. Solange die Menschen das Priester- und Bibellatein nicht verstanden, solange sie nicht lesen und schreiben konnten, waren es die machtvollen Dome und Kirchen mit ihren Höllen- und Märtyrerdarstellungen, die die Gläubigen in Angst und Schrecken hielten. Erst der Buchdruck und die Bibeln in deutscher Sprache ließen das Kirchenvolk aufmüpfig werden.

Und einen Aufstand oder Kritik an ihrer Person konnte sie genauso wenig gebrauchen wie damals Papst Leo X., als er von einem Wittenberger Mönchlein aus der kursächsischen Provinz vorgeführt wurde. Ärgerlich war, dass Wilhelm nach anfänglichen kleineren Erfolgen nicht nur beim Aufbau einer Gemeinde der Universellen Blutzeugen hier in Coburg jämmerlich versagt hatte, sondern sie auch deutlich hatte spüren lassen, dass er nicht mehr bereit war, ihr bedingungslos zu folgen. Sie hatte den Sex mit ihm in vollen Zügen genossen, er war ein Liebhaber ganz nach ihren Vorstellungen gewesen. Sie hatte ihn geformt wie eine Knetfigur. Doch sie hatte seine Sehnsucht nach seiner Frau und seinen Kindern gespürt, er hatte mit dem Leben in der Gemeinschaft brechen, in die Bürgerlichkeit und in die behütete Spießigkeit seines kleinen Weinortes zurückkehren wollen. Auch wenn er diese Gedanken wohl noch nicht seiner Frau anvertraut hatte. Verzweifelt hatten die Weisen und Helfer versucht, ihn wieder auf den richtigen Pfad zu bringen. Doch vergebens. Zunehmend hatte er auch ihre exponierte Stellung als Prophetin – und damit auch Gottes Wort angezweifelt. Um einen Deichbruch zu vermeiden, muss man das poröse Gestein rechtzeitig entfernen und durch neues, widerstandsfähiges Material ersetzen. Eine undichte Stelle, und mag sie noch so klein sein, weicht den Damm immer weiter auf und führt über kurz oder lang zur Katastrophe. Das galt es zu vermeiden. Für die Universellen Blutzeugen des Herrn und auch für sie stand zu viel auf dem Spiel. Monatelang hatte sie darauf hingearbeitet, ihre Gemeinschaft zu etwas ganz Großem zu machen. Ihr schwebte eine Global Community vor. Mit Stützpunkten der Universellen Blutzeugen des Herrn auf allen Kontinenten. Ausgehend von Würzburg, Coburg, Scheßlitz und dem Bamberger Raum. Sie wollte Stadien füllen, Länder erobern, Menschen verbinden, den Planeten mit Liebe überschütten.

In der Nacht vor seinem Tod hatte sie Willi Kürzel vor dem Rat der Weisen vor die Entscheidung gestellt, sich entweder wieder in die Reihen einzuordnen oder die Konsequenzen zu ziehen. Es war eine dramatische Sitzung gewesen. Sein Tod war ein Gewinn für die Gemeinschaft, aber auch für ihn, weil er seine gequälte Seele befreit hatte. Um die Königin im Spiel zu halten, muss man bereit sein, auch mal einen Bauern zu opfern. Auch wenn er ein ganz besonderer gewesen war. Eine gewisse Wehmut erfüllte sie. Sie hatte große Hoffnungen in ihn gesteckt, hatte bis zuletzt um seine Seele gekämpft. Doch wie hieß es im Johannes-Evangelium? »Es ist vollbracht!«

Dass Wilhelm die blutende Hostie in einem Moment der Unaufmerksamkeit entwendet und in seiner Brotdose verstaut hatte, erschien ihr zunächst als Katastrophe. Doch die Untersuchungsergebnisse der Erlanger Rechtsmedizin, dass das Hostienblut die gleiche Blutgruppe wie Jesus hatte, machte nachträglich aus der vermeintlichen Katastrophe einen grandiosen Sieg. Zu dem trugen vor allem die Medien bei, die sensationslüstern die von ihr durchgesteckten Untersuchungsergebnisse publiziert hatten. Aus dem Wunder für wenige wurde so ein Wunder für viele. Besser hätte es im Nachhinein gar nicht laufen können. Dass die Hostie in der Brotdose im Zusammenhang mit seinem ungewöhnlichen Tod stand, schadete auch nicht wirklich, sondern befeuerte allerlei Spekulationen und Verschwörungstheorien. Wenn schon die Juden die Hostie gemartert hatten, warum sollten sie dann nicht auch für den Tod von Wilhelm Kürzel verantwortlich sein? In seinem Abschiedsvideo hatte Blaustedel, bevor er sich in der Bamberger JVA erhängte und sich für den Angriff auf den Erzbischof entschuldigte, auch so etwas angedeutet. Okay, die Polizei blieb skeptisch. Sie hatte keine Beweise, aber sie schloss Blaustedel als Täter nicht aus. Aber das war ihr auch egal.

Vor dem qualmenden Grill in der Nähe des Stadthauses stand eine längere Schlange Menschen an, um eine über Kiefernzapfen gebräunte Bratwurst zu erhaschen. Eine Cobuger Spezialität, die nach Legendenbildung genauso lang wie der Marschallstab des Bratwurstmännla sein sollte – stolze 31 Zentimeter im Rohzustand. Tabea Wallners Blick wanderte zum Giebel des Rathauses empor. Dort stand dieses Bratwurstmännla, eine kleine, von Einheimischen wie aber auch von Touristen oft übersehene, mit grünlicher Patina überzogene Figur – der Coburger Mohr. Er sollte den heiligen Mauritius darstellen, den Schutzpatron der Stadt und Namensgeber der ältesten Kirche. Die Verehrung der Coburger für diesen schwarzen Soldaten mit dem großen Ohrring und den geschwungenen Lippen aus den Zeiten des Römischen Reiches konnte Tabea Wallner nicht so recht nachempfinden. Mit klammheimlicher Freude erfüllte es sie jedes Mal, wenn sie ihn – und das war in der Vestestadt fast unvermeidlich – mit Füßen trat, da die Gullydeckel mit seinem Porträt verziert waren. Ja, vielleicht war der Mohr so etwas wie ein Märtyrer, weil er sich geweigert hatte, seine Glaubensbrüder umzubringen, und dafür hingerichtet wurde. Aber ein Schwarzer als Wahrzeichen ihrer Stadt? Das ging ihr doch zu weit. Da gab es bessere Heilige, bessere Märtyrer. So wie die Märtyrer in Vierzehnheiligen. Sie blickte noch mal auf die wartenden Bratwurstfans. Ein kräftiger Mann mit südländischem Aussehen in einer Rockerkutte kam ihr bekannt vor, doch woher sie ihn kannte, konnte sie nicht sagen. Als er bezahlt hatte, drehte er sich in ihre Richtung um. Er brach die Bratwurst in zwei Teile und bugsierte sie in die Semmelmitte. Als er hineinbiss, wandte er seinen Blick ab. Vielleicht etwas zu spät, dachte Tabea Wallner. Irgendwas störte sie. Sie verdrängte das irrlichternde Fragezeichen in ihrem Kopf und kaufte in der über 460 Jahre alten Hofapotheke einen dort hergestellten Kräuterlikör, den der jeweilige Apotheker in der Abgeschiedenheit der Nacht nach einem uralten Rezept braute. In der Konditorei Feyler erstand sie eine Tüte Coburger Schmätzchen. Sie liebte das mit einer geheimen Kräutermischung versehene Honiggebäck – als kleine Nascherei zum Tee oder zum Espresso, aber auch als Geschenk für gute Freunde. Und manche Coburger verfeinerten, auch wenn das für sie als Veganerin nicht in Frage kam, mit den süßen, runden Küsschen aus der Rosengasse ihre Sauerbratensoße.

Sie hatte es geahnt – sie konnte der Versuchung nicht lange widerstehen und gönnte sich auf dem Weg zum Gemeindehaus ein kleines Knabbererlebnis und öffnete die Tüte mit den Plätzchen. Als sie an den Buchläden und Kiosken vorbeikam und die Überschriften der dort ausgestellten Zeitungen las, musste sie sich selbst loben. Schon in den sozialen Netzwerken hatte sich ihre Nachricht, am morgigen Tag ein neues Blutwunder präsentieren zu wollen, wie eine Influenza verbreitet. Und auch die Printmedien kündigten dieses Ereignis groß an. Sie rechnete insgeheim mit Hunderten, wenn nicht sogar Tausenden Gläubigen.

Als sie ihr modernes Büro in der Löwenstraße betrat, wartete dort bereits ihr neuer Stellvertreter Marcel Kock. Sie schloss leise die Tür und küsste ihn lange und innig. Sie spürte seine Hitze, sein Verlangen. Doch heute war nicht der Tag, dem nachzugeben.

»Marcel, bitte!«, ermahnte sie ihn. »Setz dich. Ich hoffe, du hast gute Neuigkeiten für mich?«

Der neue Sektenvize strahlte. »Das Verwaltungsgericht Bayreuth hat in einem Eilverfahren entschieden, dass unser Aufmarsch morgen tatsächlich stattfinden darf. Das ursprüngliche Verbot der Stadt Scheßlitz ist damit hinfällig. Die Stadt hat daraufhin, wie ich gerade erfahren habe, unsere Demo, wenn auch unter kleinen Auflagen, mit Hinweis auf die Versammlungsfreiheit erlaubt.«

»Das heißt was?«

»Wir dürfen nicht, wie ursprünglich geplant, mit Fackeln auf den Gügel ziehen. Und auch die Posaunen und Trommeln wurden verboten, damit unsere Demo keinen paramilitärischen Anstrich bekommt.«

Tabea Wallner lachte laut auf. »Wir sind zwar Krieger Gottes, aber wir brauchen für unseren Kampf gegen das internationale Judentum nicht unbedingt Musikinstrumente. Dafür gibt es wirksamere Waffen.«

»Das sehe ich auch so, meine Prophetin!«, stimmte ihr der Jünger zu. Seine Augen glühten.

Tabea Wallner streichelte ihm sanft die rechte Wange. »Das hast du gut gemacht. Ich bin so stolz auf dich. Bist du bereit für die nächsten großen Aufgaben?«

Marcel nickte devot. »Ich bin bereit. Dein Weg wird meiner sein. Für immer und ewig. Denn du bist das Wort. Du bist die Wahrheit.«

Er war ihrem Geist, ihrem Körper verfallen. Sie war seine Droge. Er konnte das durchaus nüchtern analysieren, aber er konnte und wollte sich nicht gegen diese Gefühle wehren. Er hatte Angst vor dem Entzug. Er liebte und litt, weil er sich immer mehr aufgab. Er himmelte sie an, auch wenn er dafür Höllenqualen durchstehen musste. Er konnte ihr nicht entfliehen. Im Gegenteil. Er versuchte, immer mehr von ihr zu bekommen. Doch sie hielt ihn auf Abstand, bestimmte die Zeit und die Dosis ihres Zusammenseins. Er wurde sie nicht los. Selbst wenn sie nicht da war, fühlte er, wie sie aus banalen Alltagsdingen mit einem großen Satz in sein Gehirn sprang und mit seinen Glückssynapsen Jo-Jo spielte. Sie hatte ihn auserwählt. Und er würde sie nicht enttäuschen. Niemals.

»Kommen wir in die Kirche hinein?«

Über Marcels Gesicht huschte ein schelmisches Lächeln.

»Wie du vermutet hast, machen die Kirchengemeinde und das Erzbistum Bamberg Schwierigkeiten. Sie wollen die Wallfahrtskirche nicht öffnen und verweisen auf ihr Hausrecht. Aber …«

»… du hast schon eine Lösung gefunden, nehme ich an?«

Der Jünger strahlte. »Um einen Kirchenschlüssel zu bekommen, bedarf es zuweilen einer kleinen Aufmerksamkeit für den Küster. Ich habe den Schlüssel nachmachen lassen und ihn dann zurückgegeben. So fällt auf den Küster kein Verdacht.«

»Aber Verbot ist doch Verbot«, warf Tabea ein.

»Wir setzen auf die Kraft des Faktischen. Wenn wirklich so viele Menschen kommen, wie wir erwarten, wird die Polizei es nicht wagen, das Hausrecht durchzusetzen. Deeskalation heißt das dann in der Polizeitaktik.«

Tabea Wallner wägte kurz ab. Der Plan ihres Stellvertreters barg ein gewisses Risiko, wenn auch nur ein kleines. Aber er würde wohl funktionieren. »Was wäre das Leben, hätten wir nicht den Mut, etwas zu riskieren? Wir ziehen das durch. Alles. Wie besprochen. Ich baue auf dich!«

»In einen juristischen sauren Apfel müssen wir leider beißen«, sagte Marcel. »Es wird eine Gegendemonstration geben, zu der die jüdische Gemeinde, eine Bürgerinitiative und einige linke Spinner aufgerufen haben. Das konnten wir nicht verhindern.«

»Mach dir mal da keinen Kopf. Aus vermeintlichen Niederlagen können im Krieg später große Siege werden. Man muss sie nur richtig einsetzen. So eine Gegendemo schafft zusätzliche Publicity. Und das Blutwunder wird alles und jeden überstrahlen.«

»Unser Schweinchen Schlau, also der Scheßlitzer Bürgermeister, darf im Übrigen die Gegendemo nicht mehr offiziell bewerben. Ein solcher Aufruf verstoße gegen das politische Neutralitätsgebot, meinten die Richter.«

»Wie gut, dass es einen funktionierenden Rechtsstaat gibt«, sagte die Sektenführerin.

Die beiden Blutzeugen lächelten sich an. Sie waren auf einem guten Weg. Sie hatten sich einen Schampus verdient.

Das würde morgen ihr Tag werden. Der Tag, der für die Universellen Blutzeugen des Herrn ein Meilenstein auf ihrem Weg zum letzten Gericht sein würde.

Zunächst war nur so etwas wie das Brummen einer fetten Hummel zu vernehmen, die an einem geschlossenen Fenster auf und ab tanzte und ärgerlich versuchte, das Glas zu durchbrechen. Doch dieses Geräusch hielt nur für einen Moment. Es wurde durch ein ansteigendes Dröhnen, das sich schließlich in einem infernalischen Geräuschgewitter entlud, ersetzt. Der schwere Glastisch im Büro vibrierte, der Jahrgangschampagner in den bereitgestellten Riedel-Flöten schwappte hin und her und die Pop-Art-Bilder, die die Taten des Judenschlächters Rintfleisch zeigten, schienen aus ihrem Rahmen springen zu wollen. Aus dem Foyer war das durch Mark und Bein gehende Kreischen der Jungzeugin zu hören. Die Prophetin löste sich als Erste aus der Schockstarre. Vorsichtig schaute sie aus dem Fenster. Vor der Coburger Gemeindezentrale ließen rund 30 Rocker ihre Motorräder aufheulen. Meist Harley Davidsons, aber auch ein paar PS-starke japanische Reisschüsseln. Einige drehten Kreisel auf dem heißen Asphalt, bis die Reifen qualmten. Andere donnerten auf dem Hinterrad die Straße auf und ab. Auf dem Bürgersteig stand ein bulliger Mann mit speckiger Kutte, die ihn als Mitglied der »Bad Boys Bamberg« adelte. An seinem breiten schwarzen Gürtel hing eine lange Messertasche, aus der der dicke Knauf der Waffe herausragte. Langsam nahm der Biker seine verspiegelte Sonnenbrille ab und sah zur Sektenführerin hinauf. Tabea Wallner wusste nun, wo sie ihn hinstecken musste. Es war Francesco Vittore, der Bamberger Rockerpräsident, dem man eine gewisse

Nähe zu Leon Wolf nachsagte, dem Scheßlitzer Bürgermeister. Als sich ihre Blicke trafen, rotzte der MC-Chef
eine große Prise Kautabak in Richtung der Eingangstür.
Dann ballte er die mit einem Schlagring versehene Faust
ihr entgegen. Die Sektenführerin glaubte auf den täto-
wierten Fingern das Wort »Hass« zu erkennen. Sicher
war sie sich jedoch nicht. Auf sein Kommando hin machten seine Bikerfreunde eine Geste, als ob sie ihr den Hals
abschneiden wollten. Noch einmal ließen sie ihre Maschi-
nen aufheulen. Dann war der Spuk vorbei. Bleierne Stille
legte sich über die Löwenstraße.

KAPITEL 19

Nobby Denzlein blinzelte durch seine verklebten Augen. Was er direkt über sich, in etwa eineinhalb Meter Höhe, sah, erfüllte ihn mit purem Grauen. Ein nacktes Monster riss sein fürchterliches Maul auf, bereit, ihn zu verschlingen. Ähnliches musste Chrissie Watkins gesehen haben, als sie mit Alkohol und Adrenalin vollgepumpt nach einer langen Strandparty ohne Klamotten ins graue, schimmernde Meer vor Amity Island hüpfte und zum opulenten Frühstück des legendären weißen Filmhais wurde. Doch das Monster über ihm schnappte nicht zu. Es gähnte. Er gähnte. Und als der Kriminalkommissar eine Abwehrbewegung machte, machte das Monster auch eine. In Denzleins Kopf verwoben sich die verbliebenen Gehirnzellen wieder zu einer einigermaßen brauchbaren Denkstruktur. Ihm dämmerte es langsam: Das fürchterliche Monster über ihm war er selbst. Wie konnte das sein? Allmählich tasteten seine Augen wie zwei U-Boot-Sehrohre die feindliche Umgebung ab. Über ihm, daran konnte jetzt kein Zweifel mehr bestehen, war eine Spiegeldecke, zusammengesetzt aus acht sechseckigen Einzelteilen. In ihr erkannte er das Monster, also sich selbst. Er lag auf einem überdimensionierten weißen Boxspringbett, das flankiert wurde von zwei gläsernen Nachttischen, auf denen jeweils die Statue einer halbnackten Aphrodite stand. Die Göttinnen der Liebe versuchten mühsam, im

Bereich ihrer süßen Bauchnabel die zu Boden fallenden Gewänder mit ihren Händen festzuhalten. Über einer antiken Säulenkommode aus der Biedermeierzeit schlängelte sich zwischen grazilen Parfümflaschen ein rosafarbener Doppeldildo im Schein der Morgensonne, die sich energisch durch das Altbaufenster Zugang zum Schlafgemach verschaffte. Beim Blick nach rechts sah er wieder sein Monster-Avatar, präsentiert von einem Lamellen-Kleiderschrank mit zwei eingebauten Spiegeln.

»Spieglein, Spieglein an der Wand, wer ist der schönste Mann im Bamberger Land?«, flötete ihn eine spöttische Stimme an der Schlafzimmertür an.

»Bettina? Du?«, fragte Denzlein völlig verunsichert.

»Du kennst meinen Namen noch?«, erwiderte die Fee mit den bunten Haaren. »Normalerweise belassen es die One-Night-Kombattanten, wenn sie aufwachen und den Namen ihres Bettnachbarn nicht mehr wissen, doch bei einem schlichten und unverfänglichen ›Schatz‹!«

Denzlein riskierte einen Blick auf das blaue Seiden-Negligé seiner Kollegin. Dann zog er peinlich berührt die abgestrampelte Bettdecke über seinen nackten Körper. »Wo bin ich?«, stammelte er.

»Na, bei mir. Weißt du das nicht mehr?«

Der Kriminalkommissar versuchte, sich zu erinnern. Sein Kopf schmerzte fürchterlich.

»Wenn ich ehrlich bin …«

»Mich wundert, dass dein Schädel noch nicht implodiert ist bei dem ganzen Vakuum«, lachte seine Kollegin und stellte ihm ein Tablett mit einem wunderbar duftenden Kaffee ans Bett. Sie sah seine verwunderten Augen. »Blue-Mountain-Kaffee, habe ich mitgebracht von meinem letzten Jamaika-Urlaub.«

»Riecht gut«, lobte Denzlein die karibische Spezialität. Er nippte. »Wenig Säure, ein bisschen nussig, viel Frucht.«

»Manchmal bist du Biersenke doch für eine Überraschung gut«, stellte Bettina Fuchs zufrieden fest. »Der Kaffee gehört mit über 100 Euro das Kilo zu den teuersten Kaffeesorten der Welt!«

Denzlein stellte mit leicht zitternder Hand die Kaffeetasse wieder ab. Es klapperte. »Ich hatte einen ganz schönen Seier, oder?«, versuchte er, sich vorsichtig zu der Frage aller horizontalen Fragen vorzutasten.

»Seier? Du warst hagedichd. In einem solchen Fall sprechen Mediziner von einer C2-Intoxikation.«

»Ich habe, glaube ich, einen Filmriss«, bekannte der Kriminaler.

»Filmriss? Du hast das komplette Hollywood-Archiv zerstört!«, gluckste Bettina Fuchs drauflos. Sie wollte gar nicht mehr aufhören. Ihr Negligé rutschte gefährlich hoch. Der Ansatz ihrer kleinen Pobacken zeichnete sich ab.

»Ich kann mich noch erinnern, dass Petra und ihr Theologieprofessor uns verlassen haben. Und dann habe ich, glaube ich, noch ein Bier und zwei Willi bestellt, oder?«

»Na, bei dem einen Bier und den zwei Willi ist es nicht geblieben«, half ihm seine polizeiliche Partnerin weiter. »Du hast gleich mehrmals noch die Fünf-Prozent-Hürde im Gerstensaft-Vieltrunk genommen. Und sogar noch mit satten 40 Prozent im Schnaps-Marathon gepunktet.«

»Und dann?«

»Dann hast du dich mit den beiden Rheinländern fraternisiert und mit ihnen das Altbier-Lied gegrölt. ›Wir haben in Düsseldorf die längste Theke der Welt.‹ Und so weiter. Selbst den Japanern mit ihrem Heideröslein hat es da die Sprache verschlagen, besonders als du ihnen erklärt hast, dass sie mit Bangkok die schönste Hauptstadt der Welt hätten …«

»Oh mein Gott«, stöhnte Denzlein. »Und dann?«

»Du wolltest unbedingt noch auf die Sandstraße in den ›Live Club‹. Du wolltest unbedingt noch abtanzen. Vielleicht gut, dass es dazu nicht mehr gekommen ist. Denn Männer, die tanzen, sehen immer so aus, als ob sie einen Waldbrand austreten wollten. Unterwegs zum ›Live Club‹ sind wir in ein mächtiges Gewitter gekommen. Es hat geschüttet wie aus Eimern. Und darum sind wir zu mir geflüchtet. Auf einen Absacker, wie du mir erklärt hast.«

»Und dann?« Denzleins Hals war ganz trocken. Er nippte noch mal an dem Kaffee.

»Du hast weiter gesoffen bis zum Verlust deiner fränkischen Muttersprache!«

»Das meine ich nicht«, presste der Kommissar heraus. »Ich meine, haben wir …?«

»Wird das eines dieser berüchtigten postkoitalen Verhöre?« Bettina Fuchs strich ihm beruhigend über seinen linken Arm. Ihm wurde ganz heiß. Er rutschte unter der Bettdecke hin und her. Seine Blase drückte.

»Ich stehe eigentlich mehr auf Frauen«, bekannte seine Kurzzeit-Wirtin.

Denzleins Blick wanderte zu dem rosafarbenen Doppeldildo auf der Biedermeier-Kommode. Er entspannte sich. Bettina bemerkte seinen Blick. »Aber manchmal tut es auch ein Mann! Heterosexualität ist nicht normal, sie ist nur weitverbreitet. Und Bisexualität verdoppelt die Chance am Wochenende.«

»Wie, was denn nun?«, stammelte ihr Kollege.

»Du meinst, ob ich mit dir einen Mitleids-Quickie gehabt habe?«

»Mitleids-Quickie? Wie, Mitleids-Quickie?«

»Du hast mir doch die halbe Nacht die Ohren vollgelabert von deiner geliebten Petra. Und dass sie dir dein Herz und sonst noch was brechen würde. Weißt du das auch nicht mehr?«

Denzlein schüttelte langsam den Kopf. »Also war nichts?«

»Na ja, sagen wir mal so: Der verbliebene Geist spekulierte auf einen Überraschungserfolg, aber das fränkische Fleisch war platt wie ein Schnitzel Wiener Art in der Brauerei Hölzlein in Lohndorf!«

»Da sind wohl die Hormone etwas mit mir durchgegangen«, versuchte ihr Kollege so etwas wie eine Entschuldigung.

»Die Hormone? Das waren wohl eher die Promille!«

»Habe ich dich belästigt?« Vor Denzleins geistigem Auge lief innerhalb von Sekunden die ganze Me-too-Debatte ab. Er sah in seinem inneren Horrorfilm schon die aus fränkischem Sandsteinfels gehauenen überlebensgroßen Porträts von Harvey Weinstein, Jeffrey Epstein, Bill Cosby und von ihm, die wie die vier amerikanischen Präsidentenköpfe in Mount Rushmore die Gegend dominierten.

»Ach, eigentlich bist du ein ganz netter Kollege«, sagte die Frau im fast durchsichtigen Blau und gab ihm einen flüchtigen Kuss auf die Wange. »Mach dir mal keine allzu großen Sorgen! Du hast noch mehr oder weniger wortreich zur Attacke geblasen, dann hast du mich mit glasigen Augen angestarrt – und bist kopfüber wie vom Blitz getroffen ins Kissen gesackt. Aus dem testosterondampfenden Schnellkochtopf war auf jeden Fall sofort die Luft raus. Als Zeichen deiner endgültigen Kapitulation hast du das Schnarchen angefangen. Bei den Tönen wäre selbst Kaiserin Kunigunde aus dem Lotterbett gesprungen und hätte nicht zum Beweis ihrer Jungfernschaft über glühende, heiße Pflugscharen laufen müssen.«

»Dann ist alles okay zwischen uns?«

»Klaro. Null Problemo. Ihr Männer seid aber eine komische Spezies. Fast so wie Flipper.«

»Wie Flipper?«

»Also so wie Delfine. Die verbringen auch mehr als zwei Drittel ihrer Lebenszeit mit der vollzogenen oder angedeuteten Paarung.«

»Ich muss mal dringend dahin, wo auch der Papst zu Fuß hingeht«, reagierte Denzlein auf das kurz bevorstehende Bersten seiner Blase.

Seine Kollegin wandte sich um. Im Türrahmen blieb sie lächelnd noch einmal kurz stehen. »Geradeaus, dann erste Tür links. Eine Frage habe ich noch: Warum trägst du eigentlich Nikolaus-Unterhosen mitten im Sommer?«

Er konnte wieder lachen. »Ich bin halt ein Schock-Romeo!«

»Bei der Behaarung!«

»Manche Männer haben halt Brusthaare – auch am Rücken!«

»Du kannst bei mir duschen. Ein frisches Handtuch habe ich dir schon hingelegt!«, rief Bettina aus der Küche.

Denzlein schlüpfte in sein Weihnachtsdessous und stakste etwas unsicher ins Bad. Als er auf dem Klo saß, fiel sein Blick auf die Titelgeschichten einiger älterer »Emma«-Ausgaben, die auf einem kleinen Tisch lagen. »Ist die Liebe noch zu retten?«, »Der Fall Kachelmann«

und »Ich will alles!«, las er. Denzlein stöhnte. Dann wischte er sich mit Klopapier ab, das mit kleinen, lächelnden Kackhaufen bedruckt war, wie man sie unter vielen Facebook-Kommentaren fand. Unter der Dusche jagte er eiskaltes und heißes Wasser abwechselnd über seinen Körper. So langsam erwachten seine Lebensgeister wieder. Das merkte er auch daran, dass er sich ohne Schmerzen nach zwei Duschgels am Boden bücken konnte. Nach kurzem Überlegen entschied er sich für »Discret« und nicht für eine rosafarbene Tube mit einem Playboyhäschen und dem Spruch »Play it sexy« auf dem Etikett.

Es klopfte energisch an der Tür. So schnell, wie diese geöffnet wurde, konnte er gar nicht das Handtuch um seinen Body wickeln.

»Du hast wirklich einen süßen Arsch«, bemerkte seine Kollegin. »Das habe ich schon gestern festgestellt. Aber erwarte von mir jetzt nicht, dass ich vor lauter Begeisterung mit Konfetti um mich werfe. Los, beeil dich, unsere Handys läuten Dauersturm. Petra braucht uns, am Gügel ist der Teufel los. Die Prophetin will Bamberg, Franken und der Welt ein weiteres Hostienwunder zeigen.«

»Ach du Scheiße. Geht es also schon los?«

»Ja. Und es gibt im Netz wohl ernstzunehmende Morddrohungen gegen die Prophetin. Auf geht's!«

»Ja, ezzerdla baggmers!« Denzlein stürmte zum Schlafzimmer und zog sich seine Sachen an. Unter dem Bett lag eine aufgerissene Kondompackung. Geschmacksrichtung »Grüner Apfel«, »vegan«, »für intensives Empfinden und prickelnde Zweisamkeit«.

KAPITEL 20

Mit Blaulicht raste der Dienst-BMW am Anker-Zentrum, der zentralen Aufnahmeeinrichtung für Flüchtlinge im Bamberger Osten, vorbei. Vor dem mit einem engmaschigen Zaun gesicherten ehemaligen US-Gelände stand ein Grüpplein bieder gekleideter Menschen, die Männer in beigen oder schwarzen Hosen und schlichten Sakkos, die Frauen meist in weißen, hochgeschlossenen Rüschenblusen mit knöchellangen Faltröcken. »Gott hilft dir«, stand in krakeliger Schrift auf einem Schild, das ein junges Mädchen tapfer hochhielt.

»Aber diese Prediger am Drahtzaun – die gehören doch nicht zu unserer Sekte?«, fragte Petra Stengl.

»Nein«, sagte die Kriminalkommissarin Bettina Fuchs.

»Wart ihr noch lange auf dem Spezi-Keller?«, erkundigte sich Petra Stengl beiläufig.

Ihr neben ihr sitzender Untergebener räusperte sich und quetschte ein kurzes »Ja« heraus.

»Hast du deine Parfümmarke gewechselt?«

»Warum?«

»Du riechst so süßlich. Sehr fraulich. Flieder, Rose?«

Denzlein zog es vor zu schweigen. Auf der Rückbank kicherte Bettina Fuchs vor sich hin.

Die Kriminalrätin schaute mit großen Augen in den Rückspiegel. »Habe ich was Falsches gesagt?«

»Bassd scho!«

Nach einigen Kilometern erreichten sie Köttensdorf.

»Da haben wir mal beim Hoh Pfefferhähnchen gegessen«, bemerkte Denzlein.

Und anschließend die ganze Nacht miteinander rumgemacht, schoss es Petra Stengl durch den Kopf. Hätte sie damals schon gewusst, was für ein Scheißkerl … Sie runzelte die Stirn. Wut stieg in ihr auf. Den Ritter auf dem weißen Pferd gab es halt nicht mehr. Wenn es ihn überhaupt mal gegeben hatte. Vielleicht war er auch nur eine Erfindung der Pharma- und Kosmetikindustrie, um schmachtende Frauen mit Anti-Depressiva und »Hallo Glück«-Schaumbädern hinzuhalten. »Ja, da hatten wir mal ein Arbeitsessen, soweit ich mich erinnern kann«, versuchte Petra Stengl, Distanz zu den in ihr aufwallenden Gefühlen zu halten.

Die jungen Maiskolben auf den Feldern längs der Staatsstraße Richtung Gügel wirkten wie leere Granatenhüllen, schmutzig braun mit welken Blättern. Das im Wachstum zurückgebliebene Getreide kämpfte ums nackte Überleben. Viele Körner der Braugerste waren aufgrund von fehlendem Wasser erst gar nicht gequollen und gekeimt. Die Kühe der Biobauern fanden auf den Weiden kaum noch Gräser und Kräuter. Und die sonst so bunten Blumen am Straßenrand ließen ihre Köpfe traurig hängen. Der Löwenzahn quälte sich an einigen Stellen durch den viel zu trockenen Boden. Aus den blühenden waren in diesem Hitzesommer glühende Landschaften geworden. Und auch das gestrige Gewitter mit seinem kurzen, aber heftigen Regenguss war nur ein Tropfen auf dem heißen Boden. Oberfranken drohte das vierte Trockenjahr in Folge. Die Grundwassermessstellen in Hallstadt und Strullendorf zeigten schon seit Jahren

Markierungen unter der kritischen roten Linie an. Die Grundwasserneubildung ging immer weiter zurück. Und wegen der geringen Niederschläge auch in diesem Jahr würde sich das Problem weiter verschärfen. Im Dienstwagen rauschte die Klimaanlage gegen Radio Bamberg an, das live von ungeheuren Menschenmassen rund um den Gügel bei Scheßlitz berichtete.

»Diese Idioten«, schimpfte Denzlein und nahm gegen seinen Brand einen tiefen Schluck aus einer grünen, mit einem Marihuana-Blatt verzierten Energydose. Er rülpste. Der Geruch von ermordeten Gummibärchen zog durch den BMW. Angewidert verzog Petra Stengl ihr Gesicht.

»Warum Idioten?«, fragte sie, obwohl sie die Antwort schon kannte.

»Indem die Radiofritzen die Geschichte mit dem angeblichen Hostienwunder so aufblähen, verschaffen sie doch diesen Universellen Blutzeugen des Herrn erst die gewünschte Aufmerksamkeit!«

»Also ignorieren? Hhm.«

»Aber die Medien müssen doch nicht aus Quoten- und Auflagengeilheit über jedes Stöckchen springen, das ihnen irgendwelche Sektioten hinhalten!«

»Aber Medien sollten doch informieren …«

»Man muss diesem Pack doch nicht auch noch die Bühne bereiten. Und wenn doch, dann mit einer Trigger-Warnung wie bei Zigaretten: ›Lügen, Hetze und Fake News gefährden ernsthaft Ihre Urteilskraft‹.«

Petra Stengl musste schmunzeln. Auch wenn sie die Meinung von Nobby über die Medien so nicht teilte. »Schau mal auf Facebook und Instagram. Tausende Klicks inzwischen auf der Seite der Universellen Zeugen. So einen Auflauf kannst du in den Zeiten von Social Media nicht mehr ignorieren. Dort findet längst eine Überdüngung des Gehirns statt. Was Glyphosat für die Landwirtschaft, ist Facebook für die Menschen! Außerdem hat heute Morgen neben der ›BILD‹ auch der ›Fränkische Tag‹ über die Bluthostie, die bei unserem vermeintlichen Selbstmörder gefunden wurde, berichtet. Diesem Bert Engel scheinen sogar die gerichtsmedizinischen Untersuchungen vorzuliegen.«

»Woher wissen die …? Ach, Scheiße. Da hat wohl mal wieder ein Kollege etwas durchgestochen oder im Vollrausch sein Maul nicht halten können.« Denzlein war verärgert. Nichts gelangte schneller an die Öffentlichkeit als Dinge, die vertraulich oder geheim behandelt werden sollten. Bert Engel schien in seinem erbitterten und schon zuweilen persönlich geführten Feldzug gegen die Universellen Blutzeugen gute Quellen zu haben. Er war nah dran. Für seinen Geschmack zu nah dran.

Als sie nach rund anderthalb Kilometern Fahrt rechts auf den unbefestigten Weg zur Wallfahrtskirche einbiegen wollten, staute es sich. Autos standen abenteuerlich geparkt am Wegesrand, einige auf den Wiesen. Menschen rannten, ohne sich umzuschauen, über die Straße. Vier sichtlich überforderte Verkehrspolizisten versuchten, irgendeine Grundstruktur in den Verkehr zu bringen und die neu ankommenden Wagen zur Weiterfahrt zu bewegen. Vergebens. Flüche wurden laut, Fäuste geschüttelt. Autohupen blökten. Petra Stengl schaltete Blaulicht und Martinshorn ein. Langsam quälte sich ihr Dienstfahrzeug im Schritttempo den schmalen, gewundenen Pfad zum Gügel hoch. Sonderlich beeindruckt waren die Menschenmassen von den Signalen nicht.

»Das ist ja schlimmer als bei jedem Almauftrieb«, fluchte Denzlein, als ein übergewichtiges Pärchen ihre fleischigen Hinterteile nicht vom heißen Kühlergrill weg-bewegen wollte.

Mit jedem Meter weiter Richtung Gügel verfestigte sich der Menschenbrei. Nach gut einer Viertelstunde erreichten die Kripobeamten den mit Autos und Pilgern hoffnungslos überfüllten Parkplatz unterhalb der Kir-che. Die Kriminalrätin stellte den Wagen neben einen mit roter Farbe beschmierten Polizeibus, den sie den Bereitschaftspolizisten zuordnete, die in voller Kampf-montur eine größere Gruppe meist junger, vermummter Demonstranten vom Zugang des Geländes abzuhalten versuchte. Petra Stengl erkannte auch einige Gesichter, die auf dem Video von der Bürgerversammlung in Dro-sendorf zu sehen gewesen waren.

»Hure, Hostie, Hokuspokus«, schallte es aus dem Block. »Nazi-Sekte – Kopfdefekte!«

Ein Mann mit Motorradhelm auf dem Kopf fackelte einen roten Bengalo ab. Zwei Feuerwerkskörper schos-sen zischend in den blauen fränkischen Himmel.

»Das gerät hier völlig außer Kontrolle«, sagte Bettina Fuchs mit Blick auf die gezückten Schlagstöcke ihrer Kol-leginnen und Kollegen und den immer mehr Richtung Kircheneingang drängelnden Hostienverehrern.

»Tabea, Tabea!«, schrie die Masse. »Leib Christi, erlöse mich! Blut Christi, berausche mich!«

Auf der kleinen Vorterrasse der auf einer bizarren Felsformation erbauten Wallfahrtskirche St. Pankratius stand Tabea Wallner in einer weißen, leicht transparen-ten Tunika mit Dreiviertelärmeln. Darunter trug sie eine leuchtend rote, sehr schmale Satinhose. Die sechs neben ihr stehenden Sektenmänner hatten sich in weiße Anzüge gewandet, aus den Jacketttaschen lugten akkurat gefaltete rote Einstecktücher hervor. Neben den Sektenjüngern um ihre Führerin standen vier Bodyguards mit ausgeprägten Stiernacken. Die 35-stufige Treppe zum Kircheneingang hatte der sekteneigene Sicherheitsdienst mit einem dicken Seil abgesperrt. Rechts auf der Empore hatten die Universellen Blutzeugen eine große LED-Videowand aufgebaut. Sie verdeckte so teilweise das wie ein Eitergeschwür aus der Kirche zu quellen scheinende Juragestein. Tabea Wallner faltete die Hände, verbeugte sich in alle Richtungen und genoss sichtlich die Ovationen, die ihr entgegengebracht wurden.

»Durch diese Menschenmassen kommen wir nicht durch«, stellte Denzlein nüchtern fest. »Kommt, wir nehmen einen kleinen Umweg!«

Bettina Fuchs und Petra Stengl sahen sich kurz an, dann folgten sie dem Kollegen, der sich mit hoch gehaltenem Dienstausweis den kleinen Anstieg zum Gasthof, der etwas unterhalb und an der Rückseite der Kirche lag, emporkämpfte. Der Kriminalkommissar verschwand kurz in dem Fachwerkhaus und kam grinsend mit einem großen Schlüssel zurück.

»Wenn die Prophetin nicht zu uns kommt, kommen wir halt zur Prophetin!«, kalauerte er. Dann stieg er die kleine Treppe zur Kirche empor und öffnete die schwere Holztür an der Längsseite des Gotteshauses.

Die drei Beamten betraten die im Jahre 1891 errichtete Lourdes-Grotte unterhalb des Kirchenschiffs, die nur von einigen flackernden Fürbittekerzen beleuchtet wurde. Die von mächtigen Felssteinen umrahmte Marienfigur dominierte den schlichten Raum, in dem es nur eine

Gebetsbank gab. Der an der Wand angebrachten Tafel zum Gedenken an die Toten der Weltkriege schenkten die Kripo-Leute keine Beachtung. Sie quetschten sich zwei steile, düstere und schmale Wendeltreppen hoch und an einem Felsengang entlang, in dem in der Karwoche in einer verhängten Nische der Leib Christi aufbewahrt wurde. Dann gelangten sie in das lichtdurchflutete Hauptschiff mit dem imposanten Hochaltarbild, das die Aufnahme Marias in den Himmel zeigte. Einige verblüffte Sektenmitglieder, als solche unschwer an ihrer weißen Kleidung zu erkennen, versuchten vergeblich, sie daran zu hindern, durch die geöffnete Eingangspforte nach draußen zu gelangen.

»Es ist ein Wunder geschehen«, rief die selbst ernannte Prophetin mit ausgestreckten Armen der vibrierenden und vor sich hin köchelnden Menge zu. »Ein Zeichen Gottes auf eine abscheuliche Tat, die nicht ungesühnt bleiben darf!«

In knapp tausend Metern Entfernung erhob sich majestätisch die Giechburg im gleißenden Sonnenlicht.

»Der Herr hat sich in seinem Sohn offenbart, das Reich Gottes ist nahe. Bekennet euch, tuet Buße, denn an seinem Tische werden nur die Gerechten sitzen!«

Die Menge wurde unruhig. »Wunder, Wunder«, schallte es aus einem, dann aus mehreren und schließlich aus Hunderten Mündern. Es klang wie das »Thunderstruck, thunderstruck!« der »AC/DC«-Fans beim legendären River-Plate-Auftritt der australischen Rockband.

Tabea Wallner nickte einem jungen Sektenmann mit langen blonden Haaren und einem gewinnenden Gesicht zu. Er zögerte für einen Moment. So kam es zumindest Petra Stengl vor. Doch der Blick seiner Anführerin duldete keinen Widerspruch. Er ging schnellen Schrittes in die Kirche.

Die Kriminalrätin nutzte die kurze Redeunterbrechung und berührte die Sektenchefin an der linken Schulter. Die Bodyguards machten einen Schritt auf die Polizistin zu. Doch die Prophetin deutete ihnen mit einer kurzen Handbewegung an, nicht einzuschreiten.

»Was wollen Sie?«, bellte Tabea Wallner die Kripobeamtin an und stellte das Mikro ab. »Das sind die bedeutsamsten Stunden für die Universellen Blutzeugen des Herrn. Und, wenn Sie erlauben, für alle Gläubigen! Und Sie wagen es, diese heiligen Stunden zu stören!«

»Frau Wallner, es liegen durchaus ernst zu nehmende Morddrohungen gegen Sie vor. Sie sind hier nicht mehr sicher und ich würde Sie bitten …«

»Einen Moment bitte noch! Zwingen können Sie mich nicht, oder? Wir sprechen uns in zehn Minuten, ja?«

Die Sektenführerin wandte sich von Petra Stengl ab und schaltete das Mikro wieder ein. Ihr Sektenbruder reichte ihr eine goldene, mit blauen Edelsteinen verzierte Schale. Sie bedankte sich mit einem feinen Lächeln. »Wir haben diese Hostie in einer Mülltonne vor der jüdischen Gemeinde in Bamberg gefunden«, sagte sie ernst. Aus der Menge war kein Laut mehr zu hören. »Sie wurde gemartert und gefoltert, auf sie wurde eingestochen!«

»Lüge, Lüge!«, schrien die Vermummten. Sie waren jedoch kaum mehr zu verstehen, weil sie die Polizei immer weiter abgedrängt und einige inzwischen auch festgenommen hatte.

Ganz langsam griff Tabea Wallner in die Schale. Andächtig hob sie die Hostie hoch. »Und seht alle her, die noch zweifeln: Sie blutet immer noch!« Die Menge raunte. Wer die Kamera seines Handys noch nicht einge-schaltet hatte, tat es jetzt. Auf dem LED-Schirm war auch für die hinterste Reihe deutlich zu sehen, wie im Herz-schlagrhythmus Blut aus der Hostie über die Arme auf die weiße Tunika der Prophetin tropfte. Die ersten Reihen der Hostiengläubigen knieten sich nieder, weitere folg-ten. Stille. Unheimliche Stille. Die Prophetin reichte die Schale mit der blutenden Hostie an einen jungen Mann im weißen Anzug weiter.

Den dumpfen Knall hörten nur wenige. Die Kugel traf den blonden Sektenjüngling mitten in sein zu Lebzeiten noch hübsches Gesicht. Hirnmasse und Blut spritzten auf Tabea Wallner. Während um sie herum das Chaos ausbrach und die Sicherheitsleute und Kriminaler auf sie zusprangen, schlug eine zweite Kugel auf Höhe ihres Kopfes in den Türrahmen ein.

KAPITEL 21

»Mord nach Hostienwunder!«, »Tödliche Schüsse auf Blutzeugen«, »Panik nach Mordanschlag«, »Blutzeugen im Visier von Aussteigern?«, »Brutaler Sektenkrieg«, »Sektenjünger ermordet«, »Polizei kann Mordanschlag nicht verhindern«, »Prophetin: Polizei hat uns zum Abschuss freigegeben!«. Denzlein griff sich den Stapel Zeitungen, die mit ihren markigen Überschriften wie Fettaugen einer fränkischen Leberklößsuppe auf seinem Schreibtisch schwammen, und pfefferte sie in den Papierkorb.

»Verfickte Scheiße«, schrie er. »Brunzhummlblöda Blunzn!« Denzlein zerknüllte die Titelseite des »Fränkischen Tags« und warf die Papierkugel treffsicher in einen kleinen Basketballkorb an der Tür.

»Norbert, bitte«, mahnte ihn seine Chefin. »Wir sollten sachlich bleiben!« Sie wusste zwar nicht, was eine Brunzhummlblöda Blunzn war, war sich aber sicher, dass der Begriff zu den übleren fränkischen Schimpfwörtern gehörte.

»Wir sollten sachlich bleiben, wir sollten sachlich bleiben«, äffte Denzlein Petra Stengl in einem singenden Tonfall nach.

Die sah ihn streng an. Sie konnte die Wut ihres Kollegen durchaus verstehen. Sie hatten den Anschlag nicht verhindert, sie mussten sich erklären, warum sie die

Blutzeugen nicht beschützt hatten. Dass die Prophetin sich über ihre Warnungen hinweggesetzt und die anonymen Drohungen auf Facebook und Instagram gegen die Universellen Blutzeugen und ganz speziell gegen sie ignoriert hatte, schien niemanden ernsthaft zu interessieren. Und dass es nach den Schüssen zu einer Massenpanik unter Hostien-Gläubigen mit einigen Schwerverletzten gekommen war, wurde zwar nicht ihrem Dezernat, aber immerhin der Polizei angelastet. Polizeipräsident Walter Giering, normalerweise ein Virtuose in Sachen Selbstinszenierung, stand gewaltig unter Druck. Diesmal verfingen seine Charming-Attacken auf die Medien nicht. Der Fall war für sie die explosivste Mischung seit der Erfindung von Nitro und Glycerin. Und da zählte nur noch eines: »Only bad news are good news!«

»Norbert, bitte. Es reicht!« Die Kriminalrätin verdrehte die Augen.

Denzlein ruderte zurück. Ärgerlich nagte er an einem Bleistift mit dem Logo des bekanntesten Ein-Mann-Rhetorik-Instituts der Domstadt.

»Ist ja schon gut, aber diese Prophetin geht mir mit ihrer selbstgefälligen Art auf den Keks.«

Petra Stengl zupfte ihren schwarzen Rock, dessen Stoff an ihren Beinen klebte, etwas hoch und schnappte nach Luft. Obwohl es noch früh am Morgen war, knallte die Sonne schon wieder gnadenlos durch die Fenster des Polizeipräsidiums. Feine Staubpartikel flimmerten im Licht und drehten Pirouetten. Mit einer schmalen Akte fächerte sie sich Luft zu.

»Was haben wir?«, fragte sie Denzlein. »Ich will ein Flächenbombardement mit Fakten!«

»Das ballistische Ergebnis liegt vor«, erwiderte ihr Kollege beflissen. »Dieser Sektenjünger wurde von einem Projektil Kaliber .338 Lapua Magnum genau zwischen die Augen getroffen.«

»Was soll das sein? Klingt eher nach Langnese-Eis.«

»So in etwa sieht der Schädel nach diesem Treffer auch aus. Wie ein zerquetschtes Eis am Stiel.«

»Norbert, bitte!« Die Kriminalrätin hatte keine Lust auf makabre Späßchen.

»Ist doch so«, verteidigte sich ihr Untergebener. »Laut Bärbel liegt eine tödliche Schussverletzung des Schädels vor. Ein hochenergetisches Geschoss hat diesen Sektenmann Tim Mötschel zwischen die Augen getroffen, der Schädel ist zerborsten. Willst du mal das Foto sehen?«

Petra Stengl nickte. Der nackte Tote auf dem Lochblech des Seziertisches lag auf dem Bauch, der Hinterkopf fehlte fast komplett.

»Die relativ kleine Eintrittswunde und der trichterförmige Schusskanal mit dem Wegsprengen des Hinterkopfes, so deine Skalpellfetischistin, spricht für eine Militärwaffe. Zu dieser Feststellung passen auch die gefundenen Projektile.«

Petra Stengl wollte aufbrausen, ihr gefielen der Ton und die Wortwahl ihres One-Night-Stands überhaupt nicht. Das war mehr als billige Rache, weil sie ihn sich konsequent von Körper und Herz hielt. Aber sie riss sich zusammen. Sie brauchte Nobby unbedingt für die festgefahrenen Ermittlungen.

»Was haben wir noch?«, fragte sie bemüht freundlich.

Denzlein klickte auf seine PC-Maus. Auf dem Monitor erschienen Bilder eines Gewehrs mit skelettiertem Lauf. »Schau mal, so eine Waffe wurde vermutlich verwendet –

eine DAN .338, entwickelt in Zusammenarbeit mit israelischen Spezialkommandos von der IWI, der Israel Weapon Industries.«

Die Kriminalrätin sah ihren Kollegen entgeistert an. »Du meinst, diese beiden jüdischen Rheinländer, die vor dem Obst- und Gemüsestand der Sekte auf dem Grünen Markt randaliert haben und vorgestern neben uns auf dem Spezi-Keller saßen, könnten die Schützen sein?«

Petra Stengl kramte unter einem Stapel von Papieren die Anzeige hervor, die die Marktfrauen gegen die Männer wegen Sachbeschädigung erstattet hatten. Norbert Denzlein kratzte sich verlegen mit seinem Zeigefinger hinter dem rechten Ohr. Er nahm einen tiefen Schluck aus der Schabeso-Flasche. Angewidert verzog er den Mund – seine selbstgemachte Zitronenlimo schmeckte offenbar mehr als matt.

»Mike Schmitz und Jupp Timmermann sind vorher offiziell noch nie strafrechtlich in Erscheinung getreten«, räusperte er sich mit einem ordentlichen Kloß im Hals. »Von ihnen gibt es ein paar Bilder im Internet, wo sie zusammen mit irgendeiner Antifa-Gruppe gegen eine Nazi-Demo angetreten sind. Dann sind sie, ganz harmlos, vor der Musikkneipe ›Alt-Willich‹ mit ihrem Schützenzug zu sehen. Sie hatten die Mini-Demo für eine Erinnerungstafel nicht angemeldet. Die Gastwirtschaft gehörte früher einem jüdischen Dorfbewohner, der, so die Plakate, bereits 1927 für die dortigen Schützen eine Wiese kaufte, um das Willicher Festzelt aufzustellen. Einmal wurden ihre Personalien aufgenommen, weil sie mit einer Sitzblockade einen Rechten-Aufmarsch in Krefeld kurzfristig stoppten. Na ja, und auf der von ihnen betriebenen Homepage gibt es Aufrufe zu Workshops und Demos sowie zahlreiche Kommentare zu Medienberichten – das übliche Zeug halt.«

»Also, harmlos, demokratisch, rechtlich alles im Rahmen?« Die Kriminalrätin atmete auf.

Denzlein presste seine Lippen zusammen. Sein Kehlkopf rollte. »Nicht ganz. Seit gut sechs Monaten attackieren sie die Universellen Blutzeugen als Sektenfaschisten, denen endlich das Handwerk gelegt werden müsse.«

»Okay. Interessant. Aber zwischen solchen Forderungen und einem Mord liegen Welten«, versuchte Petra Stengl zunächst abzuwiegeln. Sie betrachtete ihre roten Fingernägel. Dann siegte aber doch ihre oft bewunderte und manchmal auch gehasste kriminalistische Korrektheit. »Ooooder?«, fragte sie, wobei sie das O lang zog.

Denzlein rieb sich die Nase. »Unsere beiden Pappenheimer waren bei einer hochnotpeinlichen Mossad-Aktion dabei. Das hat mir ein Schulfreund vom BND gesteckt, den ich sicherheitshalber nach den beiden gefragt habe.«

»Jaja«, reagierte seine Vorgesetzte etwas unwirsch. »Aber um was ging es?«

»Israel hatte ein U-Boot gekauft, das in Kiel in einer Werft von einem deutschen Rüstungskonzern gebaut wurde. Durch den Nordostseekanal sollte es dann vor einigen Jahren nach Israel überführt werden. Zwei Mossad-Agenten sollten vom Ufer aus das U-Boot begleiten. Sie blieben jedoch mit ihrem Ford Focus im Schlamm stecken. Eine aufmerksame Anwohnerin rief die Polizei. Die Geheimdienstler wiesen sich als Diplomaten aus. Und für die beiden im Kofferraum liegenden Maschinenpistolen zeigten sie Waffenscheine. Zusammen mit der Freiwilligen Feuerwehr zog dann ein Bauer mit seinem Bulldog den Wagen aus dem Morast. Die beiden Mossad-Leute bedankten sich mit einem feuchten Händedruck und verschwanden auf Nimmerwiedersehen. Der dortige Bürgermeister wollte die Sache aber nicht auf sich beruhen lassen. Er war stinksauer. Und schickte dem Staat Israel einen Gebührenbescheid für die Rettung aus ihrem Schlamassel über exakt 1263,01 Euro.«

»Es lebe die deutsche Bürokratie!«, sagte Petra Stengl amüsiert.

Denzlein musste schmunzeln. »Und es wird noch geiler – nach einigen Monaten hat Israel tatsächlich den Betrag überwiesen!«

Die Kriminalrätin sah Denzlein zweifelnd an. »Du willst mich auf den Arm nehmen, oder?«

»Nein, Israel hat tatsächlich bezahlt!«

»Das gibt es doch nicht. So eine Geschichte kannst du nicht mal für einen trivialen fränkischen Lokalkrimi erfinden. Dann hört selbst der treueste Fan sofort auf zu lesen!«

»Ist aber wahr. Mein Freund vom BND hat mich darauf hingewiesen. Und zahlreiche Medien haben damals darüber berichtet. Selbst in einem Bestseller über die geheimen Tötungskommandos des Mossad taucht diese unglaubliche Matsch-Posse auf.«

Die Kriminalerin wurde wieder ernst. »Okay, tolle Geschichte, Nobby. Aber was hat die mit unseren beiden Verdächtigen zu tun?«

»Mike Schmitz und Jupp Timmermann waren mit den beiden Mossad-Agenten unterwegs. Das hat die Polizei zunächst auch aufgenommen. Sie haben behauptet, die Geheimdienstler rein zufällig getroffen zu haben. Und hätten ihnen nur helfen wollen. Warum aber Männer aus dem niederrheinischen Willich sich am Nordostseekanal rumtreiben – darauf konnten sie keine schlüssige Antwort geben. Sie haben irgendwas gefaselt, dass sie ein Segelrennen begleiten wollten. So etwas hat es auf dem Kanal aber noch nie gegeben. Und die Polizei wollte auch nicht ausschließen, dass die Waffen vielleicht ihnen gehörten. Schließlich handelte es sich um das G36, ein deutsches Maschinengewehr von Heckler & Koch, das die Bundeswehr verwendet. Schmitz und Timmermann waren beim Bund. Und in ihrer Garnison sind mehrerer solcher Waffen, allerdings erst nach ihrer Dienstzeit, verschwunden. Das mag Zufall sein, doch unsere Kollegen hatten große Zweifel.«

»Lass mich raten«, sagte die Kriminalrätin. »Die Ermittlungen wurden dann sehr schnell eingestellt?«

»Genau, der BND hat Druck gemacht, der Innenminister wusste auf einmal von nichts mehr und ihre Namen verschwanden aus allen Dateien und Akten.«

»Zum Kotzen, diese Schlapphüte«, ärgerte sich Petra Stengl.

»Aber was ist mit diesem DAN, diesem Gewehr, mit dem Tim Mötschel erschossen wurde?«

»Laut Ballistik gehört das DAN .338 zu den besten Sniper-Gewehren der Welt. Zunächst wurde es von den israelischen Streitkräften und der Polizei verwendet …«

»Also doch ein Anschlag vom Mossad? Oder ein Auftrag des Mossad, den Schmitz und Timmermann dann ausführten?« Die Ermittlerin runzelte ihre Stirn.

»Nein, so einfach ist das alles nicht. Auch der britische SAS hat sich das Gewehr zugelegt. Und inzwischen gibt es die DAN überall auf der Welt. Zwischen 8.000 und

18.000 Dollar, je nach Zubehör, musst du für die Knarre hinblättern!«

»Wir sollten mal die Kontobewegungen unserer Verdächtigen kontrollieren«, murmelte die Kriminalrätin nachdenklich vor sich hin. »Du sagst, dass die DAN ein Sniper-Gewehr ist. So ein Gewehr benutzt man doch auf großen Entfernungen, oder?«

»Richtig. Die DAN soll rund 1.200 Meter weit schießen können.«

Petra Stengl konzentrierte sich. Sie versuchte, Puzzleteile zusammenzusetzen. »Mal vorausgesetzt, der Mörder ging von einem Volksauflauf bei diesem Hostien-Zirkus aus, dann konnte er es nicht riskieren, aus nächster Nähe zu schießen. Er liefe Gefahr, identifiziert oder auch gefasst zu werden. Richtig?«

Denzlein nickte.

»Darum also ein Sniper-Gewehr, mit dem er aus größter Entfernung und ungestört schießen konnte.«

Denzlein nickte wieder. »Ich ahne, worauf du hinauswillst, aber …«

Seine Kollegin war nicht zu stoppen. »Lass mich ausreden! Die Giechburg liegt etwas über einen Kilometer entfernt vom Gügel mit seiner Kirche …«

»Jaja. Und die beiden Hügel sind etwa gleich hoch. Die KTU hat zunächst auch vermutet, dass von da geschossen worden ist. Doch der Sektenjünger wurde aus relativ kurzer Entfernung getroffen. Und zwar von einem kleinen Felsen direkt hinter der zwölften Station des Kreuzweges, übrigens mit der pikanten Inschrift ›Jesus zwischen zwei Mördern stirbt am Kreuz‹.«

»Du meinst, das hat einen symbolischen Charakter? Will der Mörder uns damit etwas sagen?«

»Hhm«, knurrte Denzlein. »Auszuschließen ist das nicht. Aber tut mir leid: Die Schaltzentrale in meinem Gehirn hat totalen Stromausfall.« Schon einmal hatten die beiden Kripoleute es in einem spektakulären Ermittlungsfall in der Glücksspielbranche mit Symbolen, genauer gesagt mit Bildern von Hieronymus Bosch, zu tun gehabt, die auf die sieben angeblichen Todsünden der Opfer zu deuten schienen. Denzlein und Stengl hingen für einen Moment ihren Erinnerungen nach.

»Zwei Mörder, mit Jesus ein ans Kreuz genageltes Justizopfer, nein, das macht für mich auch keinen Sinn«, resignierte Petra Stengl. »Vielleicht war der Platz nur einfach ideal.«

»Irgendwas stimmt da nicht«, nahm Denzlein die Gedankenfäden wieder auf.

»Warum benutzt ein Scharfschütze ein Sniper-Gewehr aus kürzester Entfernung, wenn er viel sicherer von der Giechburg aus hätte schießen können?«

»Genau, Petra, das frage ich mich auch.«

»Vielleicht musste er improvisieren?«

»Wir sollten uns den Tatort noch mal ansehen.«

Den letzten Satz bekam Bettina Fuchs noch mit, die mit jugendlichem Schwung das Büro der beiden Kollegen stürmte. »Und ich habe mir noch mal das Video von der Blutattacke beim Göller in Drosendorf und das Filmmaterial vom ›BR‹ vom gestrigen Auflauf angeschaut. Der Schütze ist nicht zu sehen, die Kamera fängt hin und her schwankend erst wieder die Panik nach den Schüssen ein. Aber interessant ist, wer alles vor Ort war: der Scheßlitzer Bürgermeister Leon Wolf, ein zwielichtiger Bauunternehmer namens Alois Hut, der polizeilich bekannte Rockerpräsident Francesco Vittore vom BBB-Chapter und auch die Witwe von Willi Kürzel, diese Sarah. Sie ist in einer längeren Filmsequenz sowohl beim Göller als auch gestern in der Menge zu sehen. Dann haben wir noch den Journalisten Bert Engel. Der hat ja eine Scheißwut auf die Sekte, weil er sein Buch einstampfen musste.«

»Bert war beruflich da. Der ist doch kein Mörder!«, empörte sich Denzlein.

»Wer weiß?«, fragte Bettina Fuchs. »Wir sollten keinen ausschließen. Auch die Sektenaussteigerin und ihr Schwager Sebastian Furchner, den ihr ja schon mal in die Mangel genommen habt, tauchen beim einem Kameraschwenk für zwei Sekunden im ›BR‹-Material auf.«

»Interessant«, bemerkte die Kriminalrätin trocken. »Ich schätze mal, dass eine ganze Menge aufgebrachter Bürger bei der Hostienshow waren – und nicht nur die genannten.«

»Aber befragen sollten wir sie trotzdem«, wollte sich die junge Kommissarin ihre Ermittlungen nicht kleinreden lassen.

Petra Stengl nickte leicht. »Sind die beiden Willicher auf dem Film?«

»Nein, leider nicht«, bedauerte Bettina Fuchs mit einem gequälten Lächeln.

»Was heißt ›leider nicht‹?«, fragte ihre Vorgesetzte. Und gab sich die Antwort gleich selbst. »Welcher einigermaßen intelligente Mörder lässt sich bei dem Medienrummel schon aufnehmen? Dass sie nicht zu sehen sind, macht sie verdächtig. Wir sollten diese beiden Mossad-Freunde dringend vorladen. Vorerst als Zeugen. Sind die noch in Bamberg?«

»Ich glaube ja«, antwortete Denzlein. »Sie schlafen im Landgasthaus Heerlein in Wildensorg. Den Kollegen gegenüber haben sie angegeben, dass sie heute den 13-Brauereien-Weg angehen wollen.«

»Respekt. Sind die so fit?«

»Kommt darauf an, ob du die Wadenmuskeln oder die Leber meinst, Petra. Die saufen ihr Alt am Niederrhein aus kleinen, niedlichen Senfgläsern. Zehn Stunden Wandern traue ich den beiden in ihrem jungen Alter schon zu. Aber 13 Seidla ist auch für einen fränkischen Kampftrinker eine gewaltige Ansage. Bei den meisten ist der Durst dann doch größer als die Wanderlust – und sie belassen es bei einer kleinen, aber intensiven Runde durch die fränkische Toskana.«

»Sind Mörder und Mossad-Mitarbeiter so abgebrüht, dass sie auf Bierwanderung gehen? Oder sich mit euch auf dem Spezi-Keller volllaufen lassen?«, hinterfragte die Kriminalrätin die bisherige Ermittlungsdiskussion.

»Wer weiß?«, antwortete Denzlein mürrisch. »Möglicherweise saßen sie gar nicht zufällig da, sondern wollten uns beobachten?«

»Na ja«, wog Petra Stengl ab, »woher sollten sie von unserem Treffen wissen? Manchmal gibt es halt Zufälle. Und Bamberg ist letztendlich ein Dorf, wo man sich immer irgendwo über die Füße läuft.«

»Der Mörder könnte aber auch ein Profi sein. Selbst über die relativ kurze Entfernung war das ein wahrer Meisterschuss. Genau zwischen die Augen. Wilhelm Tell oder der Schakal hätten es nicht besser machen können.«

»Nur dass der alte Freiheitskämpfer einen Apfel durchbohrt hat und der Schakal trotz präziser Vorbereitungen Charles de Gaulle verfehlte. Wie übrigens auch unser Schütze die Prophetin.«

»Hm«, brummte Denzlein. »Vielleicht ging es ihm vor allem darum, irgendeinen aus dem Führungsstab zu töten. Einfach um ein Zeichen zu setzen.«

»Auch sein zweiter Schuss hat die Prophetin verpasst«, stellte seine Chefin sachlich fest.

»Wenn auch äußerst knapp, zwei, drei Zentimeter nach rechts, und die Gute säße schon da, wo sie die ganze Zeit hinwill! Und wenn es erlaubt ist, sollten wir uns auch mit der Frage beschäftigen, ob die beiden Willicher nicht auch für den Tod des früheren Sekten-Vize verantwortlich sind.«

»Du meinst, die ganze Führungsriege der Sekte sollte ausgeschaltet werden?«

»Tabula rasa machen, würde mein alter Lateinlehrer sagen.« Denzlein lehnte sich zurück. Langsam zog er sich seine abgelaufenen Jesus-Sandalen aus und streckte seine Füße in das ehemalige Aquarium unter seinem Schreibtisch. Er hatte das letzte Wort gehabt.

KAPITEL 22

Petra Stengl und Norbert Denzlein quälten sich die endlos scheinenden Stufen eines aus dem 19. Jahrhundert stammenden Altbaus im Bamberger Osten empor. Ursprünglich war die heruntergekommene Immobilie mal die schmucke Villa eines erfolgreichen Unternehmers gewesen. Seit ihrem Verkauf nagte jedoch der Zahn der Zeit unerbittlich an ihr. Der bröckelnde Putz an den Wänden, die verblassenden Farben und die notdürftig nachgebesserten Tür- und Fensterrahmen ließen Rückschlüsse auf den Zustand der acht Mietwohnungen zu, in der das ursprünglich herrschaftliche Haus zwecks Gewinnmaximierung wie Schweine im städtischen Schlacht- und Viehhof zerteilt worden war. Nur: Es fehlten die Filetstücke. Aus einem aufgehängten Klein-Venedig-Puzzle hatten sich Teile selbstständig gemacht und hässliche, mit altem Alleskleber versehene Lücken hinterlassen. Dielen und Treppenabsätze knarrten bei jedem Schritt. Es roch nach Sauerkraut, Zigarettenqualm, aggressiven Putzmitteln und Hoffnungslosigkeit. Plastiktüten mit leeren Bier- und Schnapsflaschen lungerten neben zerschlissenen Fußmatten herum – in der vagen Hoffnung, irgendwann einmal mitgenommen zu werden. Einige Grünpflanzen auf den heruntergekommenen Fenstersimsen, die wohl mal weiß gewesen sein mussten, hatten ihren Kampf gegen die Trockenheit längst aufgegeben. Wie Mahnmale des Todes sprachen sie den Bewohnern und ihren wenigen Bekannten, die noch die Kraft für einen Besuch besaßen, ihr Beileid aus. Trotz des desolaten Zustandes der Schrottimmobilie waren alle Wohnungen vermietet – die grassierende Wohnungsnot in Bamberg und die damit einhergehende Mietpreisexplosion machten auch den letzten Verhau zu einer wahren Goldgrube.

»Warum leben eigentlich Freunde und Verwandte in Miethäusern immer in der obersten Etage?«, stöhnte Petra Stengl. Schweiß rann ihr zwischen den gebräunten Schulterblättern hinunter.

»Murphys Gesetz gilt auch beim Wohnen: Alles, was schiefgehen kann, geht auch schief«, witzelte Denzlein. Dabei war ihm gar nicht nach Lachen zumute. Er ahnte, nein, er glaubte auch schon zu wissen, was in wenigen Sekunden auf ihn zukommen würde. Zu wirr, zu bizarr, zu laut, zu aggressiv war der Telefonanruf seiner Tochter gewesen. Sie hatte ihn durchs Handy angebrüllt, sie wolle der Polizei helfen. Ob er das denn nicht verstehen könne, verdammt noch mal! Sie würde den größten Kriminalfall in der Bamberger Geschichte aufdecken. Nur sie. Er solle darum gefälligst vorbeikommen. Am besten mit seiner Chefin. Denn die würde sie voll verstehen. Genau. Und als er leise fluchend die letzten Stufen zu ihrer Wohnung bewältigte, war ihm, als ob er mit baumelnden Armen ohne jeden Selbstschutz in den finalen Schlag eines Boxers hineinlaufen würde. Aber ihn erwartete kein körperlicher Knock-out, sondern ein psychischer. Und dass er sich nach all den Tiefschlägen, die ihm seine Tochter in den vergangenen acht Jahren versetzt hatte, von einem solchen Hammer je erholen würde, bezweifelte er.

Daniela stand in der Tür. Fahrig strich sie sich durch ihre blonden und ungekämmten Haare. Ihr schmaler Körper, der in einem blaugrauen, viel zu weiten Trainingsanzug steckte, schaukelte unruhig hin und her. Harte Rockbässe schossen ungebremst aus ihrer Wohnung ins Treppenhaus. Auf dem Tiefpunkt ihrer Drogenkarriere vor einigen Monaten hatte Denzlein sie mit Petra Stengl in der Psychiatrie in St. Getreu besucht und erlebt. Denzlein hatte sich über die Empathie gewundert, die seine sonst so coole Chefin ihm, aber auch seiner Tochter entgegengebracht hatte. Petra hatte wohl gespürt, wie sehr ihn die Sucht der Tochter belastete. Damals wirkte Daniela – schwer gezeichnet von ihrer Crystal-Meth-Abhängigkeit – mit ihren dunklen, tiefen Augenhöhlen, ihren dürren Beinchen und ihrer pergamentartigen Gesichtshaut, die über und über mit rostbraunen Quaddeln und aufgekratzten Stellen übersät war, wie ein Zombie aus »The Walking Dead«. Am und im Leben gescheitert, dahingerafft von der Sucht, mühsam wieder von den Ärzten erweckt, aber letztlich ein willenloses Irgendwas mit nur noch rudimentären Resten einer menschlichen Seele. Nach Monaten stationärem Aufenthalt in einem sozialtherapeutischen Zentrum im oberbayerischen Bischofswiesen bei Bad Reichenhall mit einem Rückfall, der sie fast das Leben gekostet hatte, war Daniela entlassen worden. Sie zog es, sehr zu Denzleins Ärger, sofort zurück nach Bamberg, zu ihren alten Freunden, ihrem Bekanntenkreis aus Junkies, Kleindealern, Frührentnern und Gelegenheitsprostituierten. Zwei, drei Monate schien sie sich gefangen zu haben. Mit seiner Hilfe fand sie die Unterkunft, richtete sich den Umständen entsprechend neu ein, legte wieder mehr Wert auf ihr Äußeres und nahm ein paar Kilo zu. Denzlein hatte jedoch dem Frieden nicht getraut. Zu oft war er enttäuscht worden, zu oft hatte er den Eindruck, als letzter Rettungsanker missbraucht zu werden, wenn Daniela wieder einmal aus einer ihrer zahlreichen Wohnungen geflogen war, wenn sie tobte, sich verfolgt fühlte, das Mobiliar zerschlug, sich von angeblichen Freunden bestehlen und benutzen ließ. Die vergangenen Monate bestärkten seine schlimmsten Befürchtungen. Sie hatte die ihr verschriebenen Neuroleptika gegen ihre Psychose eigenmächtig abgesetzt, denn, so ihre wirre Begründung, mit diesem Chemiezeug würden die Ärzte versuchen, sie umzubringen, weil sie zusammen mit dem französischen Staatspräsidenten einer riesigen Verschwörung auf der Spur sei.

»Hallo, Papa, schön, dass ihr gekommen seid«, begrüßte Daniela die beiden Ermittler. Sie umarmte ihren Vater kurz. Denzlein zögerte einen Moment, die Umarmung zu erwidern. Dann tat er es doch. Sein Blick blieb am zersplitterten Holz der Tür hängen.

»Das waren die Scheißbullen!« Danielas Stimme wurde immer schriller. »Die Schweine haben noch nicht mal geklingelt, sondern die Tür einfach aufgetreten!« Sie stürmte ins Wohnzimmer und drehte die alte Stereoanlage noch lauter auf. »Shoot out all of your lights«, rotzte Lemmy von »Motörhead« den Kriminalern entgegen. Voller Wut trat Daniela gegen die mit Tabakresten übersäte Couch.

»Kannst du mal die Anlage leiser drehen?«, versuchte Denzlein, seine Tochter zu beruhigen. »Man versteht ja sein eigenes Wort nicht. Die Kollegen treten ja nicht ohne Grund einfach eine Tür ein.«

Petra Stengl nickte. »Erzähl doch mal, was passiert ist.«

Daniela unterbrach für einen Moment ihr an Hospitalismus erinnerndes Hin-und-Her-Laufen durch die Wohnung. Sie baute sich vor ihrem Vater auf. »Du glaubst noch nicht mal deiner Tochter? Die haben die Tür einfach eingetreten. Ich werde sie anzeigen. Das gibt einen ganz großen Skandal. Ich mache sie fertig, diese Schweine!«

»Was hat denn die Polizei von dir gewollt?« Die Kriminalrätin sprach bewusst ruhig. Sie legte Denzleins Tochter die rechte Hand beschwichtigend auf die Schulter.

»Von mir nichts. Die haben nur ein paar Krümel Shit gefunden. Den brauche ich, um herunterzukommen. Genau. Die Joints tun mir gut. Das ist Natur pur und nicht so ein Dreckszeug von der Pharmaindustrie. Die verkauft Medikamente, deren Nebenwirkungen uns krank machen. Krank machen! Versteht ihr? Krank machen! Gegen diese Nebenwirkungen hat sie dann noch weitere Medikamente im Angebot, um noch mehr Geld zu verdienen!« Daniela tigerte wieder unruhig durch den Raum. Ihr Nacken spannte sich sichtbar, ihre Augen verengten sich und fixierten einen imaginären Punkt im Zimmer. »Gewinnmaximierung! Gewinnmaximierung!«, brüllte sie voller Verachtung.

»Und woher weißt du das alles?«, rutschte es Petra Stengl heraus. Denzlein warf ihr einen warnenden Blick zu. Doch es war zu spät.

»Das habe ich studiert. Im Internet. Ich habe den totalen Durchblick. Mit der ganzen Wissenschaft und so. Ich stehe mit Macron in Kontakt. Wir werden bald die Bombe platzen lassen. Was schaut ihr mich so blöde an? Ihr seid doch nur Schlafschafe ohne Ahnung. Ihr blökt doch nur das nach, was die Herrschenden euch vorgeben.«

»Daniela, komm runter!«, lenkte Denzlein von der Weltverschwörung ab. »Was haben die Kollegen von dir gewollt?«

»Von mir nichts, verdammt noch mal. Ich bin eine rechtschaffene Bürgerin. Das weißt du ja. Aber die haben einen Freund von mir festgenommen. Der wurde gesucht. Aber das habe ich nicht gewusst. Wir wollten nur ein bisschen kiffen.«

»Und wann war das?«

»Vor ein paar Wochen oder so!«

In Denzlein krochen Schuldgefühle hoch. Seit zwei Monaten hatte er keinen Kontakt mehr mit seiner Tochter gehabt. Auch auf ihre Handyanrufe hatte er nicht mehr reagiert, sah man mal von dem gestrigen Telefonat ab. Er konnte diese aggressive Mischung von Verschwörungsgefasel, Drogenstorys und Psychose-Ausbrüchen einfach nicht mehr ertragen. Er hatte versucht, seine jahrelange Co-Abhängigkeit zu leugnen, doch Daniela hatte ihn, wie jeder Suchtabhängige, manipulativ immer wieder dazu gebracht, Geld zu geben, Wohnungen zu besorgen und selbst alltägliche Dinge für sie zu übernehmen. Und wenn er dies nicht tat, weil er dem Trichter, in den ihn Daniela immer tiefer hineinzog, entkommen wollte, hatte sie ganz auf die emotionale Karte gesetzt und ihn gefühlsmäßig erpresst. So empfand er zumindest ihre Vorwürfe.

»Und?«

»Die haben ihn mitgenommen und meine ganze Wohnung durchsucht. Und auch meine Psychiatrie-Akten einkassiert. Dürfen die das eigentlich?«

»Moment mal, welche Psychiatrie-Akten?« Denzlein schwante Böses.

»Ich war doch wieder in St. Getreu, aber das hat dich ja nicht interessiert«, schimpfte seine Tochter. »Dich hat noch nie etwas in meinem Leben interessiert. Wann verstehst du das endlich? Geld ist keine Liebe! Wenn man ein Kind in die Welt setzt, dann hat man sich, verdammt noch mal, auch um das Kind zu kümmern. Ein Leben lang. Was ist daran nicht zu verstehen?«

»Moment mal! Du bist jetzt 27 Jahre alt. Du bist kein Kind mehr.«

»Kein Kind mehr, kein Kind mehr«, äffte Daniela immer lauter werdend ihren Vater nach.

»Warum warst du wieder in St. Getreu?«

»Eine Nachbarin, so eine blöde Schlampe, hat die Polizei gerufen, weil ich angeblich zu laut Musik gehört habe. Dabei höre ich Musik nur in Zimmerlautstärke!«

»Wegen zu lauter Musik wird man aber nicht in die Nervenklinik eingeliefert«, schaltete sich Petra Stengl in die Auseinandersetzung zwischen Vater und Tochter ein. »Da muss schon ein konkreter Grund vorliegen.«

Daniela schwieg. Gedankenverloren spielte sie mit einem kleinen Kreuz, das an einer schmalen Silberkette um ihren Hals hing. »Angeblich soll ich einen Blumentopf aus dem Fenster geworfen und die anderen Mieter bedroht haben«, bequemte sich Daniela zu sagen.

»Und? Hast du?« Denzlein sah seine Tochter sorgenvoll an.

»Nein, natürlich nicht. Wo denkst du hin? Ich habe mich freiwillig einliefern lassen. Ich habe keinen Widerstand geleistet.«

Denzlein musste sich eingestehen, dass er seiner Tochter kein Wort glaubte. Trotz ihrer Drogeneskapaden hatten sie früher ein gutes Vertrauensverhältnis gehabt.

Daniela war offen, zuweilen brutal offen zu ihm. Von dieser Offenheit war jedoch nichts mehr übrig geblieben. »Und das ist der größte Kriminalfall in der Geschichte Bambergs, den du aufgedeckt hast?«

Seine Tochter starrte ihn an. »Ich werde mit dem Tode bedroht«, schrie sie. »Trotzdem werde ich die Straftat vereiteln!«

»Eins nach dem anderen – wer bedroht dich?«

»Dieser Holger!«

»Wer ist das?«

»Den habe ich in der Geschlossenen kennengelernt. Am Anfang war der auch ganz nett. Hat mir Geld gepumpt für meine Kippen. Dich konnte ich ja nicht erreichen, du kümmerst dich ja einen Scheißdreck um mich! Und mit der Knete konnte ich mir ja auch mal eine Pizza oder Gyros liefern lassen. Mit dem täglichen Fraß da wollen die dich vergiften. Verstehst du: vergiften!« Daniela trat erneut gegen die Couch.

Denzlein musste schlucken. Es fiel ihm schwer, weiter ruhig zu bleiben. Sein kleiner rechter Finger zuckte. Das tat er immer, wenn ihn eine Situation überforderte. »Und warum will dich dieser Holger umbringen?«

Daniela starrte ihn mit übergroßen Pupillen an. Sekunden vergingen. Denzlein kannte solche Drogenaugen.

»Du bist wieder drauf?«, rutschte es ihm heraus. »Koks, Crystal, Pico oder ein anderes Amphetamine-Zeug?«

»Ich hab nur ein bisschen Badesalz genommen. Ich wollte das ganze Zeug halt testen.«

»Welches Zeug?«, fragte Denzlein. Eigentlich wollte er die Antwort gar nicht hören.

Für einen Moment senkte Daniela verlegen den Blick, um dann aber mit lauter Stimme fortzufahren. »Wir

haben es geklaut, aber ich wollte das Zeug zurückbrin-
gen. So eine verfickte Menge kannst du nicht verticken,
das fällt auf. Aber Holger will viele Paras machen und
mich abstechen, wenn ich nicht tue, was er sagt.«

»Paras?«

»Geld, Papa. Para. Paras. Du bist doch noch nicht so
alt, um langsam zu verwesen.«

»Also, mal langsam. Ihr habt euch das angebliche Badesalz rechtswidrig angeeignet?« Denzlein verfiel in ein
halbamtliches Paragrafendeutsch. »Wem habt ihr das
Rauschgift weggenommen?«

Daniela lachte dreckig auf. »Weggenommen, haha, der
Witz ist gut. Den muss ich mir merken. Holger ist bei
eurem Pferdeschwanzträger, diesem Blaustedel, eingebro-
chen. Ich habe nur Schmiere gestanden. Holger ist also
rein und hat den Schrank aufgebrochen und den kleinen
Tresor, in dem das Zeug war, in seinem Rucksack mitgenommen. Ein paar Kilo Kräutermischung, dazu noch
Koks und ein bisschen Crystal. War ganz einfach, der
hatte sich ja im Knast vom irdischen Acker gemacht und
seine Olle ist ja noch auf Malle!«

Petra Stengl runzelte ungläubig die Stirn. »Sorry,
Daniela, ich glaube dir kein Wort. Wir haben die Wohnung des Tatverdächtigen in Scheßlitz auf den Kopf
gestellt. Nach seiner Verhaftung und vor seinem Selbstmord in der JVA. Und wir haben nichts gefunden …«

Denzleins Tochter starrte sie mit ungläubigen Augen
an. »In Scheßlitz? Was seid ihr blöd! Der hatte sein Zeug
doch nicht in Scheßlitz, sondern bei seiner Ex-Frau in
Gereuth gebunkert. Obwohl sie geschieden waren, haben
die weiter zusammen gedealt.«

Petra Stengl ärgerte sich offenbar. Bis auf einige Einträge in der Kriminalakte wegen kleinerer Rauschgiftdelikte war der Sektenmann sauber. Bei den Ermittlungen gegen Blaustedel wegen des Attentats auf den Erzbischof hatten sie dessen Dealer-Vergangenheit wohl nicht genug beachtet. Ein unverzeihlicher Fehler. »Und woher wusstest du, dass er Rauschgift vertickt?«

»Ich habe manchmal bei ihm etwas gekauft«, murmelte Daniela. Dann wurde sie wieder lauter: »Da ist doch nichts dabei, oder? Rauschmittel sind so alt wie die Menschheit. Die Neandertaler haben Pilze und Beeren genommen, um sich mal wegzuschießen – und ihr sauft euch an jedem Wochenende zusammen, um endlich mal Sex zu haben!«

»Daniela, hör auf mit einem solchen Scheiß!« Denzlein ärgerte sich über die Rechtfertigungsversuche seiner Tochter.

»Ist schon gut«, fiel ihm Petra Stengl ins Wort. Sie wandte sich an Daniela. »Kannst du uns das Rauschgift zeigen?«

Denzleins Tochter nickte, dann langte sie umständlich unter die Couch und zog mit einiger Mühe einen großen blauen Müllbeutel hervor. »Ich will Straffreiheit«, sagte sie. »Schließlich hat mich Holger bedroht und ich gebe euch das geklaute Zeug zurück.«

»Das entscheiden nicht wir, sondern die Staatsanwaltschaft«, stellte Denzlein fest. Er nahm den Müllbeutel und schüttete den Inhalt auf dem mit alten Reklameblättern übersäten Wohnzimmertisch aus. Hunderte silberne Päckchen mit dem Bild einer nackten Brünetten, die sich auf einer weißen Wolke rekelte, purzelten wie Herbstlaub übereinander. »Cloud 69«, las der Kommissar. »Nicht für den menschlichen Verzehr geeignet!«

Die Kriminalrätin durchzuckte ein Erkenntnisblitz. »Das ist doch das gleiche Zeug, das laut Bärbel dem ehemaligen Sektenvize Kürzel vor seinem angeblichen Suizid in den Fuß gespritzt wurde!«

»Wenn wir das labortechnisch nachweisen können, dann haben wir mit dem Blaustedel einen Hauptverdächtigen oder zumindest einen Helfershelfer!«, schlussfolgerte Denzlein. »Die enthauptete Leiche war keine Selbsttötung, sondern Mord. Da lege ich mich fest.«

»Dumm nur, dass wir den Hauptverdächtigen nicht mehr befragen können. Aus Six Feed Under bekommst du keine Antwort.«

»Und die beiden Niederrheiner sind zumindest in dieser Sache aus dem Schneider?«

»Sieht so aus. Ich muss meine ursprüngliche Theorie wohl revidieren. Wir müssen sie befragen, wenn wir sie haben.«

Daniela ließ sich auf die Couch plumpsen. Sie konnte der Unterhaltung nicht folgen. Eine blaugrüne Schmeißfliege versuchte, auf einem Pickel auf ihrer linken Wange zu landen. Kraftlos verscheuchte Daniela das Insekt.

»Hhm«, brummte Denzlein. »Aber bei der Sekte können wir vielleicht doch noch etwas Staub aufwirbeln.«

Petra Stengl stopfte die Päckchen wieder in den Müllbeutel. Sie wandte sich an Daniela. »Wir nehmen das Zeug mit. Ist das alles?«

»Ja«, quetschte sie zwischen ihren gelben Zähnen heraus. »Aber zwei, drei Beutel könnt ihr mir doch dalassen, oder? Ich habe euch schließlich geholfen …«

»Merkst du eigentlich noch was?«, brüllte Denzlein los. Seine Halsadern schwollen an und sein Nacken versteifte sich. Er begann, am ganzen Körper zu zittern.

»Beruhige dich, Nobby!« Petra Stengl tätschelte seine Schulter. »Komm, lass uns gehen. Sprecht euch mal bei einer anderen Gelegenheit aus.«

Als die Tür zufiel, sprang Daniela auf und bückte sich. Ein glückseliges Lächeln durchzog ihr Gesicht. Vier heruntergefallene Päckchen hatten ihr Vater und seine Vorgesetzte nicht bemerkt. Die nächsten Tage waren gerettet. Die Schmeißfliege klatschte wütend gegen das geschlossene Fenster.

KAPITEL 23

Die Kriminalrätin stand mit Norbert Denzlein vor der Kirchentür der Gügel-Wallfahrtskirche. Die rot-weißen Absperrbänder des Tatorts hingen in der heißen Sonne schlaff herunter. Die 33 Stufen zum Kreuzweg glühten wie Saunasteine. Die Temperaturen kletterten jeden Tag unerbittlich nach oben und hatten schon längst die 35-Grad-Marke gesprengt. Meteorologen rechneten in den Morgennachrichten damit, dass in den nächsten Tagen sogar der seit 2015 gültige fränkische Hitzerekord, den der Weinort Kitzingen mit 40,2 Grad hielt, geknackt werden könnte.

Denzlein rieb sich mit dem Handrücken den Schweiß aus seinen Augen. Ein aussichtsloses Unterfangen. Das Brennen verstärkte sich. Er kramte ein Tempo aus einer lässigen grauen Dreiviertelhose hervor, spuckte hinein und wiederholte den Vorgang. »Eine Bullenhitze«, schimpfte der Kommissar. »Nichts gegen einen anständigen Sommer. Aber too much is too much!«

»Ja, Mutter Natur rächt sich für das, was wir ihr antun«, dozierte seine Chefin. »Waldsterben, Rinderwahn, Schweinepest, SARS, Ebola, Klima-Erwärmung – sie weiß ihre Waffen zu nutzen. Wer weiß, was noch kommt?«

»Zum Glück haben wir bisher immer noch die richtige Antwort gefunden«, bemerkte Denzlein. »Und alles überlebt!«

»Wir schon. Aber einige leider nicht. Bill Gates meinte vor einigen Jahren, dass Ebola nicht in größeren Städten gewütet habe, sei reiner Zufall gewesen. Unsere Gesundheitssysteme seien schlecht auf Pandemien vorbereitet. Und nicht etwa Atomwaffen würden Millionen Menschen in Zukunft töten, sondern hochansteckende, bisher unbekannte Viren.«

»Na ja. Bill Gates ist Milliardär, aber kein Mediziner!«

Die Kriminalrätin setzte sich ihre ovale Sonnenbrille auf. Sie warf einen kurzen Blick auf das modische Outfit ihres Kollegen, dessen Hawaiihemd mit farbenfrohen Papageien, grünen und blauen Palmen sowie orangefarbenen Blüten bedruckt war. »Gut, dass du nicht auch noch weiße Socken zu deinen Jesus-Latschen angezogen hast!«

»Also komm, das würde ich nie tun«, verteidigte sich Denzlein. Er hatte ihren skeptischen Blick bemerkt. »Und Hawaiihemden sind modisch wieder schwer im Kommen.«

»Eine der dienstlichen Lage angepasste Zivilkleidung ist das jedenfalls nicht!«

Denzlein spielte an den auffallenden Knöpfen aus Kokosnuss. »Hundert Prozent Baumwolle. Atmungsaktiv. Lässig weiter Schnitt. Waschbar bei 40 Grad. Passend für Strand, Party, Männerabende, Junggesellenabschiede.«

»Hast du das auswendig gelernt?«, foppte sie ihn weiter. »Das Letzte, was ich auswendig gelernt habe, war ein Auszug aus der Ars amatoria, der Liebeskunst von Ovid, eine Art Kamasutra der römischen Antike. Unser Latein- und Philosophielehrer war nämlich so ein Römer-Liebhaber. Und der stand darauf, uns arme Schülerinnen zu schocken. War vermutlich einfacher,

als Steine auf das Springer-Haus zu werfen und Liefer-
wagen anzustecken.«

Am verblüfften Gesicht ihres Untergebenen, das
durchaus in die Kategorie ungelöstes Kreuzworträtsel
gepasst hätte, bemerkte Petra Stengl, dass sie im Begriff
war, zu viele Einblicke ins Private zuzulassen. Sie riss sich
zusammen und wurde wieder dienstlich. »Der Mörder
konnte mit dem Sniper-Gewehr nicht von der Giechburg
aus schießen«, sagte sie.

Beide warfen keinen touristischen, sondern einen kri-
minalistischen Blick auf die in einem Kilometer entfernt
sichtbare Ruine.

»Ja, du hast recht, Petra! Die Bäume hier sind jetzt zu
dicht belaubt. Da hast du kein freies Schussfeld!«

Die Kriminalrätin blätterte in einem Heftchen des orts-
ansässigen Tourismus-Verbandes und zeigte auf ein Foto.
»Siehst du? Hier ist noch ein ungestörter Blick von der
Giechburg auf den Hügel möglich.«

»Unser Täter, oder vielleicht auch die Täter, mussten
also kurzfristig umdisponieren?«

»Sehe ich auch so. Vielleicht wurde die Waffe im Frühjahr oder noch früher gekauft. Und als es dann so weit
war, ergab sich das Problem mit dem eingeschränkten
Schussfeld.«

»Also doch keine Profis?« Denzlein runzelte die Stirn.

»Wer weiß?«

»Die Tatwaffe ist jedenfalls eine Waffe, die Profis
benutzen.«

Beide Kriminaler schritten nachdenklich die Treppe
hinab. Vor der zwölften Station des Kreuzweges mit
dem sich dahinter erhebenden und mit dichtem Efeu
bewachsenen Felsvorsprung blieben sie stehen. »Von dort

oben wurden die zwei Schüsse abgegeben«, sagte Denzlein. »Und in der anschließenden Panik hat wohl keiner bemerkt, wie der Schütze herabgeklettert ist.«

»Vielleicht hat er doch mit dem Chaos irgendwie spekuliert. Die DAN ist ja auch einklappbar und somit gut unter einem weiten Hemd oder Sakko zu verstecken«, folgerte Petra Stengl.

»Er?«, fragte Denzlein.

»Ist schon gut. Ich weiß, was du meinst. Kann natürlich auch eine Frau gewesen sein. Aber muss nicht ein Profi aus dieser Entfernung – und das sind ja mal gerade 50 Meter Luftlinie – besser treffen?«

»Er oder sie hat doch getroffen …«

»Ja, aber nicht die Prophetin. Und auch der zweite Schuss saß nicht. Das spricht gegen deine Profi-Theorie!«

Denzlein ließ den Einwand auf sich wirken. Petra hatte recht. Irgendwas passte nicht bei diesem Mordanschlag. Er hob ein rot-weißes Flatterband hoch und kletterte auf den kleinen Felsen, von dem aus laut KTU die beiden Schüsse abgegeben wurden.

»Und?«, fragte die Kriminalrätin.

»Gut ausgewählte Schussposition. Man kann im Liegen schießen. Und besonders auffällig wäre eine Person hier oben bei der Masse von Leuten auch nicht gewesen. Die sind ja überall hochgeklettert, selbst auf die Mietklos, die Bänke und auf die Geräte des Kinderspielplatzes, um eine möglichst gute Sicht auf die Prophetin mit ihrer blutenden Hostie zu haben. Einer hing sogar wie ein Affe auf dem Holzkreuz hier.«

Petra Stengl ließ ihren Blick über den Parkplatz und den Kinderspielplatz mit Brotzeittischen unterhalb der Kirche schweifen. Rund 20 mobile Toilettenanlagen standen jetzt einsam auf dem Platz, wo sich gestern noch die Massen gedrängelt hatten. »Das Hostienwunder war organisatorisch bestens geplant, da wurde nichts dem Zufall überlassen«, sagte sie zu Denzlein hinauf. »Selbst die dringendsten Bedürfnisse konnten befriedigt werden.«

Denzlein lachte. »Hast du die Aufkleber auf den Pinkel- und Scheißbuden gesehen?«

»Ihr Geschäft ist unser tägliches Brot!« Petra Stengl grinste. »Auf einen solchen Spruch kann nur ein Franke kommen. Hoffentlich nehmen der Chef und seine Mitarbeiter die Werbebotschaft nicht allzu wörtlich!«

»Ich steige, glaube ich, nach meiner Zeit als Kommissar bei denen als Marketingleiter ein. Wie wäre es mit weiteren Botschaften ans ausscheidende Volk? Wie etwa: Wir lassen uns gerne bescheißen! Oder: Ihr Strahl – kein Griff ins Klo! Noch besser: Piss-Ooh-Aah – die befreiende Lösung für Ihren Druck!«

Die Kriminalrätin lachte laut auf. »An dir ist ja ein echter Narr verloren gegangen!«

»Vor einigen Jahren habe ich wirklich mal eine Büttenrede beim Fasching in Memmelsdorf gehalten!«

»Und da oben bei dir auf dem Felsen hat man die Zigarettenkippe gefunden?« Petra Stengl wurde wieder dienstlich.

»Ja, die DNA soll uns heute noch vorliegen. Vielleicht spuckt der Computer mal einen Hinweis aus.«

Als er vorsichtig den Felsvorsprung hinunterklettern wollte, sah er eine schwarze Audi-Limousine und zwei weiße SUVs, die sich mit hoher Geschwindigkeit dem Parkplatz vor der Kapelle näherten. Staub wirbelte auf, Splitt stob durch die Luft, Türen wurden aufgerissen und sechs kräftige Männer bildeten einen schützenden Kokon um die Prophetin, die zusammen mit einem Jünger, dessen Haare zu einem Dutt zusammengesteckt waren, zielstrebig auf die beiden Kriminaler zueilte.

»Achtung, Sekten-Tsunami«, warnte Denzlein, während er sich mit den Händen abstützend mit einem kleinen Hopser auf den schmalen Kreuzweg sprang. Er schlug seine Handflächen gegeneinander, um sich des Drecks zu entledigen.

Petra Stengl lächelte der sich nahenden Sektenführerin mit süßsaurer Miene entgegen. Sie wusste, was jetzt kam.

»Wenn der Berg nicht zur Prophetin kommt, muss die Prophetin wohl zum Berg kommen«, fuhr Tabea Wallner die beiden Ermittler mit einem aggressiven Unterton an.

»Geht das Sprichwort nicht andersherum?«, konterte Denzlein.

Petra Stengl versuchte, ruhig zu bleiben. »Grüß Gott, Frau Wallner. Was können wir für Sie tun?«

»Das fragen Sie noch? Auf mich wird ein Mordanschlag verübt, einer meiner engsten Mitarbeiter wird von Juden getötet, unsere Fassaden werden mit Hetzparolen beschmiert, ich werde von einem Irren mit einer Blutbombe beworfen. Unser Verkaufsstand am Grünen Markt wird von Judenbengels im Auftrag des Mossad zusammengetreten. Und Sie wagen es wirklich noch zu fragen, was Sie für mich tun können? Bringen Sie die Täter endlich hinter Gitter, machen Sie Ihre Aufgabe. Und beschützen Sie endlich mich und meine Leute.«

»Das haben wir versucht, doch Sie wollten ja gestern lieber Ihren Hostienzirkus abziehen. The Show must go on, oder?«

»Seien Sie bloß vorsichtig, was Sie sagen«, drohte Tabea Wallner. »Sie kommen Ihren Dienstpflichten nicht nach. Das gilt auch für Ihren Kommissar da. Alle Tatverdächtigen konnten wieder gehen und laufen frei herum, so als sei nie etwas passiert. Stattdessen torpedieren Sie mich und meine Gefolgschaft schon seit Tagen mit unverschämten Fragen. Sie werden von unserem Anwalt hören. Ich werde eine Dienstaufsichtsbeschwerde einreichen.«

Die Kriminalrätin lächelte kalt. »Wissen Sie, wie oft mir schon mit so etwas gedroht wurde? Nur zu. Machen Sie, was Sie nicht lassen können!«

»Das werde ich tun«, zischte die Sektenführerin.

»Wie erklären Sie sich eigentlich, dass Ihr Mitglied Blaustedel das gleiche Rauschgift verkauft hat, das Ihr enthaupteter Stellvertreter Wilhelm Kürzel im Blut hatte? Eine unauffällige Injektion in den Fuß mit ›Cloud 69‹ – und schon nimmt der Sektenaussteiger den Highway to Hell und jagt seinen Wagen gegen eine einsame Scheune. Merkwürdig, oder?«

»Ich weiß nicht, wovon Sie sprechen. Ich kenne kein ›Cloud 69‹. Und nach meinem Kenntnisstand hat sich Wilhelm umgebracht. Ich habe mit seinem Freitod nichts zu tun.«

»Ermitteln Sie eigentlich oder geben Sie sich lieber genüsslich Ihren Vorurteilen gegenüber den Universellen Blutzeugen des Herrn hin?«, mischte sich der junge Begleiter der Sektenführerin in die Auseinandersetzung ein. Zorn flog über sein hübsches Gesicht.

»Darf ich fragen, wer Sie sind?« Denzlein trat einen Schritt vor.

»Das ist mein neuer Stellvertreter Marcel«, erklärte Tabea Wallner. »Er ist schon lange bei uns, ein treuer

Diener der Universellen Blutzeugen des Herrn. Ich schätze mich überaus glücklich, dass Gott mir bei meiner Auswahl geholfen hat. Marcel verfügt über außerordentliche Fähigkeiten!«

Der Kommissar zeigte sich unbeeindruckt. »Was heißt hier Vorurteile? Wir ermitteln ergebnisoffen. Und wenn ich mir eine Bemerkung erlauben darf, Herr Marcel …«

»… Kock. Marcel Kock«, ergänzte der Stellvertreter.

»Bei der Hetze gegen Juden, Sektenaussteiger und der Landnahme hier um Scheßlitz herum erübrigt sich ja schon die Frage, ob Sie Feinde haben.«

»Die Grundstücke haben wir rechtmäßig erworben!«

»Über Mittelsmänner!«

»Mit Hilfe von Freunden und Gönnern. Was ist daran schlecht?«

»Die Betroffenen sehen das anders. Sie haben Angst vor einer Spaltung der Dörfer, erwarten Wertverluste ihrer Liegenschaften und fürchten sich vor Ihrem Sicherheitsdienst, der allgegenwärtig patrouilliert.«

»Das ist doch Quatsch. Wir sind ein Gewinn für jede Gemeinde. Wie im Würzburger Raum wollen wir Kindergärten, landwirtschaftliche Betriebe, Apotheken, Bio-Läden und Landarztpraxen aufbauen. Wir schaffen ein gewaltiges Reich einer alles umfassenden Liebe. Was soll daran schlecht sein?«

»Sie setzen auf Indoktrination, Verleumdungen und Drohungen!«

»Sagt wer?«, ereiferte sich Marcel Kock.

»Zum Beispiel einige Aussteiger, aber auch Gerichte, die Ihre Organisation als totalitär und antisemitisch bezeichnet haben.«

»Herr Kommissar, Sie haben anscheinend Ihre Hausaufgaben nicht gemacht. Alle Vorwürfe mussten in den nächsten Instanzen zurückgenommen werden. Auch der unerhörte Vorwurf, wir seien antisemitisch. Wir hetzen nicht gegen Juden, wir warnen nur aus tiefster Sorge um unser aller Heil vor ihnen. Denn sie streben mit ihren Geheimbünden und ihrem Kapital nach der Weltherrschaft und wollen uns kreuzigen, wie sie einst unseren Herrn gekreuzigt haben. Das darf ja wohl noch in einer freien Gesellschaft gesagt werden, oder?«

Die Prophetin blickte ihren Stellvertreter mit Wohlwollen an. Er profilierte sich immer mehr. Und scheute auch nicht die Konfrontation mit der Staatsgewalt. Sie würde ihn auch dafür heute Abend belohnen und auf eine neue Ebene der Lust dirigieren. »Marcel hat recht«, sagte sie mit fester Stimme. »Wir hetzen nicht gegen die Juden, sondern leiden unter dem, was sie dem Herrn und uns schon seit über zweitausend Jahren antun!«

»Was Sie hier verbreiten, sind doch alles längst widerlegte Verschwörungstheorien der übelsten Art«, ergriff die Kriminalrätin wieder das Wort. »Und diese Inszenierung von angeblich gemarterten Hostien ist, mit Verlaub, einfach widerlich.«

»Ein Zeichen Gottes, ein Wunder, ist also widerlich? Marcel hat es bereits gesagt: Sie hängen Ihren Vorurteilen nach, anstatt neutral zu ermitteln. Schon vor einigen Jahrhunderten haben die Juden hier im fränkischen Raum die Hostien entehrt, indem sie sie gestohlen, gegen Judaslohn gekauft, durchstochen oder in Flüsse und Brunnen geworfen haben. Und wie heute hat die Obrigkeit nichts gegen diese Schändungen unternommen. Nur einer hatte den Mut, diesem Wahnsinn ein Ende zu bereiten: König Rintfleisch.«

»Und dieser Rintfleisch ließ Tausende wehrlose Juden abschlachten und verbrennen. Babys, Kinder, Frauen, Männer, Greise. Ein ekelhafter Feigling.«

Petra Stengl tat sich schwer, nicht die Beherrschung zu verlieren. Zugleich ärgerte sie sich, dass Denzlein und sie sich überhaupt auf eine solche hanebüchene Diskussion mit diesen Fanatikern eingelassen hatten. Mehr Professionalität hätte ihnen beiden besser zu Gesicht gestanden. Andererseits war es nicht auszuschließen, ja es war sogar wahrscheinlich, dass die angeblichen Hostienwunder mit dem Mord in Verbindung standen.

»Rintfleisch war ein Held. Er hatte wenigstens noch Ideale. Er hat für das gekämpft, woran er geglaubt hat. Es war eine andere Zeit, eine andere Gerichtsbarkeit. Rintfleisch hatte keine andere Wahl. Er musste den Schändungen einfach Einhalt gebieten!«

»Frau Wallner, wir wissen doch beide, dass damals wie heute die Hostien nicht durch Marterung, sondern durch billige Taschenspielertricks geblutet haben. Die Juden waren und sind unschuldig.«

»Ach, wissen wir das?«, äffte die Sektenführerin die Polizistin nach. »Die Juden sind unschuldig? Wirklich? Und wer bitte hat auf mich geschossen und einen meiner liebsten Jünger getötet? Ihr Handwerkszeug sollten Sie schon trotz all ihrer Vorurteile beherrschen: Wir sind nicht die Täter, wir sind die Opfer! Ob Ihnen das gefällt oder auch nicht!«

»Dann können Sie mir sicherlich auch sagen, wo die angebliche Bluthostie von gestern geblieben ist. Die haben wir trotz intensiver Suche nicht finden können.«

»Ah, ich verstehe, Sie beschuldigen uns, wir hätten die versteckt? Wieder eine infame Unterstellung!«

»Nein, nur eine reine Routinefrage. Wie schon gesagt: Wir ermitteln ergebnisoffen!«

»Das nennen Sie ermitteln? Nur mal so zum Mitschreiben: Wir haben Angst, wir werden bedroht. Wegen der Intoleranz und dem Hass, die uns von der Alt-Kirche, Staat, Ermittlungsbehörden und den Juden entgegenschlagen, haben wir gewusst, dass es irgendwann mal zu einer solchen schrecklichen Tat kommen würde. Dass jedoch so schnell Blut fließt, das haben wir in unseren schlimmsten Albträumen nicht für möglich gehalten. Tun Sie endlich Ihre Pflicht und fassen Sie den Mörder. Oder müssen erst noch weitere Menschen sterben?«

»Bedroht fühlen sich im Moment vor allem die jüdischen Mitbürgerinnen und Mitbürger.« Denzlein trat noch einen Schritt vor. Sein Puls schoss in die Höhe. Er stand jetzt nur noch einen Meter vor Tabea Wallner. »Nach dem gestrigen Spektakel hier wurden einige Grabsteine auf dem Judenfriedhof in Zeckendorf umgestoßen, der Gedenkstein für die in der NS-Zeit umgekommenen Juden aus Zeckendorf, Demmelsdorf und Scheßlitz wurde mit einem Hakenkreuz beschmiert und vor der jüdischen Gemeinde in Bamberg ein totes Schwein mit einem aufgemalten Davidstern abgelegt. Von den anonymen Hasskommentaren in den sozialen Medien mal ganz zu schweigen. Da wird sich sicherlich jetzt auch der Staatsschutz einschalten.«

»Es hat keinen Zweck. Kommt, wir gehen!«, forderte Tabea Wallner ihre Truppe auf. Auf dem Weg zum Parkplatz drehte sie sich noch einmal um. »Wir haben damit nichts zu tun. Und Sie können uns für solche Reaktionen auch nicht verantwortlich machen. Das wissen Sie.«

Denzlein schwollen die Halsadern an. Er wollte der Sektenführerin noch etwas hinterherrufen, aber seine Chefin legte ihm beruhigend ihre Hand auf den Arm.

»Lass gut sein, Nobby! So kommen wir an Gottes Hardlinerin nicht heran.«

»So einen Scheiß habe ich selten gehört«, knurrte Denzlein böse. »Bei der würde es sich lohnen, den Labellostift durch einen Sekundenkleber zu ersetzen. Dummheit und Hass sind Viren, die man nicht töten kann!«

»Sprichst du jetzt als mündiger Facebook-Bürger oder als Kriminalist?« Petra Stengl lächelte milde. »Ich habe Lust auf ein Pfefferhähnchen und ein gutes Bier. Der Hoh ist doch nicht weit von hier …«

Denzlein sah sie verwundert an. Bei ihrem letzten großen Fall hatte in der Köttensdorfer Brauereigaststätte ihr Vorspiel für eine ganz heiße Nacht begonnen.

»Aber nur auf ein Bier!«

»Klar, versteht sich. Nur auf ein Seidla.«

In dem vollen Innenhof der kultigen Bauernkneipe erhaschten sie mit Müh und Not noch zwei Plätze an einem langen Tisch unter der weiß-blauen Markise. Der Hoh hatte einige Tage zugehabt. Jetzt wollten die Gäste aus nah und fern wieder das Bier, dem man eine aphrodisierende Wirkung nachsagte, und vor allem die Sonne genießen. An der Eingangstür zur Brauerei beobachtete der bullige Wirt stolz, wie sein ebenfalls mit Muskeln bepackter Sohn lässig ein großes Bierfass auf seine Schultern warf und es zum Tresen in der Gaststube trug. Die Kripobeamten erhoben die Krüge, prosteten den Tischnachbarn zu und stießen dann ihre Trinkgefäße gegeneinander. Beide nahmen einen tiefen Schluck.

»Das habe ich gebraucht«, sagte Petra Stengl.

»Ja, tut gut.« Denzlein beobachtete, wie sich seine Chefin mit ihrer Zunge den Schaum von ihren knallroten Lippen leckte.

»Nobby, zeig noch mal den Moment, wo die Schüsse fallen«, forderte die Kriminalrätin ihn auf. Sie hatte seinen verstohlenen Blick sehr wohl bemerkt.

Denzlein zog seinen Laptop aus der Hülle und machte ihn an. Petra Stengl rückte an ihn heran. Für einen Moment berührten ihre Haare ganz kurz seine Wangen. Er spulte die Sequenz auf dem Monitor ab.

»Stopp, noch mal zurück. Und jetzt ganz langsam vorwärts. Siehst du?«

Denzlein nickte. »Ja, der Jünger nimmt die Schale mit der Hostie entgegen, tritt damit ins Schussfeld. Und die Wallner wendet ihren Kopf ein wenig nach rechts ab. Vermutlich, um wieder nach dem Mikrofon zu greifen.«

Denzlein ließ die Sequenz immer vor- und zurücklaufen. Dann stoppte er die Aufnahme. »21«, sagte er schnell. »Das war ganz knapp.«

Die Kriminalrätin wusste sofort, was er meinte. Nobby war gut. Zumindest als Ermittler. Das Standbild zeigte den winzigen Moment, in dem Tabea nicht im freien Schussfeld stand. »Der Schütze verpasste also die Prophetin nur um den Bruchteil einer Sekunde?«

»Eher im Bereich einiger Zehntelsekunden. Die leichte Kopfdrehung hat ihr den hübschen Arsch gerettet und ihrem Jünger das Gehirn weggepustet.«

»Und der zweite Schuss?«

Wieder ließ Denzlein die Aufnahme hin- und herlaufen.

»Der Schuss war wesentlich schwieriger«, urteilte Petra Stengl nachdenklich. »Die Wallner zuckt zusammen und ist auch weiter deutlich in der Rechtsbewegung. Dennoch schlägt das Geschoss nur wenige Zentimeter neben ihr ein. Doch ein Profi? Oder unsere Sektenführerin hat einfach nur großen Massel gehabt.«

»Hoffentlich wertet sie nicht wie Hitler das misslungene Attentat als göttliche Vorsehung«, unkte Denzlein.

»Zuzutrauen wäre es ihr«, erwiderte die Kriminalrätin.

»GröSaZ – größte Sektenführerin aller Zeiten.«

»In einem Punkt hat sie aber recht: Wir müssen wirklich vorurteilsfrei ermitteln.«

Denzlein nahm einen tiefen Schluck aus seinem Krug. Er knurrte vor sich hin. »Das fällt mir wirklich schwer. Sie bedient sich klassischer rechtspopulistischer und rechtsradikaler Argumentationsmuster: erst rote Linien überschreiten, unerträglich provozieren, dann relativieren, sich missverstanden fühlen. Und dann vom Worttäter zum armen Opfer werden.«

»Je größer die Lüge, desto mehr Menschen folgen ihr. Das war schon immer so.«

Denzlein nickte. »Die Wahrheit ist die einzige Schönheit, mit der keiner schlafen will. Problemzonen sind bei vielen nicht der Bauch, die Hüfte oder der Po, sondern das Gehirn!«

»Heute extrascharf.« Mit einem gewinnenden Lächeln servierte die flotte Bedienung die knusprigen Pfefferhähnchen zusammen mit einer gehörigen Portion Pommes frites. Als Petra Stengl ihrem Kollegen das Essbesteck reichte, berührten sich ihre Hände leicht. Ein wenig zu lange, schimpfte sie sich innerlich.

KAPITEL 24

»Wir haben uns irgendwie festgefahren«, stellte die Kriminalrätin nüchtern fest. »Es sei denn, wir spüren endlich unsere beiden Hauptverdächtigen, diese Rheinländer, auf!«

»Die sind wie vom Erdboden verschluckt«, sagte Denzlein. »Auf der von ihnen angegebenen Bierwanderung waren sie nicht. Ihr Wagen ist fort. Seit zwei Tagen waren sie nicht mehr auf ihren Zimmern beim Heerlein. Ich habe mir mal von dem Zimmermädchen die Schlüssel geben lassen und mich ein wenig umgeschaut. Keine Koffer, aber dafür jede Menge Schmutzwäsche, einige in Folie eingeschweißte Zwetschgenbaames, vier Bierdeckel aus Holz, zwei Flaschen Bamberger Siebenhügeltropfen, vier, vermutlich geklaute, Seidla vom Greifenklau, dazu eine Flasche Domina. Ansonsten habe ich nichts gefunden. Sieht man mal von einem reichbebilderten Wanderführer für unsere Region ab. Darin waren allerdings der Gügel, die Giechburg sowie die Brauereien Knoblach, Hölzlein, Hönig, Hoh, Schmitt und Hartmann mit einem Kuli markiert. Und auch die Keller in Bischberg, Hirschaid, Strullendorf, Ampferbach, Roßdorf am Forst und Schönbrunn wurden mit einem Kreuzchen versehen.«

»Was halt Touristen so treiben – klauen, kaufen und saufen«, schloss seine Chefin.

»Da kann man wenig Hopfen und Malz heraussaugen«, pflichtete Bettina Fuchs der Kriminalrätin bei.

»Und seien wir mal ehrlich – und das bleibt bitte hier in diesem Raum –, die Haftbefehle gegen diese beiden Tatverdächtigen stehen auf äußerst wackeligen Beinen. Denn was haben wir? Flucht- und Verdunkelungsgefahr, ein sicherlich gutes Motiv, die alte, aber gelöschte Mossad-Story, Sachbeschädigung, Widerstand gegen die Staatsgewalt, ein unauffindbares israelisches Sniper-Gewehr – sieht nach viel aus, reicht aber kaum für eine Mordanklage.«

»Der Haftrichter war in Eile«, grinste Denzlein. »Er hatte eine VIP-Karte der Brose Bamberg. Halbfinale. Für die Haftbefehle reichte es so immerhin.«

Die drei Ermittler klebten auf den gepolsterten Stühlen im Besprechungszimmer des Polizeipräsidiums und leckten mit cremigem Erdbeereis gegen die weiter anhaltende Saharahitze an.

Petra Stengl ließ ihre Zungenspitze um die Eiskugeln kreiseln.

»Fassen wir zusammen. Wir haben zwei merkwürdige Selbstmorde, vermutlich war davon einer sogar Mord. Das legen die rechtsmedizinischen Untersuchungsergebnisse von Bärbel nahe. Das Badesalz, das Blaustedel als ›Cloud 69‹ verkauft hat, war auch in Kürzels Leiche nachweisbar. Auf seinem Handyvideo schwafelt dieser Blaustedel davon, dass die Juden Wilhelm Kürzel umgebracht hätten. Aber alles sehr unkonkret, ohne Namensangaben und wenig glaubhaft. Auch Blaustedel hätte Zeit und Motiv für einen Mord an dem Sektenverräter Kürzel gehabt. Vielleicht wollte er das Problem beseitigen –

und seiner Sektenführerin in einer Art vorauseilendem Gehorsam einen Gefallen tun.«

»Oder die Wallner hat den Mord selber angeordnet«, warf Denzlein ein.

»Wenn das so war, werden wir das schwer beweisen können. Blaustedel hat sich erhängt. Die Wallner schweigt, droht uns sogar mit juristischen Schritten.«

»Und wir haben weitere Straftaten in Zusammenhang mit dieser Sekte«, erinnerte Denzlein. »Zum Beispiel den Angriff auf den Erzbischof, den Blaustedel bedauert. Die Attacke gegen den Stand der Sekte, die Timmermann und Schmitz verübt haben. Dazu den Blutbeutelwurf auf die Prophetin. Geworfen hat dieser Sebastian Furchner. Das gibt er ja selber zu. Und das ist auch auf den TV-Aufnahmen eindeutig zu sehen. Aber sein Anwalt versucht, die Körperverletzung noch herunterzuspielen auf eine reine Happening-Aktion.«

»Aber wer kommt als Täter für den Mordversuch und den Mordanschlag auf Tim Mötschel in Frage? Nur die beiden Willicher?« Die Polizeirätin runzelte ihre Stirn.

»Für mich ist der Furchner noch nicht raus«, sagte Bettina Fuchs und deutete auf die Wand mit den Fotos der Tatverdächtigen. Fast alle gezogenen Linien trafen sich bei seinem Porträt. »Er hat weder für den mutmaßlichen Mord an Wilhelm Kürzel ein Alibi noch für die Fassadenschmierereien in Würzburg und Coburg. Und er hat ein eindeutiges Motiv: Hass. Er hat seine Frau Karin an die Sekte verloren. Und für ihn ist die Hauptverantwortliche Tabea Wallner.«

»Auf dem Video vom ›Bayerischen Rundfunk‹ ist er aber weit ab vom Schuss, also vom Tatort, zu sehen«, gab Denzlein zu bedenken.

»Der Film zeigt ja auch nur eine Sekundensequenz. Ich habe ihn mir noch mal angeschaut. Furchner hat eine längliche Kamerastativtasche dabei. Auffallend daran der Aufdruck. Er zeigt den skizzierten Dom mit dem Slogan ›Bamberg immer im Bild – mit Foto Wild‹.« Die junge Kriminalkommissarin warf den Beamer an. »Hier deutlich zu erkennen, wenn man den Bildausschnitt vergrößert.«

»Und das sagt uns jetzt was?«, wollte Petra Stengl wissen.

»Ich war bei Foto Wild auf der Oberen Königstraße. Ich habe dort ein Bild von Furchner gezeigt. Der Inhaber konnte sich an ihn erinnern. Er fand es seltsam, dass Furchner nur die Tasche, aber kein Stativ gekauft habe. Das sei ungewöhnlich.«

»Ungewöhnlich, okay. Aber das macht ihn noch nicht automatisch zum Mörder«, konterte Denzlein.

»Ich habe mal die Stativtasche abgemessen. Wenn man die DAN zusammenklappt, passt sie genau da rein.«

»Zufall?«, warf Denzlein in den Raum.

»Aber auf jeden Fall gute Arbeit, Bettina«, lobte die Kriminalrätin. »Wir müssen Furchner noch mal auf den Zahn fühlen.«

»Und was ist mit seiner Schwägerin?«, fragte Denzlein.

Petra Stengl blickte überrascht aus ihren Unterlagen auf. »Wie kommst du jetzt auf die?«

»Ich habe Susanne Sauer mit ihrem Schwager beim Fischer in Rothensand reden gehört. Die fühlt sich schuldig, weil sie ihre Schwester, also seine Frau, in die Sekte hineingezogen hat. Und Furchner hat ihr deswegen auch schwere Vorwürfe gemacht. Meiner Meinung nach spielt sie allzu sehr das Rehkitzlein, das dich wie Bambi unsicher und ängstlich mit seinen schwarzbraunen Augen anblickt.«

»Bambi ist ein junger Hirsch«, bemerkte Bettina Fuchs trocken.

»Da brat mir doch einer einen Storch«, kalauerte Denzlein. »Das wusste ich nicht. Das muss ich mal bei Disney nachgendern. Aber ein Bambi kann sicherlich nicht schießen.«

»Jeder kann schießen. Man muss es nur üben.«

»Oder man engagiert einen Profikiller«, gab Denzlein zu bedenken. Denzlein warf einen verstohlenen Blick auf das weit ausgeschnittene schwarze Top seiner Kollegin, dessen Schnüre und Metallösen suggerierten, dass es sich im Brustbereich auch zuziehen ließe. Auch wenn er nicht daran glaubte, dass ein Mann alle sieben Sekunden an Sex dachte, so gefiel ihm doch, was er sah. Er löste seinen Blick vom Ausschnitt, auch weil er ihm wie ein Betrug an Petra vorkam. »Ich gebe dir recht. Auftragsmorde sind seltener, als Netflix oder Hollywood uns glauben lassen. Aber es gibt sie. Sie kommen meist aus dem Dunstkreis des Auftraggebers. Oder man bestellt diese Dienstleister des Todes im Darknet. Laut einer Studie kostet so eine mörderisch gute Win-win-Situation durchschnittlich um die 18.000 Euro.«

Bettina Fuchs wollte Paroli bieten, wurde aber schon im Ansatz von Petra Stengl gebremst. »Vielleicht erscheint uns der Gedanke an einen Auftragskiller abwegig. Aber ich möchte ihn nicht ausschließen. Und ihn zumindest als Hypothese mal weiter im Auge behalten. Denn wenn sie stimmt – dafür könnte die Profi-Waffe sprechen –, dann erweitert sich sicherlich auch der Kreis unserer Verdächtigen: von Sektenmitgliedern über die Aussteigerin bis hin zu den gefrusteten Scheßlitzern, die die Sekte am liebsten zum Teufel schicken wollen!«

»Also frei nach Reinhard Mey ist nicht der Gärtner, sondern der Bürgermeister der Mörder?«, fragte Bettina Fuchs spöttisch.

Petra Stengl lächelte.

Denzlein fluchte. »Scheiße, jetzt tropft das Eis auch noch auf den Boden!« Er schob sich die verbliebene Kugel samt Hörnchen in seinen weit aufgerissenen Mund. Seine Kolleginnen kicherten.

»Ich bin so wild nach deinem Erdbeermund«, rutschte es der Kriminalrätin heraus.

Bettina Fuchs verdrehte die Augen.

»Kinski. Klaus Kinski«, versuchte Petra Stengl zu erklären. »Der verrückte Schauspieler. Seine Biografie!«

»Ursprünglich ein Gedicht von Paul Zech«, quetschte Denzlein zwischen zerbröckelten Hörnchenteilen hervor. »Ich bin so wild nach deinem Erdbeermund, ich schrie mir schon die Lungen wund nach deinem weißen Leib, du Weib. Im Klee, da hat der Mai ein Bett gemacht, da blüht ein schöner Zeitvertreib mit deinem Leib die lange Nacht. Da will ich sein im tiefen Tal dein Nachtgebet und auch dein Sterngemahl.«

In der einsetzenden Stille im Besprechungszimmer war nur noch das leise Summen des Beamerkühlers zu hören. Denzleins Nervensystem sorgte dafür, dass sich die Blutgefäße in seinem Gesicht weiteten und mit immer mehr Blut füllten. Innerhalb von Sekunden ging seine Hautfarbe von einem zarten Ferkelrosa in ein sattes fränkisches Landesfahnenrot über. Er hätte sich ohrfeigen können. Er war zu weit gegangen. Ein erotisches Gedicht während der Ermittlungen zu rezitieren, das brachte auch nur ein

Debb wie er zustande. Sein einsetzender Ärger ließ das Rot noch mehr glühen.

Die Kolleginnen prusteten los. »Ach, ist er nicht süß?«, lachte Bettina Fuchs. Ihr kullerten die Tränen übers Gesicht. »Vermutlich zu viel Rotbäckchen getrunken, oder?«

Vor Denzleins geistigem Auge erschien das Logo mit dem Kopftuchmädchen des Vitaminsaftes, dessen Wangen seit Jahrzehnten wie Weihnachtskugeln funkelten.

»Kollege Denzlein ist auf jeden Fall immer für eine Überraschung gut. Auch literarisch. Auf jeden Fall hundertmal besser als ›Fifty Shades of Grey‹!« Die Kriminalrätin hob ihren rechten Daumen.

Etwas gequält stimmte der neue Reich-Ranicki der Bamberger Kripo in das Lachen seines weiblichen Auditoriums ein.

»Was ist eigentlich mit dieser Witwe, also mit Sarah Kürzel?«, versuchte er, wieder Boden gutzumachen. »Die haben wir bisher ziemlich vernachlässigt.«

»Du hast recht«, sinnierte seine Chefin. »Bei unserem ersten Besuch hat sie sehr cool auf den tatsächlichen oder vermeintlichen Selbstmord ihres Mannes reagiert. Sie stand sehr im Banne dieser Sekte. Sollte sie sich allerdings von deren Einfluss gelöst haben, hätte sie ein Motiv, wenn sie die Blutzeugen des Herrn für den Tod ihres Mannes verantwortlich macht.«

»Aber wo soll sie sich so schnell ein Sniper-Gewehr oder einen Killer besorgt haben?«, fragte Denzlein.

»Du argumentierst auf einmal gegen deine These vom Auftragsmörder?« Petra Stengl sah den Kriminalkommissar an.

»Bei ihr schon«, gab Denzlein zu. »Aber vielleicht unterschätzen wir die Witwe einfach.«

»Dieser Blaustedel hat sich in der U-Haft umgebracht. Seinen Selbstmord könnte Sarah Kürzel als Schuldeingeständnis auffassen. Aber ob er wirklich die Drahtschlinge um den Hals ihres Mannes gelegt und ihm die Droge verabreicht hat, gehört ins Reich der Spekulationen. Er gab ja, wie schon gesagt, in seinem Abschiedsvideo irgendwelchen Juden die Schuld. Und bei meinen Befragungen von Sektenmitgliedern bin ich gegen eine Mauer des Schweigens und Nichtwissens gelaufen«, fasste Bettina Fuchs diesen Ermittlungsansatz zusammen. »Das Schweigen der Sekten-Lämmer.«

»Sarah Kürzel mag zwar ein Motiv haben, allerdings hat sie auch ein Alibi. Einige Handyaufnahmen zeigen sie kurz vor dem Mord noch auf der Treppe zur Wallfahrtskirche.«

»Von da ist es nicht weit bis zum Felsen, von dem die Schüsse abgegeben wurden«, bemerkte Bettina Fuchs.

»Ja, ich weiß, sehr wackelige Argumentation.«

»Vielleicht auch nicht.« Die Kriminalrätin dachte nach. »Bei dem Trubel und den vielen Leuten auf den Felsen zu klettern, muss nicht unbedingt große Aufmerksamkeit erregen. Ein Hut auf den Kopf, Sonnenbrille, normale Kleidung – und schon bist du einer von Hunderten. Aber Sarah Kürzel als Mordverdächtige – das funktioniert nur unter einer Voraussetzung: Sie hat einen Sinneswandel vollzogen und macht ihre Prophetin für den Tod ihres Mannes verantwortlich. Und wenn sie clever ist, dann drückt sie nicht selber ab, sondern lässt abdrücken!«

»Ich könnte noch ein paar Tatverdächtige aus dem Kreis der Demonstranten anbieten«, sagte Denzlein. Seinem Tonfall war anzumerken, dass er diese Hypothese nicht ernsthaft in Betracht zog.

»Wen?«, fragte Bettina Fuchs.

»Unsere Kollegen haben einige Personalien bei denen aufgenommen und Videomaterial ausgewertet. Ein paar junge Antifa-Aktivisten aus Bamberg und Coburg haben sie herausgezogen, weil sie gegen das Vermummungsverbot verstoßen und einen Feuerwerkskörper aus polnischer Produktion gezündet haben.«

»Laut Bamberger Staatsschutz sind die doch eher harmlos. Sie setzen sich für Flüchtlinge ein oder protestieren gegen dieses studentische Verbindungstreffen, den Pfingstkongress dieses Coburger Convent«, warf Bettina Fuchs ein. »Ich war mal mit einer Aktivistin zusammen. Ein bisschen ausgeflippt, aber ein wirklich nettes und attraktives Mädel. Vielleicht pappen die von der Antifa mal zu viel Aufkleber dorthin, wo sie nicht hingehören.«

»Und beschmieren Hausfassaden?« Petra Stengl provozierte ein wenig. Dass ihre Kollegin auf Frauen stand, hatte sie noch nicht gewusst. Und sie hatte sich schon ausgemalt, wie Nobby und Bettina nach dem Besuch des Spezi-Kellers übereinander hergefallen waren! Diese Unruhe im Kopf hatte sie nicht in den Griff bekommen.

»Wohl eher nicht. Aber auszuschließen ist das auch nicht. Sie sind halt noch jung«, sagte die Ermittlerin. »In dem Alter ist Revolution noch großartig, alles andere noch Quark! Aber das ändert sich schnell, wenn dein umstürzlerischer Elan an der Realität zerschellt.«

»Das war aber jetzt nicht das Wort zum Sonntag?« Denzlein grinste breit wie Thomas Müller nach einem seiner wunderbar schrägen Fußballtore. »Wie wär es mit dem alten Randalierer bei der Bürgerversammlung beim

Göller, der den Scheßlitzer Bürgermeister so angegangen ist?«

»Der war auch bei der Demo?«

Denzlein nickte. »Ja, Petra. Und ich habe noch einen Publikumsjoker für euch: Benny Haderlein, dieser versoffene Kerl, der die Leiche ohne Kopf gefunden hat, hielt ein Schild mit ›Mörderin‹ hoch. Allerdings nur für wenige Minuten, dann hat er es einem verblüfften Bereitschaftspolizisten in die Hand gedrückt und gesagt, dass er Besseres vorhabe.«

»Der brauchte Nachschub, weil er unterhopft war«, spottete die Kriminalrätin. »So, wie der drauf ist, hat er eine größere Wahrscheinlichkeit, einen Menschen zu treffen, wenn er statt zu schießen das Gewehr nach ihm wirft.«

»Du hast ja recht«, lenkte Denzlein ein. »Tatsächlich hat eine Zivilstreife ihm seinen Lappen eine Stunde später vor dem Mahrs abgenommen. 1,7 Promille. Von der Zeit her hätte er nach seinem Demo-Interruptus allerdings noch die Möglichkeit gehabt, auf den Felsen zu klettern.«

»Nobby«, unterbrach ihn die Kriminalrätin. »Jetzt ist aber mal Schluss mit der Kinderstunde!«

Zwei Sätze musste er noch loswerden: »Benny Haderlein, so versoffen, wie er ist, verfügt seit Kurzem über ein beträchtliches Vermögen. Er war einer der glücklichen Stammtischbrüder in einer Geisfelder Brauerei, der mit der Wettgemeinschaft insgesamt 30 Millionen Euro gewonnen hat.«

»Komm, hör auf! Das macht ihn doch nicht zum Mörder!« Petra Stengl verzog ärgerlich ihr Gesicht. Klar, man musste ergebnisoffen ermitteln. Aber was Nobby hier konstruierte, ging ihr eindeutig zu weit. Das lenkte nur von wirklich guten Spuren ab.

»Nein, natürlich nicht. Aber einen Killer hätte er locker bezahlen können.«

»Dann stellst du über eine Million Millionäre in Deutschland auch unter dringenden Tatverdacht.«

»Jaaa!« Denzlein wirkte genervt.

»Aber Haderlein hat auch ein Motiv. Zugegebenermaßen keins aus der Kategorie A, eher ein schwaches, aber er hatte eins: Tabea Wallner hat seinen Sohn, der einen großen Bauernhof in Punzendorf besaß, beim Verkauf der Immobilie an die Sekte finanziell abgekocht.«

»Am Anfang wurden das viele, die verkauft haben. Erst als klar wurde, dass die Universellen Blutzeugen hinter den Grundstücks- und Hauskäufen standen, zogen die Preise an.«

»Ja, aber …«, wollte Denzlein nachsetzen.

»Würdet ihr mal runterfahren? Euer Gschmarri könnt ihr ja mal bei einem gemeinsamen Seidla fortsetzen«, unterbrach Bettina Fuchs die beiden. Petra Stengl wollte die Kriminalkommissarin zurechtweisen. Die aber deutete energisch auf den Telefonhörer, den sie in der Hand hielt. »Ich glaube, wir haben die Mörder. Moment mal. Ich stelle auf laut.«

Aus dem Lautsprecher klang die ruhige Stimme ihres Coburger Kollegen. »Hallo, ich bin's. Alfred Engelhardt. Kripo Coburg. Wir haben gerade Mike Schmitz und Josef Timmermann in Heilgersdorf im Biergarten der Brauerei Scharpf festgenommen. Sie haben die Tat gestanden.«

Die drei Bamberger Ermittler blickten sich freudig erregt an. »Sie haben wirklich gestanden?«, fragte Petra Stengl nach. »Dann haben sich zum Glück hier ja unsere

Diskussionen erledigt!« Ein selbstbewusstes Lächeln umspielte ihren Mund.

»Eigentlich ja«, sagte der Kriminalhauptkommissar am anderen Ende der Leitung. »Denn eigentlich sind sie randvoll mit Zwickelbier.«

»Dann haben sie zumindest einen guten Geschmack«, bemerkte Denzlein unter dem bösen Blick seiner Vorgesetzten.

KAPITEL 25

»Möchten Sie eine Tasse Kaffee?« Petra Stengl lächelte Jupp Timmermann freundlich an. »Nein? Okay. Dann können wir ja mit der Vernehmung beginnen. Berichten Sie uns bitte mal, was Sie in den vergangenen zwei Tagen gemacht haben.«

»Das habe ich doch schon alles Ihren Coburger Kollegen gesagt. Wir sind mit meinem Cabrio ein wenig durch die fränkische Botanik gecruist. Ich habe einen alten Pontiac Firebird. Knallrot. Mein Feuervogel hat so richtig fette, breite Reifen. Und manchmal haben wir uns auch ein Bierchen gegönnt. Das Scharpf-Bier aus Heilgersdorf ist ein Hammer. War 'ne richtig schöne Männertour eben.«

»Nur dumm, dass keiner Sie gesehen hat.«

»Verstehe ich auch nicht. Der Wagen fällt eigentlich immer auf. So einen klassischen Zuhälterwagen gibt es selten in Franken.« Timmermann ließ seinen ganzen Besitzerstolz heraus. »Fast ein Unikum.«

»Und noch dümmer ist, dass Sie sich nicht erinnern können, wo Sie geschlafen haben«, sagte Petra Stengl.

»Die oberfränkischen Dörfer sehen doch alle gleich aus. Schmale, vielfach geflickte Ortsdurchfahrten. Ein paar schnuckelige Häuser aus Sandstein mit Fachwerkkomponenten und spitzen Dächern scharen sich um eine kleine Kirche und die angrenzenden Brauereigaststätten. Dazu ein Quoten-Italiener für Leute, die Pizza Hawaii für das größte Geschmackserlebnis nördlich der Alpen halten. Und in den kunterbunten Neubaugebieten am Ortsrand wetteifern gelbe Toskanavillen mit roten Schwedenhäusern und architektonischen Führerbunkern in quadratischer Beton-Ästhetik um den letzten noch freien Platz im Legoland. Da vergisst man schon mal leicht, wo man übernachtet hat.«

Petra Stengl ging das überhebliche Gehabe ihres Gegenübers gewaltig gegen den Strich. Sie durfte sich aber von ihren Emotionen nicht führen lassen. Sie musste schwereres Geschütz auffahren.

Doch Timmermann kam ihr zuvor. »Warum halten Sie uns fest? Nur weil wir Juden sind?« Seine Stimme wurde immer lauter. »Aber klar, wir sind ja in Bamberg. Und da kann ein ehemaliger Nazi-Staatsanwalt am Bamberger Sondergericht wie Professor Dr. Willi Geiger, der nachweislich für fünf Todesurteile verantwortlich war, nach dem Krieg für 26 Jahre Bundesverfassungsrichter sein.«

Ein Moment der Peinlichkeit schwebte durch den schlichten Vernehmungsraum der Bamberger Kriminalpolizei. Kriminalrätin Petra Stengl scannte ihren Gegenüber mit kaltem, professionellem Blick. Sie hasste es, wenn Verdächtige die Nazikeule rausholten, um ihre Arbeit zu diskreditieren. Ihrem Kollegen Denzlein ging es wohl ähnlich. Er rutschte auf seinem Stuhl, etwas außerhalb des Sichtfelds des Tatverdächtigen, unruhig hin und her. Das Aufnahmegerät lief.

»Herr Timmermann, Ihnen wird vorgeworfen, am vergangenen Sonntag auf dem Gügel in der Gemeinde Scheßlitz Tim Mötschel erschossen zu haben. Ihr zweiter Schuss verfehlte Frau Tabea Wallner nur knapp.«

»Leider«, schnaubte Timmermann.

»Sie geben also den Mord und den Mordversuch zu?«

»Ich gebe gar nichts zu.«

»Laut Protokoll der Coburger Kriminalpolizei haben Sie und Ihr Freund Mike Schmitz die Taten nach Ihrer Verhaftung gestanden.«

»Wir waren schicker. Wir waren betrunken. Wir wollten provozieren. Darum haben wir das Geständnis unterschrieben.«

Petra Stengl blätterte durch die vor ihr liegenden Akten. Das Vernehmungsprotokoll war in der Tat wenig aussagekräftig. Darauf hatte sie auch ihr Coburger Kollege Alfred Engelhardt schon hingewiesen. Die Schilderung des Tathergangs war vage, um nicht zu sagen: wirr. Keine relevanten Details, die nur dem Täter bekannt sein konnten. Die Tatwaffe – nicht auffindbar. Es wäre besser gewesen, die Coburger Kollegen hätten den beiden Verdächtigen erlaubt, erst mal ihren Rausch auszuschlafen, um sie dann zum Verhör nach Bamberg zu bringen. Im Nachhinein ist man immer klüger, dachte die Kriminalrätin. Andererseits war sicherlich die Verlockung groß gewesen, aus den redseligen Saufkumpanen möglichst viel herauszuholen. Alfred Engelhardt hatte sich wohl zunächst geweigert, die stark alkoholisierten Männer zu vernehmen. Doch sein Chef vom K1 war anderer Meinung gewesen. Zwischen den Kriminalpolizeiinspektionen der Veste- und der Domstadt hatte es wegen des Kompetenzgerangels ordentlich geknallt. Ihr Chef musste am Telefon wohl so laut getobt haben, dass gleich mehrere Büros seinen neuen dienstlichen Dezibelrekord mitbekommen hatten.

Polizeipräsident Walter Giering hatte sie dann auch am Morgen zu sich bestellt. »Frau Stengl, biegen Sie das wieder gerade«, so seine Anweisung. »Ich baue auf Sie und Ihre Erfahrung. Es darf nicht sein, dass wir wegen dieser Dilettanten aus Coburg unsere beiden Hauptverdächtigen wieder laufen lassen müssen!«

Petra Stengl wandte sich an Timmermann. »Sie haben natürlich jederzeit das Recht, Ihr Geständnis zu widerrufen. Damit ist es aber nicht aus der Welt. Vielmehr müssen dann Staatsanwalt und – kommt es zum Prozess – später das Gericht entscheiden, wie damit umzugehen ist.«

»Hören Sie auf, Frau Kriminalrätin, wir sind unschuldig. Und das wissen Sie genau.« Timmermann lehnte sich, so weit das seine gefesselte Position zuließ, provozierend lässig zurück.

»Das wissen wir genau? Ach, gewagte These. Ich kann Ihnen nur dringend raten, die rechtlichen Belehrungen, die Ihnen mein Kollege am Anfang der Vernehmung gegeben hat, ernst zu nehmen. Vielleicht sollten Sie Ihren Anwalt anrufen?«

»Wir brauchen keinen Anwalt«, fauchte der Verdächtige. »Wir sind unschuldig. Und bis auf unser besoffenes Geständnis haben Sie nichts in der Hand.«

»Wirklich nicht? Und wie steht es mit Ihrer Mossad-Vergangenheit?« Petra Stengl legte dem Niederrheiner ganz langsam einige Zeitungsausschnitte vor. »Ihr Freund und Sie haben eine Operation des israelischen Geheimdienstes begleitet. Mit Militärwaffen.«

Timmermann wurde blass. Mit zittriger Hand überflog er die Berichte. »Unsere Namen werden nicht erwähnt«, verteidigte er sich.

»Nein, aber in einem Mordprozess wird sicherlich der BND-Mann aussagen müssen, der die Vernehmungsakten verschwinden lassen hat. Und ich denke mir auch, dass der eine oder andere Kripokollege in Norddeutschland sich an Sie beide erinnern wird.«

»Wir haben nichts Unrechtes getan. Und selbst wenn Ihre Geschichte stimmen würde – was hat das mit dem Mord an diesem Sektenjünger zu tun?«

»Sie verstehen es, mit Waffen umzugehen. Die Tatwaffe ist aus israelischer Produktion. Vielleicht hat Ihnen der Mossad diese zur Verfügung gestellt.«

»So ein Quatsch. Wir haben mit dem Mossad nichts zu tun. Und Sie haben bei uns auch keine Waffe gefunden!«

Petra Stengl überging das Argument. »Der Mossad hat immer wieder Tötungsaktionen, auch in Europa durchgeführt, um Anschläge auf israelische Bürger zu vergelten oder sie zu verhindern.«

»Und das Verharmlosen von antisemitischen Straftaten wird für uns Juden immer mehr zu einer tödlichen Gefahr. Die Justiz beschönigt, der Staat schützt die jüdischen Gemeinden nur unzureichend und viele, viel zu viele Menschen schauen einfach weg. Aber was hat das mit uns zu tun?«

»Herr Timmermann, verkaufen Sie uns nicht für dumm. Sie haben ein erstklassiges Motiv. Auf Ihrer Webseite haben Sie die Universellen Blutzeugen des Herrn schon lange auf dem Schirm. Und wir haben die Dateien Ihres Laptops ausgewertet: Sie haben die Sekte regelrecht überwacht beziehungsweise von der hiesigen Antifa überwachen lassen. Und Sie rufen zu einem radikaleren Vorgehen auf. Demos, Flugblätter und Posts und Tweets auf Facebook und Instagram hätten nicht den erwünschten Erfolg gehabt.«

Timmermann schluckte. »Schreiben kann man viel. Wir haben diese Überlegungen ja noch nicht einmal öffentlich gemacht. Es sind interne Analysen, aus denen sich neue Handlungsstrategien ergeben können. Wie gesagt – können, aber nicht zwangsläufig müssen.«

»Und darum haben Sie Ihre Analyse mit ›Auge um Auge, Zahn um Zahn‹ überschrieben? Das klingt nach Gewalt. Nach Rache, ja, nach Mord!«, setzte Denzlein dem Tatverdächtigen zu.

Timmermann blieb ruhig. Er wandte sich dem Kommissar zu und lächelte. »Vielleicht gehen Sie mal zu Fielmann. Und wenn Sie dann die neue Brille aufsetzen, werden Sie bemerken, dass hinter der Überschrift ein Fragezeichen steht. Ein ziemlich großes sogar.«

»Fragezeichen setzt man gerne, um sich abzusichern!«

»Ach ja? An Ihnen scheint ein großer Germanist verloren gegangen zu sein. Hat der Duden schon mal bei Ihnen angefragt?«

Petra Stengl hatte Timmermann bei dem Wortwechsel ganz genau beobachtet. Er schien sich gefangen zu haben. Nach der anfänglichen Unsicherheit bei der Erwähnung seiner alten Mossad-Verbindungen und der Präsentation der Laptop-Dateien gewann er nun zunehmend an Selbstvertrauen, flankiert von einer gewissen Arroganz. Sie hatte schon viele Verhöre durchgeführt. Viele Tatverdächtige leugneten kategorisch, bis sie dann unter der Beweislast, der Dauer der Befragung oder ihrer ausgefeilten Vernehmungstaktik zusammenbrachen. Andere versuchten, zu relativieren oder Komplizen die Schuld in die Schuhe zu schieben. Und es gab auch Tatverdächtige, die pokerten verdammt hoch, in der Hoffnung, dass die Gegenseite schlechte Karten hatte. Zu Letzteren schien Timmermann zu gehören. Solche Klienten musste man ganz langsam garkochen, indem man die Temperatur bis zum Siedepunkt steigerte. Und im Gegensatz zu ihren Coburger Kollegen hatte sie inzwischen dank der KTU und ihrer Freundin Bärbel Faun wesentlich mehr Stellschrauben, an denen sie drehen konnte.

»Die Phase einer gewaltfreien Auseinandersetzung mit den Universellen Blutzeugen haben Sie doch schon lange hinter sich gelassen, wie man anhand Ihrer Attacke auf den Obst- und Gemüsestand der Sekte auf dem Grünen Markt gesehen hat. Nur durch Zufall wurden die Marktfrauen und ihre Kundin beim Zusammentreten des Standes nicht verletzt.«

Timmermann dachte einen Moment nach. Ein dunkler Schatten zog über sein Gesicht. »Da habe ich mich hinreißen lassen. Das war nicht geplant, glauben Sie mir. Für die Aktion übernehme ich die volle Verantwortung. Mike hat damit nichts zu tun. Er hat sogar versucht, mich zurückzuhalten.«

»Schön, dass Sie sich so für Ihren Kumpel und Komplizen einsetzen. Aber Herr Schmitz hat gestanden, dass Sie beide vorhatten, den Stand abends mit Parolen zu verschönern. Und nicht nur diesen. Sondern auch die Marktstände der Sekte in Coburg, Kronach, Nürnberg, Bad Mergentheim und Hettstadt. Das ist vorsätzliche Sachbeschädigung. Die dafür notwendigen Spraydosen haben wir in Ihrem Feuervogel gefunden. Und welche Überraschung: Die Wandschmierereien in Würzburg und Coburg an den Fassaden der Sektenhäuser sind genau mit diesen Farbsprays entstanden.«

Timmermann starrte die Kriminalrätin an. »Das ist aber immer noch kein Mord!«

»Nein, das ist immer noch kein Mord. Aber halten wir mal fest: Sie haben ein Motiv. Sie haben kein Alibi für den

Tatzeitpunkt, sieht man mal von der Aussage Ihres Kumpels ab. Sie radikalisieren sich. Sie sind oder waren Mossad-Mitarbeiter, kennen sich mit Waffen aus und schrecken auch nicht vor Sachbeschädigung zurück. Und diese falsche Prophetin bedroht eindeutig jüdisches Leben in Deutschland. Ich kann sehr gut nachempfinden, dass Sie da ein Exempel statuieren wollten.«

»Diese Sektenterroristin mit ihren Bluthostien ist eine tickende Zeitbombe!«, schrie Timmermann mit greller Stimme. Hass überzog sein Gesicht. Seine Hände krallten sich an der Tischkante fest, bis sie schneeweiß wurden. »Sie beruft sich auf diesen Schlächter Rintfleisch. Der hat, wie Sie ja selber wissen, Tausende Juden auf dem Gewissen. Angebliche Bluthostien haben schon damals zu Gewaltorgien geführt. So etwas darf nie wieder passieren!«

»Ja, so etwas darf nie wieder passieren. Und darum haben Sie versucht, Tabea Wallner zu ermorden, und ihren Jünger Tim Mötschel erschossen!«

»Nein, habe ich nicht!«

»Herr Timmermann, es wird langsam Zeit, dass Sie ein umfassendes Geständnis ablegen. Es wird Ihnen bei der Urteilsfindung sicherlich bei dieser verständlichen Ausgangslage nicht zum Nachteil gereichen.«

Timmermann schüttelte energisch den Kopf. »Und wenn Sie noch so fleißig hin und her konstruieren. Ich bin unschuldig. Und wir haben mit dem Mord und dem Mordanschlag nichts zu tun.«

»Okay. Wie erklären Sie sich dann, dass die Auswertung der Bewegungsdaten Ihres Handys ergab, dass Sie zum Tatzeitpunkt in der Nähe des Tatortes waren?«

Timmermann stöhnte auf, als würde sich die Schlinge um seinen Hals auch physisch zuziehen. Er versuchte den Befreiungsschlag: »Ja, wir sind zum Gügel gefahren. Wir wollten uns natürlich dieses Nazi-Spektakel anschauen und für unsere geplante Dokumentation über die Sekte filmen. Aber dann sind wir im letzten Moment umgedreht. Nach der Aktion gegen den Sektenstand hat man uns kurzzeitig festgenommen. Angesichts des Polizeiaufgebotes wollten wir nicht noch einmal provozieren.«

»Ganz schwacher Auftritt, Herr Timmermann. Dafür gibt es keinen Szenenapplaus. Und das wissen Sie auch.«

Timmermann lächelte. Seine rheinische Frohnatur siegte trotz der fast ausweglosen Lage über seine blinkenden Warnsignale in der Gehirnzentrale. »Wir haben uns an den Artikel drei unseres Rheinischen Grundgesetzes erinnert: Et hätt noch emmer joot jejange! Das heißt auf gut Deutsch: Lerne aus der Vergangenheit! Und die vier Stunden auf dem Revier haben uns gelangt. Et es wie et es! Artikel eins, Frau Kriminalrätin!«

»Ich glaube nicht, dass Sie derzeit in der Position sind, den kauzigen Volks- und Sprachkundler zu spielen. Dafür ist die Lage zu ernst!«

Timmermann dämmerte es, dass er mit dem Rheinischen Grundgesetz bei der Kriminalerin wohl nicht gepunktet hatte. »Ich bin unschuldig. Ich habe diesen Sektenbruder nicht erschossen!«

Petra Stengl legte einen kleinen Plastikbeutel auf den Vernehmungstisch. »Wissen Sie, was das ist?«

Timmermann schüttelte den Kopf.

»In der Tüte ist eine Zigarettenkippe mit Ihrer DNA, die wir am Tatort gefunden haben. Auf dem Felsen, von dem geschossen wurde. Behaupten Sie immer noch, nicht geschossen zu haben?«

Fassungslos sah der Willicher die Beamtin an. Dann sackte er zusammen. Er drückte die Fingerkuppen gegen seine Stirn. »Ich möchte jetzt doch einen Anwalt!«

Treffer und versenkt, jubilierte Petra Stengl innerlich. Sie sah zu ihrem Mitarbeiter hinüber. Seine Augen signalisierten Anerkennung. Dann übernahm Denzlein das sich nähernde Ende der Vernehmung.

»Sie können gleich mit Ihrem Anwalt telefonieren, Herr Timmermann. Aber eine Frage habe ich noch: Wo waren Sie eigentlich am Freitag nach Fronleichnam?«

»Das können Sie mir nicht auch noch in die Schuhe schieben!« Timmermanns apathische Augen flackerten noch einmal kurz auf. »Das war die Nacht, wo sich dieser Jünger enthauptet hat? Nein, Herr Kommissar. Da war ich in meinem Heimatort Willich und habe zusammen mit Mike eine Benefiz-Veranstaltung im Saal Krücken mit den ›Black Brothers & The Bad Bones‹ besucht, bei der die Belohnung zur Ergreifung des Igel-Mörders erhöht werden sollte!«

»Igel-Mörder?«

»Ja, schon seit Jahren treibt der sein Unwesen in unserer Stadt. Er hat über 20 Igel bei lebendigem Leib angezündet. Das müssen entsetzliche Schmerzen für die armen Tiere gewesen sein. Anschließend entsorgt er die verkohlten Kadaver in Mülltonnen.«

»In Willich der Igel-Mörder. Hier der Sekten-Mörder!« Denzlein konnte sich die Bemerkung nicht verkneifen. »Abführen!«

KAPITEL 26

Petra Stengl und Nobby Denzlein aßen zusammen im schmucken Biergarten der »Kornblume«, einem etwas abseits vom Bamberger Touristentrubel gelegenen kleinen Restaurant in der Wunderburg, zu Mittag. Bei Rahmgeschnetzeltem vom Roastbeef und scharfen Gemüsetaccos gingen sie noch einmal den Fall durch und stießen auf ihren Erfolg an. Alles sah nach einem Indizienprozess aus. Die Niederrheiner saßen in U-Haft. Beide schwiegen jetzt auf Anraten ihres nun doch noch eingeschalteten Anwalts. Die Staatsanwaltschaft bereitete die Mordanklage vor. Warum Schmitz und Timmermann ihren Übernachtungsort während ihres zweitägigen Untertauchens immer noch nicht preisgaben, blieb der Mordkommission allerdings ein Rätsel. Vielleicht hatten sie Affären, von denen ihre Frauen nichts wissen sollten? Rätselhaft blieb auch der mutmaßliche Mordfall Wilhelm Kürzel. Einiges sprach dafür, dass Blaustedel, der angedeutet hatte, dass die Juden Kürzels Tod verschuldet hätten, selbst der Täter war. Er hatte sich immer bedingungslos für die Universellen Blutzeugen eingesetzt und hatte daher ein Motiv, einen Aussteiger zu beseitigen. Auch das gefundene Rauschgift machte ihn verdächtig. Und da er bis zu seiner endgültigen Inhaftierung auf freien Fuß gesetzt worden war, wäre es Blaustedel auch zeitlich möglich gewesen, die Tat zu begehen. Timmermann und

Schmitz waren allerdings im Fall Kürzel raus. Sein Name und sein Foto tauchten zwar wiederholt in ihren Dateien auf. Aber in der fraglichen Nacht hatten sie tatsächlich mit den »Black Brothers & The Bad Bones« und ihrem Frontman Jochen Contzen alias »Big Fat Jakie Baby« in Willich im neu gestalteten Saal der Gaststätte Krücken abgerockt und mit der Band nach dem Konzert eine wilde Nacht mit viel Jim Beam und Hannen Alt gefeiert. Bilder in der »Rheinischen Post«, »Westdeutschen Zeitung« und »Meine Woche« zeigten die beiden Niederrheiner bei der Anmoderation der verehrten Bluesgötter und bei der Überreichung des Schecks, der die Belohnung zur Ergreifung des bestialischen Igel-Mörders auf 3.500 Euro erhöhte.

Denzlein nahm einen tiefen Schluck aus dem vor ihm stehenden Seidla. Er genoss die lockere Stimmung zwischen Petra und ihm. Nach wochenlangem Abnutzungskrieg und wackeligem Waffenstillstand sah es zwischen ihnen zum ersten Mal nach so etwas wie Frieden aus. Petra hatte seine Einladung zum Essen sofort angenommen. Ohne jedes diplomatische Wenn und Aber.

»Kannst du inzwischen die sieben Hügel von Bamberg aufzählen?«

Petra Stengl überlegte kurz. »Wenn ich das kann, bin ich dann endlich in dieser Stadt angekommen?«

»So in etwa!«

Die Kriminalrätin versuchte ihr Glück. Nach sechs Hügeln musste sie passen.

»Mach dir nichts draus. Den meisten Aborigines ergeht es wie dir. Auch wenn sie das einem Zugezogenen gegenüber nie zugeben würden.«

»Und?«

»Sie kommen nicht auf den Abtsberg. Übrigens der einzige Hügel ohne Kirche, Burg oder Dom.«

»Mich hat immer schon der imperiale Anspruch von Bamberg gewundert, mit seinen sieben Hügeln in einem Atemzug mit Rom, Lissabon und Konstantinopel genannt zu werden!«

Denzlein lachte. »An Selbstbewusstsein hat es den Bambergern nie gemangelt!«

»War Bamberg nicht angeblich auch mal der Nabel der Welt?«

»Respekt. Du liest wohl eher Reiseführer als Bamberger Krimis und Sams-Geschichten. Der Nabel der Welt befindet sich vor dem Dom. Sehen tut den allerdings keiner mehr, weil ein Künstler eine dementsprechende Statue nicht auf dem Platz errichtet, sondern die Säule in den Boden versenkt hat.«

»Wie krank ist das denn?«

»Künstlerisch eigentlich eine pfiffige Idee. Nur dumm, dass das Sichtfenster für das Kunstwerk ständig mit Kondenswasser überzogen ist. Du kannst wirklich nichts sehen. Der Nabel der Welt versteckt sich so vor der Welt. Besonders vor der touristischen.«

»Und warum befreit die Stadt das Fenster nicht mal von dem Kondenswasser?«

»Keine Ahnung. Immerhin können so die Stadtführer den Touristen eine lustige Geschichte erzählen. Streng genommen ist die Geschichte der Skulpturen in Bamberg eine Geschichte der Skandale. Die ›Rote Scheißerla‹-Skulptur. Und die nackte Dame von Botero mit ihren 870 Kilo auf den Rippen, die man mal vom Heumarkt als schwimmende Touristenattraktion auf die Regnitz verfrachtet hatte, kenterte mit ihrem Floß und ging wortwörtlich baden.«

»Der hätte sicherlich Intervallfasten gutgetan!« Petra Stengl lächelte.

Denzlein winkte den »Kornblume«-Gastwirt Heino, auch wegen seiner Gesangskünste als der »Heino von Bamberg« bekannt, heran.

»Zahlen, bitte!«

Denzlein wandte sich an seine Kollegin. »Das ist die neue CD von Heino Mendoza mit seinen Schlagern. Die schenke ich dir!«

»Danke schön. Womit habe ich das verdient?« Sie wartete eine Antwort erst gar nicht ab. »Heino, kannst du mir die CD signieren?«

Als sie draußen im Wagen saßen, verblüffte Denzlein sie erneut.

»Das ist doch nicht dein Ernst?« Etwas ungläubig schaute Petra Stengl auf die schwarze Augenbinde, die er ihr in die Hand gedrückt hatte.

»Doch. Lass dich einfach mal überraschen. Ich habe großen Mist gebaut und möchte mich bei dir entschuldigen. Bitte setz die Maske auf, dann können wir losfahren.«

Sie horchte kurz in sich hinein. Der Teufel musste sie geritten haben, als sie die Einladung zum Essen von ihrem Kollegen und One-Night-Stand spontan angenommen hatte. Und nun wurde es noch komplizierter. In ihrem Gefühlsflipper raste die silberne Stahlkugel hin und her, touchierte Banden, Scheiben, Schlagtürme und jagte durch blinkende Rampen, die eine hohe Punktzahl versprachen, aber manchmal drohte sie auch, zwischen den Flipperhebeln ins Aus zu rutschen. Und das

Schlimmste daran: Petra Stengl wusste nicht, ob sie dies einfach geschehen lassen oder mit den Tasten die Kugel auf ihre schräge Liebesebene zurückschießen sollte. Sollte sie dem Mann, der ihr so wehgetan hatte, wirklich noch eine zweite Chance geben und sich auf ihn einlassen? Beim Flipper hatte jeder drei Kugeln.

»Okay, dann überrasche mich«, sagte sie und zog sich die Maske über die Augen.

Denzlein lachte, schob die Heino-Mendoza-CD in den Schlitz und fuhr los. Aus den Lautsprechern begann der Bamberger Schlagerbarde zu schmusen. Beim zweiten Refrain stimmten Denzlein und seine Angebetete fröhlich mit ein.

Nach knapp zehnminütiger Fahrzeit hielt Denzlein an. »Darf ich?«, fragte seine blinde Beifahrerin.

»Du darfst«, antwortete Denzlein.

Die Polizeirätin nahm die Maske ab, sie blinzelte. Ihre Augen mussten sich erst noch an das grelle Licht gewöhnen. »Der Flughafen?«

Ihr Kollege nickte. »Wir schauen uns heute Bamberg und Umgebung aus der Vogelperspektive an. Wir machen eine Ballonfahrt.« Er stieg aus, ging zu einem schwarzen Landrover-Jeep mit langem Anhänger und bezahlte. »Komm!«, rief er seiner Chefin zu. »Vor dem Vergnügen steht die Arbeit!«

Mit zehn weiteren Personen stemmten sie den Ballonkorb vom Hänger, legten ihn auf die Seite und entfalteten die orangegelbe Ballonhülle mit dem schwarz-weißen Bierlogo meterweit über den Platz. Zwei riesige Propeller bliesen kräftig Luft ins Innere. Schwerfällig richtete sich der Ballon auf, bis er prall gefüllt war. Der Personenkorb kippte in seine richtige Lage. Mühsam kletterten die Passagiere hinein. Ballonkapitän Benedikt machte noch ein paar Späßchen, dann zündete er den Brenner. Mit den ersten Feuerstößen begann sich der Ballon zu bewegen. Langsam stieg er in den Bamberger Himmel auf. Auf dem von der Sonne verbrannten Gras des Flugplatzes war sein Schatten zu sehen. Das lang gestreckte Flughafengebäude wurde immer kleiner, die Start- und Landebahn war bis zur A 73 zu sehen. Die leichte Sommerbrise an diesem Tag trieb den Ballon über das Spaßbad Bambados hinweg, das von oben wie eine schlecht belegte Brotscheibe aussah. Der riesige Komplex des ehemaligen US-Militärgeländes, auf dem nun Asylbewerber und junge Bundespolizisten in Ausbildung untergebracht waren, wurde aus knapp 800 Meter Höhe immer kleiner. Über den Hauptsmoorwald und den Main-Donau-Kanal hinweg ging es in Richtung Hirschaid. Denzlein spuckte aus dem Korb heraus und versuchte, aus rund 1.000 Meter Höhe das Wasser zu treffen. Kein leichtes Unterfangen. Petra Stengl lachte. Sie atmete tief durch, vergaß Alltag und Beruf. Ein Korb voller Freiheit. Ein Segelflieger drehte in einiger Entfernung unter zwei kleinen Wolken seine Runden. Die himmlische Ruhe wurde nur unterbrochen, wenn der Ballonkapitän den Brenner für einige Sekunden zündete.

Petra Stengl schmiegte sich für einen kurzen Moment an Nobby. »Danke. Wunderschön!« Sie strahlte, ein ungeheures Glücksgefühl durchströmte sie. Sie musste nun nur noch loslassen und sich einlassen.

»Fantastisch«, sagte ihr Kollege. »Von hier oben sieht man so vieles. Und das aus einer völlig neuen Perspektive.« Seine Vorgesetzte nickte.

»Der Traum vom Fliegen ist so alt wie die Menschheit«, sagte Denzlein. »Doch erst die Brüder Montgolfier haben ihn verwirklicht.«

»Waren die ersten Luftpassagiere nicht Tiere?«

»Ein Hammel, ein Hahn und eine Ente. Und im Gegensatz zum ersten Lebewesen im All, der Hündin Laika, überlebten sie das Experiment.«

»Wie ich die genussvollen Franzosen kenne, werden die drei Viecher wohl danach bei einem opulenten Acht-Gänge-Menü verspeist worden sein.«

Denzlein grinste breit und fuhr sich mit den Händen über den Bauch. »Das muss ich mal eruieren!«

Nach knapp 70 Minuten verlor die moderne Montgolfière ganz langsam an Höhe. Einige braune Freilandkühe beobachteten erstaunt, wie das Himmelsgefährt über sie hinwegglitt. Radfahrer winkten. Ein Reh verschwand im Wald. Routiniert steuerte Kapitän Benedikt ein großes Wiesenstück kurz vor Rothensand an. Leicht ruckelnd und schleifend setzte der Heißluftballon auf. Die Verfolger am Boden, ständig über die Position des Gefährts durch Sichtkontakt und GPS verbunden, nahten schon mit Jeep-Gespann. Die Himmelsstürmer kippten den Korb zur Seite, zogen den Ballon an einem Seil lang und warteten darauf, dass ihm langsam die Luft ausging. Nach gut zehn Minuten lag er schlaff am Boden. Unter Anweisung der Crew wurde er zusammengefaltet und in eine große Hülle verpackt.

»Vor einigen Jahren haben wir mit dem Ballon auch die Alpen überquert«, sagte Benedikt. »Und auch bei ›Bauer sucht Frau‹ sind wir mit dem TV-Paar abgehoben.«

Petra Stengl und ihr Verehrer setzten sich mit den anderen Ballonfahrern auf das Paket mit dem eingeschnürten Ballon. Der Kapitän reichte ihnen Getränke. Sie stießen mit halbtrockenem Ossi-Sekt an, der den Namen einer leichtsinnigen Märchenfigur trug, und studierten die ihnen ausgehändigten Ballonfahrer-Diplome.

Petra Stengl drückte Denzlein einen leichten Kuss auf die rechte Wange. »Danke, Nobby. Das war wunderschön!«

Als ihr Kollege sie an sich heranziehen wollte, klingelte sein iPhone. »Ja?«, meldete er sich mit genervter Stimme.

»Ihr Turteltäubchen solltet euch mal das Video, das ich euch jetzt schicke, anschauen«, vernahm er die leicht spöttische Stimme seiner Kollegin Bettina Fuchs.

»Turteltäubchen, woher …?«

»Meinst du etwa, ein romantisches Essen zwischen der Chefin und dir bleibt unbemerkt? Hier im Präsidium haben alle Wände Elefantenohren. Aber mal im Ernst: Das Video ist der Hammer. Ich glaube, es wirft ein ganz neues Licht auf unseren Mordfall.«

»Wir schauen es uns gleich an. Woher hast du es?«

»Karel Langer, der dicke Anwalt von Sebastian Furchner, hat es uns gerade geschickt. Ich habe mit ihm telefoniert. Furchner stand im engen Kontakt mit dem Mordopfer Tim Mötschel, einem der Sicherheitsmänner der Sekte. Und der hat ihm wohl laufend Interna der Sekte durchgesteckt. Laut Furchner wollte er mit einem großen Wumms aus dem Seelenkartell aussteigen. Er hat zur Absicherung belastbares Material gesammelt. Furchner hat ihn auch dazu gedrängt, seine Frau Karin zum Austritt zu bewegen. Mötschel hat Kontakt zu ihr aufgenommen, ihr auch das Video gezeigt. Doch Karin Furchner hat sich geweigert – und Mötschel als Verräter beschimpft.«

»Und nun ist er tot …«

»Genau. Schaut euch das Video an!«

KAPITEL 27

Am flimmernden Horizont wuchsen aus den klassischen Schönwetterwölkchen langsam mächtige Wolkentürme in Form von überdimensionalen Blumenkohlköpfen heran. Das strahlend-saubere Persilweiß der Himmelstupfer wandelte sich in ein schmutziges, bedrohliches Blaugrau. Die Schwüle war unerträglich. Sie nahm der Stadt die Luft zum Atmen, die Energie zum Leben. Bamberg flehte um Erlösung. In den nahenden Gewitterwolken entluden sich erste Blitze. Von der Fränkischen Schweiz her war ansteigendes Donnergrollen zu hören. Der Wind sang schaurig durch die verlassenen Straßen. Der Himmel verfinsterte sich immer mehr, Wolkenberge rollten wie eine Panzerarmee auf die Domstadt zu. Der Luftdruck fiel. Die sekundenlange Stille wurde von einem infernalischen Donnerschlag zerrissen. Grelle Feuerstöße attackierten das Polizeipräsidium, umwickelten es mit einem feinmaschigen Blitzteppich. Der einsetzende Sturm rieb sich an den Hausdächern und hinterließ grelle Pfeifgeräusche. Kirschgroße Hagelkörner trommelten gegen die Fenster. Sturzflutartige Regengüsse klatschten auf den heißen Teer der Straßen. Die Gullys erbrachen sich an den Wassermassen, die sie nicht mehr schlucken konnten. Zwei lokale Tornados ließen in Oberfranken Bäume einknicken, deckten Dächer ab und wirbelten Mülltonnen, Grills und Blumentöpfe durch die Luft. Der Sommer hatte nach der andauernden Tropenhitze seine Unschuld zum zweiten Mal verloren. Im Radio Bamberg ließen die »Weather Girls« mit viel poppigem Halleluja Männer vom Himmel regnen.

Im Polizeipräsidium stand die Luft.

»Ich fühle mich wie nach dem ersten Saunagang kurz vor dem Sprung ins Abkühlbecken«, stöhnte Bettina Fuchs.

Der Schweiß rann ihr und ihren Kollegen Petra Stengl und Norbert Denzlein in Strömen die Körper hinab.

»Bei mir ist kein Quadratzentimeter mehr trocken«, sagte die Kriminalrätin. »Eine unerträgliche Hitze. Hoffentlich kühlt es jetzt etwas ab.«

»In der Sauna sind alle Frauen heiß«, witzelte Denzlein. Seine beiden dicken Zehen küssten sich im kalten Aquariumwasser.

»Aua, jetzt komm mir bloß nicht wieder mit deinen plumpen Macho-Sprüchen«, wies ihn seine Chefin zurecht. Ihren Worten fehlte die sonst übliche Schärfe. »Also, was haben wir Neues? Der Anwalt vom Furchner hat uns ja einiges mitgeteilt beziehungsweise überlassen. Die Wallner hat sich Liebhaber gehalten, die waren ihr hörig.«

Sechs Augenpaare lösten sich von der langen Videosequenz, die sie gerade angeschaut hatten. Petra Stengl drückte auf den Pausenknopf.

»Und Karin Furchner wusste von den heimlich aufgenommenen Pornofilmen, weil Mötschel ihr die gezeigt hatte. Er will sie auf Geheiß ihres Mannes veröffentlichen, wenn sie nicht aus der Sekte aussteigt. Sie weigert sich – und lässt ihn ermorden.« Bettina Fuchs schaute ihre Kollegen an. Sie erwartete Zustimmung zu ihrer These.

Doch Norbert Denzlein knurrte unwirsch vor sich hin. »So richtig schlüssig ist das nicht. Karin Furchner wusste erst seit gut einer Woche von dem Sextape. Die gleiche Frage habe ich schon bei der Witwe als mögliche Tatverdächtige gestellt: Wie will sie da so schnell ein Sniper-Gewehr und vor allem einen Schützen organisieren?«

»Das sehe ich genauso, Nobby«, pflichtete seine Chefin ihm bei. »Kannst du dich noch erinnern, was du im Ballon gesagt hast?«

»Dass man von oben so vieles aus einer anderen Perspektive sieht?«

»Richtig. Man sieht vieles, auch aus einer anderen Perspektive, aber man sieht eben auch nicht alles.«

»Wie meinst du das?«

»Das Video hier zeigt, dass wir den Mordfall auch aus einer anderen Perspektive sehen können, wenn nicht sogar sehen müssen. Wir sind immer davon ausgegangen, dass Mötschel zufällig ermordet wurde. Und Tabea Wallner das eigentliche Ziel war. Wenn man die Königin ermorden will, dann tut man dies nicht in einer finsteren Ecke, sondern vor ihrem ganzen Hofstaat. So in etwa war unsere Überlegung. Und in die passten Timmermann und Schmitz perfekt hinein mit ihrem öffentlichen Engagement gegen den Antisemitismus. Was wir übersehen haben: Es bestand ein großes Interesse, Mötschel, der zunehmend zum Risikofaktor der Sekte wurde, zum Schweigen zu bringen.«

»Sag ich doch«, warf die junge Kommissarin ein und ihre bunten Haare funkelten im Licht der Gewitterblitze. »Diese Karin ist eine 150-prozentige Sektenjünge-rin. Obwohl ihre Schwester und ihr Mann sie permanent bearbeitet haben, kommt für sie ein Ausstieg überhaupt nicht in Frage. Im Gegenteil. Auf einer Abendversamm-lung, das habe ich recherchiert, bekennt sie sich öffent-lich vor allen Blutzeugen zur Gemeinschaft und bricht mit ihrer Schwester und ihrem Mann. Und sie bringt mit Mötschel den Mann um, der ihren Verbleib in der Sekte massiv mit seinen Interna bedroht.«

Petra Stengl schüttelte den Kopf. »Die neue Perspek-tive auf den Mord ist gut. Doch wem nutzt der Mord wirklich?«

»Tabea Wallner!«, entfuhr es Denzlein. »Wir haben Ciceros ›Cui bono?‹ auf alle möglichen potenziellen Täter angewandt, nur nicht auf die Prophetin.«

»Richtig. Sie profitiert von dem Mord am meisten. Sie wird mit Mötschel einen gefährlichen Verräter los. Sie wird durch den vermeintlichen Mordanschlag auf sie zum Opfer, wenn nicht ja zur Märtyrerin, praktischerweise zu einer Märtyrerin, die überlebt. Und mit der Bluthos-tie und dem Tod Mötschels erlebt die Sekte eine unge-ahnte Popularität.«

»Und sie befeuert das Feindbild Juden, indem sie den Mord und den Mordanschlag Schmitz und Timmermann in die Schuhe schiebt.«

»Moment mal«, sagte Bettina Fuchs. »Mal unterstellt, das wäre so: Was ist mit der Kippe mit der DNA von Timmermann am Tatort? Schließlich war die das entschei-dende Indiz, ihn und seinen Kumpel in den Bau zu ste-cken.«

Denzlein zerknüllte ein DIN-A4-Blatt, auf das er zuvor einige kitschige Herzen gemalt hatte. Wütend warf er den Papierknödel in Richtung des kleinen Basketballkorbes. Dort touchierte er den Ring, fiel jedoch nicht ins Netz.

»Scheiße!«

»Ja, Scheiße!«, sagte Bettina Fuchs.

Petra Stengl blieb ruhig. Sie lächelte wissend. »Ich habe mir das Video, das die Sekte von dem Angriff auf ihren Obst- und Gemüsestand auf Facebook gestellt hat, noch einmal angeschaut. Bevor Timmermann den Stand umtritt, drückt er verächtlich seine Zigarette auf der Verkaufsfläche aus. Diese Sequenz, die ein Tourist zufällig gefilmt hat, haben die Universellen Blutzeugen des Herrn auch auf Facebook gesetzt. Über 200.000 Klicks, über 400-mal geteilt.«

»Ja, und?«, fragte Denzlein.

»Ein Haßfurter Fahrradfahrer hat den Tritt gegen den Obst- und Gemüsestand ebenfalls gefilmt, das Video aber länger laufen lassen. Und da ist zu sehen, wie eine der Verkäuferinnen den ausgedrückten Glimmstängel vorsichtig in eine braune Papiertüte steckt.«

»Und du meinst, die Sekte hat die Zigarettenkippe benutzt, um den Verdacht auf die beiden Willicher zu lenken?«

»Nicht die Sekte, Nobby! Tabea Wallner! Wir müssen davon ausgehen, dass die Blutzeugen auch die Aktivitäten von Timmermann und Schmitz beobachtet haben. Und der sekteneigene Sicherheitsdienst hat sicherlich auch ein Dossier über die beiden angelegt. Denn die beiden Willicher waren der Sekte verdammt nahe gekommen. Und mit ihrer dummen Aktion am Obst- und Gemüsestand haben sie sich quasi als willkommene Täter geradezu aufgedrängt.«

»Wenn ich dich richtig verstehe, hat die Wallner die Schüsse auf sich nur inszeniert, aber Mötschel sollte ermordet werden, weil er eine Bedrohung für die Sekte war?«

»Ja. Spätestens nachdem sie von Karin Furchner von den Sexvideos erfahren hatte.«

»Und wer hat geschossen?«

Die Kriminalrätin zeigte auf das Standbild auf dem Computer, wo der nackte Stellvertreter mit verzerrtem Gesicht und halboffenem Mund die Sektenführerin in der Hündchen-Stellung glücklich machte.

»Ich glaube, bei der schönsten Sache der Welt sehen wir alle ein wenig dämlich aus«, entfuhr es Denzlein.

»Nobby, was soll das?«, strafte ihn Petra Stengl leicht lächelnd ab. »Wir haben uns wieder und wieder alle Videos und Aufnahmen vom mutmaßlichen Attentat angeschaut. Und wir haben uns immer mit den Personen und ihren Tatmotiven beschäftigt, die auf den Filmen zu sehen waren. Dabei waren wir gedanklich so nahe dran. Denn wir haben ja auch einen unbekannten Auftragskiller als Täter nicht ausgeschlossen. Wir hatten Timmermann und Schmitz in Verdacht, weil wir sie nicht auf den Handy- und TV-Aufnahmen bei dem Attentat gesehen haben. Wenn man das Ganze betrachtet, sieht man vermeintlich alles. Nur nicht die, die nicht gesehen werden wollen.«

Bei Denzlein machte es klick. »Die zweitwichtigste Person der Sekte war nicht beim angeblichen Blutwunder zu sehen!« Er zeigte auf das Standbild. »Marcel Kock, der Stellvertreter der Wallner und gleichzeitig ihr Lover und Lieblingsjünger!«

»Genau!«

»Und Kock hat im Auftrag der Wallner geschossen?«
Bettina Fuchs schüttelte bedächtig den Kopf. »Bei allem
Respekt. Das ist doch reine Spekulation. Dafür haben
wir keine Beweise.«

»Wir haben noch keine endgültigen Beweise, richtig«,
stimmte ihre Chefin zu. »Noch nicht. Aber die Prophetin hat ein erstklassiges Motiv. Und mit ihrem aktuellen
Lover hat sie ein williges Mordwerkzeug. Draußen warten Furchner und sein Anwalt. Ich bin mir sicher: Wenn
wir die beiden Vögel mächtig unter Druck setzen, dann
spucken die noch mehr aus!«

Ein stämmiger Polizist geleitete Furchner und seinen
Anwalt in das Vernehmungszimmer. Beide nahmen Platz.

»Nur damit das mal klar ist, Herr Furchner. Sie sitzen heute hier nicht als Verdächtiger, sondern als Zeuge«,
eröffnete Petra Stengl die Vernehmung. »Und Ihr Anwalt
wird Sie sicherlich darauf aufmerksam gemacht haben,
dass Sie spätestens als Zeuge vor Gericht die Wahrheit
sagen müssen. Andernfalls droht Ihnen bei einer falschen
uneidlichen Aussage eine Freiheitsstrafe von bis zu fünf
Jahren. Und seien Sie versichert – ich werde alles tun,
damit Sie vor Gericht erscheinen.«

»So weit sind wir noch nicht«, warf Karel Langer ein.
»Mein Mandant hat sich doch kooperativ gezeigt und
Ihnen das hochbrisante Videomaterial übergeben!«

»Mehr kann ich doch nicht tun«, ergänzte Furchner
mit einem gequälten Gesichtsausdruck.

Denzlein platzte der Kragen, seine Halsschlagader vib-
rierte wie eine hart angeschlagene Bass-Saite auf einer
E-Gitarre. »Mit Verlaub, Herr Furchner, Sie sind ein
Arschloch! Weil Sie uns Material, das Mötschel Ihnen

zugesteckt hat, vorenthalten haben, sitzen zwei unschuldige Männer im Knast. Und möglicherweise könnte Mötschel auch noch leben, hätten wir das Material vor dem Hostienspektakel gehabt.«

»Herr Kommissar, das ist doch reine Spekulation!« Der Anwalt versuchte zu retten, was eigentlich nicht mehr zu retten war.

»Dass zwei Menschen im Knast sitzen, das Internet Tausende rassistische und antisemitische Hasstiraden auskotzt und jüdische Mitbürger und Einrichtungen attackiert werden, ist reine Spekulation, Herr Langer? Ihr Mandant trägt dafür die Verantwortung. Zumindest die moralische. Also hören wir doch mit den juristischen Spitzfindigkeiten auf.«

Furchners Blick suchte Rat bei seinem Anwalt. Der Mann schluckte schwer. Seine Augen wurden feucht. »Ich will doch nur meine Frau aus dieser Sekte befreien.«

»Und dafür sind Ihnen alle Mittel recht – vom Blutbeutelwurf über Drohungen bis hin zum Vorenthalten von Beweismaterial?«

Furchner nickte. »Wenn ich die passende Gelegenheit und eine Waffe gehabt hätte, hätte ich diese Wallner auch getötet«, bekannte er leise. Dann begann er zu schluchzen.

»Herr Furchner, Sie müssen sich hier nicht selber belasten«, ermahnte ihn sein Anwalt.

Petra Stengl nutzte die emotionale Situation zum Vernehmungs-Knock-out. »Sie haben sicherlich noch mehr Material als die Sexfilmchen?«

Furchner kramte ein Taschentuch hervor und schnäuzte kräftig hinein. Karel Langer warf ihm einen aufmunternden Blick zu. Es war Zeit, reinen Tisch zu machen.

»Mötschel hat mir noch weitere Filme gegeben. Er wollte sich wohl absichern. Sie zeigen ein geheimes Waffenlager sowie die Überwachung und Einschüchterungsmaßnahmen von aussteigewilligen Sektenmitgliedern. Auf zwei Videos ist Wallners Stellvertreter Marcel Kock bei Schießübungen in der Nähe von Hirschaid zu sehen.«

Die drei Kripobeamten sahen sich elektrisiert an.

»Mit einem Sniper-Gewehr?«, fragte Bettina Fuchs.

»Mit einer israelischen DAN. Der gleiche Typ, der laut Zeitung beim Mord verwendet wurde.«

»Bingo«, sagte Denzlein. Dann wandte er sich seinen Kolleginnen zu. »Die Wallner hat von Anfang an geplant, mit einem solchen Gewehr den Verdacht auf Juden zu lenken. Und vermutlich war schon lange klar, dass Mötschel eliminiert werden sollte.«

»Und der passende, weil auch publicitymäßig beste Anlass war ein Hostienwunder!«, stimmte Petra Stengl zu. »Tragisch ist, dass Mötschel nicht geahnt hat, dass er das Ziel ist. Und zwar schon seit Langem. Er ist wohl davon ausgegangen, dass er nicht auffliegt.«

Auch Furchner und sein Anwalt Langer tuschelten intensiv miteinander. »Kann mein Mandant jetzt gehen? Hier ist der USB-Stick mit den weiteren Aufnahmen.«

In Petra Stengl stieg eine fürchterliche Vorahnung empor. »Mit dem Sexvideo sollte Ihre Frau zum Austritt aus der Sekte bewegt, man könnte auch sagen, erpresst werden. Richtig?«

Furchner und sein juristischer Beistand schwiegen.

»Ich interpretiere mal Ihr betretenes Schweigen als ein Ja«, fuhr die Kriminalrätin mit schneidender Stimme fort. »Aber das hat nicht funktioniert?«

Furchner nickte. Er wusste, was jetzt kommen würde.

»Also haben Sie nachgelegt. Und Ihrer Frau auch die weiteren Videos zukommen lassen, so nach der Devise: Man sollte immer noch weitere Pfeile im Köcher haben.«

»Ja«, stammelte Furchner. »Ich will sie zurück. Ich liebe sie über alles. Wenn sie erkennt, so meine Hoffnung, dass die Wallner auch nicht vor Mord zurückschreckt, wird sie endlich aussteigen und zu mir zurückkehren.«

»Wann haben Sie Ihre Frau informiert?«

»Gestern Nacht. Per WhatsApp.«

»Und?«

»Sie hat geschrieben, dass sie eher sterben würde, als die Blutzeugen des Herrn zu verraten und zu verlassen. Und dann hat sie mich blockiert!«

Petra Stengl sprang auf. »Sie wird ihre Prophetin informiert haben. Wie auch schon beim Sexvideo. Tabea Wallner weiß, dass alles vorbei ist. Informiert das SEK. Wir müssen sofort los – wir müssen ein Massaker, einen Massenselbstmord verhindern! In Scheßlitz droht der Weltuntergang. Hoffentlich ist es noch nicht zu spät …«

KAPITEL 28

Mit quietschenden Reifen hielten Petra Stengl, Norbert Denzlein und Bettina Fuchs vor dem Gehöft der Sekte und sprangen aus dem Dienst-BMW. Sechs Streifenwagen machten mit ihren Blaulichtern den Eingangsbereich zur Open-Air-Disco und durchdrangen den leichten Bodennebel, der sich infolge des Unwetters gebildet hatte. Die Sonne hatte sich wieder durchgesetzt und begann, die Erde zu erwärmen.

»Wann kommt das SEK?«, fragte die Kriminalrätin. »Egal, wir müssen da rein!« Sie zog die Dienstwaffe.

Zwei muskelbepackte Türsteher versuchten, die Polizeibeamten am Eintritt zu hindern. »Haben Sie einen Durchsuchungsbeschluss?«, fragte der blonde Sicherheitsmann mit einem drohenden Unterton in der Stimme. »Sonst …«

»Sonst was?« Denzleins Nackenhaare richteten sich auf. Er tippte dem Wachmann mit seinem Zeigefinger gegen die Brust. »Ich muss mich tagtäglich mit menschlichem Sondermüll herumschlagen, da brauche ich auch keinen testosteronschwangeren Abfall. Und schon gar keine Möchtegern-Chippendales in Security-Trachtenanzügen. Also Platz da!« Auch er zog jetzt die Dienstwaffe, die Streifenbeamten taten es ihm gleich. »Nehmt diese Gorillas schon mal in Gewahrsam«, wies Denzlein zwei Polizistinnen an. »Wir müssen dringend ins Affenhaus.«

Im Innenhof wurde Gemurmel laut. Aus den Lautsprechern erklang leise Sphärenmusik. Rund 400 festlich gekleidete Jüngerinnen und Jünger saßen an langen Holztischen, vor ihnen Kristallgläser, die mit rotem Wein aus großen Karaffen gefüllt wurden. Sie reichten sich die Hände. Ihre Augen glänzten. Zwei Dutzend Kinder knieten brav vor ihnen und warteten auf ihren Traubensaft. Auf der kleinen Bühne stand Tabea Wallner, neben ihr Marcel Kock und Karin Furchner.

»Ihr werdet gereinigt diese Welt verlassen! Der Tag des Weltengerichts rückt immer näher, bald werden wir alle am Tisch des Herrn sitzen«, begann die Prophetin. »Er wartet auf uns. Und er wird seine Freude an uns haben. Denn wir sind die Auserwählten, wir haben dem Satan entsagt. Und wenn unsere Feinde uns noch so sehr verleumden, falsches Zeugnis wider uns ablegen oder uns verfolgen, so lassen wir uns nicht vom rechten Wege abbringen, wir lassen uns nicht irritieren. Wir sind die Universellen Blutzeugen des Herrn. Wir sind bereit, Gott und seinem Sohn jedes Opfer zu bringen. Wir sind hier auf dieser Welt, um wieder göttlich zu werden, indem wir uns läutern und die unsterbliche Seele in uns von ihren Belastungen aus diesem und dem früheren Leben befreien.«

Als Tabea Wallner eine kurze Kunstpause machte, umarmte Karin Furchner ihre Prophetin und küsste sie innig dreimal auf die Wange. »Prophetin, du bist das Wort und du bist die Wahrheit!«, rief sie den Jüngerinnen und Jüngern zu. Die erhoben sich von ihren Plätzen. Ihre Augen leuchteten feierlich.

»Du bist das Wort und du bist die Wahrheit«, schallte es immer lauter über den Innenhof.

Als die Sektenmitglieder die Polizeibeamten mit ihren gezückten Waffen bemerkten, verebbten die Rufe. Eine feindselige Stille trat ein. Die drei Kripobeamten gingen auf die Sektenführerin zu.

»Frau Wallner, wir verhaften Sie und Ihren Stellvertreter Marcel Kock wegen des Mordes an Tim Mötschel«, sagte Petra Stengl mit halblauter Stimme. »Sie haben das Recht, zu schweigen und sich einen Anwalt zu nehmen.«

Unter den Anhängern machte sich Unruhe breit. Kaum einer hatte die Worte verstanden. Kock sprang auf und warf den Beamten trotz der auf ihn gerichteten P7 eine schwere Weinkaraffe entgegen. Obwohl sich Denzlein vor dem Geschoss duckte, traf es ihn am rechten Ohr. Ein stechender Schmerz durchzuckte seinen Körper. Er blutete. Er richtete seine Waffe wieder auf den Angreifer.

Tabea Wallner blieb äußerlich ungerührt. »Keine Gewalt«, rief sie ihren Anhängern zu. »Bitte, Marcel, beruhige dich! Wer Wind sät, wird Sturm ernten. Wer das Schwert zieht, wird durch das Schwert umkommen. Wir werden diesen Gottlosen keinen Anlass bieten, über uns zu richten. Glücklich sind die, die Frieden schaffen, denn sie werden Gottes Kinder heißen. Ich bin das Wort. Und ich bin die Wahrheit. Und ich werde euch bis in alle Ewigkeit auf dem rechten Pfad leiten.«

Denzlein hielt sich das blutende Ohr. Der Schmerz ließ nicht nach.

Petra Stengl blickte kurz zu ihm hinüber. »Nicht schießen, Nobby«, presste sie hervor. »Nicht schießen!«

Die aufgebrachte Menge beruhigte sich wieder. »Du bist das Wort und du bist die Wahrheit!«, rief einer. Die anderen stimmten ein. »Du bist das Wort und du bist die Wahrheit!«

Petra Stengl holte die Handschellen heraus. »Frau Wallner und Herr Kock, kommen Sie jetzt vom Podium herunter!« Sie winkte mit der Pistole.

Die selbst ernannte Menschheitsbeglückerin sah die Kriminalrätin mit einem verklärten Blick kurz an. Dann wandte sie sich an ihre Gefolgschaft. »Die Gottlosen kommen mit Pistolen und Knüppeln. Bin ich denn eine Verbrecherin? Ich habe jeden Tag gelehrt und euch auf den Pfad der Wahrheit geführt. Glaubt nicht, was diese Gottlosen über mich erzählen. Vertraut euren Herzen. Ich weiche der Gewalt, darum lasst uns zum Abschied noch einmal gemeinsam die Gläser erheben und auf das tausendjährige Friedensreich anstoßen.«

»Nein!«, schrie Petra Stengl mit sich überschlagender Stimme und schoss warnend dreimal in die Luft. »In den Bechern ist Gift!«

Die Menge zuckte zusammen. Kinder schrien angstvoll auf.

»Ich bin das Wort und ich bin die Wahrheit. Vertraut mir!«, rief die Sektenführerin und kippte das Rot des Glases in einem Zuge hinunter.

Alle anderen taten es ihr nach. Tabea Wallner sackte wie ihr Stellvertreter zuckend zusammen, ihre Augen traten aus ihren Höhlen, Schaum quoll aus ihren verzerrten Mündern. Ihre Hände krampften. Dann war es vorbei. Entsetzt starrten die Polizisten auf die Kinder und die Erwachsenen der Sekte. Keiner zeigte irgendwelche Symptome. Vereinzelt war erleichtertes Aufatmen zu hören. Andere weinten angesichts der Toten auf dem Podium.

Karin Furchner beugte sich über die beiden Körper. Dann trat sie langsam ans Mikrofon. Die Augen und Ohren der verstörten Sektenmitglieder klebten an ihrem Mund.

»Lasst uns in dieser schweren Stunde für unsere Schwester und unseren Bruder beten. Ihre Seelen sitzen jetzt am Tisch des Herrn. Sie sind Märtyrer. Sie sind für unseren Glauben gestorben. Aber damit ist nicht unser Glaube gestorben. Wie ihr alle wisst, bin ich einen schweren Weg gegangen. Ich habe den Versuchungen Satans widerstanden. In mir toben viele Gefühle, aber es wächst auch die Erkenntnis, dass es weitergehen muss. Hinter den dunklen Wolken, die uns dieser schreckliche Tag gebracht hat, wird bald wieder die Sonne leuchten. Ich werde euch bis zum Jüngsten Gericht führen. Denn ich bin das Wort und ich bin die Wahrheit!«

Es brauchte ein paar Sekunden, dann wirkte die Ansprache. Menschen umarmten sich, fassten sich bei den Händen, sprachen sich Mut zu. Eltern herzten ihre Kinder. Die Blicke richteten sich hoffnungsvoll und ergeben nach vorne. »Du bist das Wort und du bist die Wahrheit!«

»Ja, ich bin das Wort und ich bin die Wahrheit!«, rief Karin Furchner und breitete ihre Arme aus. Ein Sonnenstrahl, der sich bis jetzt hinter einer der abziehenden Wolken verschämt versteckt hatte, erleuchtete fast wie in Zeitlupe ihr Gesicht. Ihre Augen funkelten wie der Cullinan-Diamant in der britischen Königskrone.

Petra Stengl wandte sich angewidert ab. »Ist alles okay bei dir, Nobby?«

»Alles halb so schlimm, bassd scho!« Die Kriminalrätin reichte ihm ein Papiertaschentuch. Der Ermittler tupfte sich vorsichtig das Blut ab.

»Das muss dringend genäht werden«, befand die Kriminalrätin mit fürsorglicher Stimme.

Beide blickten sich tief in die Augen. Ein flüchtiger Moment der Intimität.

Karin Furchners Blick schweifte über die Menge der Gläubigen. Sie war am Ziel. Sie hatte die Gemeinschaft gerettet. Ihre Gemeinschaft. Und sie, nur sie, würde sie führen. Gut, dass ihre Vorgängerin sie mit dem Ausschenken des Weines und dem Dosieren des Gifts beauftragt hatte. Ein eindeutiger Vertrauensbeweis. Aber auch eine Fügung. Eine Fügung Gottes. Er hatte sie auserwählt, den Glauben weiterzutragen. Sie. Und niemand anders. Sie war das Wort. Und sie war die Wahrheit. Die neue Wahrheit.

HINWEIS

Die in Kapitel 21 geschilderte Posse um die beiden Mossad-Mitarbeiter, die ein in Kiel gebautes U-Boot für Israel durch den Nord-Ostsee-Kanal begleiten sollten, aber mit ihrem Auto im Schlamm stecken blieben, beruht auf wahren Begebenheiten. Auch der Gebührenbescheid über 1.263,01 Euro des Bürgermeisters, den Israel einige Monate später beglich. Unter anderem berichteten die »Süddeutsche Zeitung«, »Die Welt« und »NDR« über den »Mossad im Morast« und einen »Hauch James Bond am Nord-Ostsee-Kanal«. Allerdings waren die beiden (fiktiven) Krimifiguren aus Willich nicht dabei.

Weitere Titel finden Sie auf den
folgenden Seiten und im Internet:

WWW.GMEINER-VERLAG.DE

Friederike Schmöe
Wilde Wut
Kriminalroman
288 Seiten, 12,5 x 20,5 cm,
Paperback
ISBN 978-3-8392-0660-7

Babs verliert ihre Wohnung in der UNESCO-Welt-
erbestadt Bamberg an einen Immobilienhai. In ihrem
Zorn schließt sie sich einer Anti-Gentrifizierungs-
gruppe an. Diese veranstaltet Pop-up-Demos in der
Innenstadt und hetzt in den sozialen Medien gegen
Makler, die Häuser im beliebten Zentrum aufkaufen
und zu Luxusapartments umbauen. Als ein bekannter
Wohnungsmakler tot aufgefunden wird, gerät Babs
ins Fadenkreuz der Ermittlungen. Privatdetektivin
Katinka Palfy soll helfen.

GMEINER SPANNUNG

WWW.GMEINER-VERLAG.DE
Wir machen's spannend

Birgit Ringlein
**Wenn der Winter stirbt –
Der Fasalecken-Mord**
Kriminalroman
304 Seiten, 12,5 x 20,5 cm,
Paperback
ISBN 978-3-8392-0658-4

Ein alter heidnischer Brauch, ein brutaler Mord: Im
beschaulichen Baiersdorf steht während des alljähr-
lichen Winteraustreibens der Fasalecken plötzlich ein
Winterbär in Flammen und stirbt. Beinahe zufällig
und völlig unvorbereitet stolpern die Kleinstadt-
polizisten Evita Emmerling und Ludger Dauer in
die Ermittlungen. Anfangs noch unbeholfen, doch
zunehmend engagiert, beginnen sie auf eigene Faust
nachzuforschen und stoßen dabei auf ungeahnte
Überraschungen.

GMEINER SPANNUNG

WWW.GMEINER-VERLAG.DE
Wir machen's spannend

Lutz Kreutzer
Schaurige Orte in Bayern
Kriminalroman
288 Seiten, 12,5 x 20,5 cm,
Paperback
ISBN 978-3-8392-0642-3

Zwölf schaurige Geschichten von zwölf Autorinnen
und Autoren über zwölf reale Orte in Bayern, ange-
lehnt an Legenden und Ereignisse von der Römer-
zeit bis in die Gegenwart: von Kelten, Römern und
einer geheimnisvollen Toten am Bodenlosen See. Wie
eine bettelarme Bauernmagd mit dem Herrgott von
Tann haderte und bittere Rache übte. Als ein junger
Mann im Angesicht des Todes das wahre Gesicht
des grausamen Königs Watzmann zu sehen glaubte.
Warum sich zwei Schwestern im Schatten der König-
lichen Villa in Regensburg zu Rivalen bis aufs Blut
entwickelten.

GMEINER SPANNUNG

WWW.GMEINER-VERLAG.DE
Wir machen's spannend

Michael Gerwien
Letztes Busserl im Hofbräuhaus
Kriminalroman
288 Seiten, 12,5 x 20,5 cm,
Paperback
ISBN 978-3-8392-0611-9

Ein lauschiger Abend im Biergarten. Die Abend-
zeitung wird an den Tisch gebracht, an dem Franz
Wurmdobler mit seinen besten Freunden und
Kollegen eine kleine Feier wegen seiner bevorstehen-
den Pensionierung ausrichtet. Der Aufmacher der
Zeitung: Franz soll in jungen Jahren ein Mädchen
vergewaltigt haben. Max Raintaler und sein Kollege
Bernd Müller glauben nicht an Franz' Schuld und
nehmen die Ermittlungen auf. Dabei geraten sie in
einen Strudel von Mord und Lügen in der Welt der
Schönen und Reichen. Es wird gefährlich!

GMEINER SPANNUNG

WWW.GMEINER-VERLAG.DE
Wir machen's spannend